文春文庫

辞令

高杉良

文藝春秋

目次

辞令

単行本　一九八八年九月　集英社刊
文庫　一九九一年三月　集英社文庫
一九九七年二月　新潮文庫

DTP制作　ジェイ エスキューブ

第一章　ある日突然に

1

「人事なんてわたしの柄《がら》じゃないですよ。営業ならよろこんでやらせてもらいますけど……」

泡立《あわだ》つ気持ちを抑えながら、広岡修平《ひろおかしゅうへい》は懸命に言葉を押し出した。

ひろいひたいと、ひかりを湛《たた》えた切れ長の眼《め》のわりに鼻が小づくりの分だけ、やわらいでいるとはいえ充分個性的な顔立ちである。身長百七十五センチに対し体重が七十キロだからバランスはとれている。ゴルフ焼けも加わって肌《はだ》は浅黒くしまっていた。

広岡は無理に笑顔をつくった。

「いつでしたか常務に、営業をやらせてくださいとお願いしましたが、きょう改めてお願いします。人事本部はどうかご容赦ください」

林弘《はやしひろし》がじろっとした眼をくれて、突き放すように言った。

「きみの都合だけでは決められんよ。会社の都合ってものもある。否《いや》も応もないんだ。社長が決裁してるんだからな。十日付で発令する」

広岡は息を呑《の》んだ。

しかし、そうだとしたら「人事をやってみる気はないかね」などという言いかたはおかしい。「人事本部へ行ってもらうよ」と言うべきではないか——。

「常務のおっしゃりかたが、打診ととれたものですから」

広岡は皮肉っぽく言い返した。

林はいら立たしげに眉根《まゆね》を寄せ、背広のポケットから煙草《たばこ》を取り出して口に咥《くわ》えた。老眼兼用の眼鏡なので、人を見るとき上眼遣《うわめづか》いになる。頭髪はごま塩で、量は豊富だ。相当な肥満体だが、上背《うわぜい》もあるので押し出しは申し分ない。

「とりあえず本部付として勉強してもらう」

「つまりラインにも入れてもらえないわけですね」

林は返事をしなかった。煙草をすぱすぱやっているのは、なにか言おうとしているふうにもとれる。

十秒、十五秒と待ったが、広岡はたまりかねて次の質問を発した。

「左遷《させん》含みということになるんでしょうか」

「そんなことはないだろう」

ひっかかる言いかたである。

日ごろ態度を明確に出すのが身上の林だけに、広岡は釈然としなかった。

はっきり言って、左遷されるような覚えなどなかったのである。左遷含みか、と訊《き》いたのは、気を引いてみたまでだ。

「あんまりナーバスにならないで、人事で一から出直すつもりで頑張《がんば》ってみろよ」

林はどこか投げやりな口調で言って、ソファから腰を浮かしかけたが、また坐《すわ》り直した。

「ところで亜希子《あきこ》さんは元気かね」

唐突な質問に苦笑をにじませながら、広岡は小さくうなずいた。

「奥さんを大事にしろよ。あんな可愛《かわい》い奥さんを泣かせるようなことをしたらゆるさんぞ」

冗談なのか、本気なのか、わからなかった。

仕事一途《いちず》でおよそ世事に疎《うと》い男が、ふだん言いつけない言葉を口にしたのだから、気を回さないほうがどうかしているが、広岡は、思い当たることはなにもなかった。

広岡がなにか言おうとしたとき、林がソファから腰をあげた。

「亜希子さんによろしく言ってくれ。たまには一緒に遊びに来てくれよ」

「ありがとうございます」

もっと食いさがりたいところだが、もう帰れと態度で示された以上、愚図愚図《ぐずぐず》していわけにもいかず、広岡は自席に戻らざるを得なかった。


広岡は、エコー・エレクトロニクス工業株式会社の宣伝部副部長で、当年四十六歳、国内営業本部の部長代理から昇格を伴う異動で現職に就いて丸三年になる。

エコー・エレクトロニクス工業は、ビデオ機器事業部門、テレビ事業部門、音響機器事業部門などを中心に世界的に事業を展開する多国籍企業として知られ、優れた研究開発力によって〝世界のエコー〟のキャッチフレーズが定着して久しい。

地上十五階、地下三階のエコー本社ビルは、東京の芝《しば》にある。

役員室、役員会議室、役員応接室のフロアは十五階と十六階。十三階は存在しない。事実上の十三階は十四階になる。

総務、広報、宣伝のフロアは十階だ。

林は、総務、広報、宣伝の担当常務だが、三年ほど前までは、国内営業本部長を委嘱されていた。つまり林の担当が替った時点で、広岡のポストも替ったことになる。

広岡自身、林の息のかかった社員であることを認めざるを得ない。しかも事実上の仲人《なこうど》となれば、なおさらのことだ。

いわば遠慮なしにものが言える間柄のはずなのにきょうの林は、なにかしらよそよそしく、取り付く島もなかった。

広岡は、人事異動に恬淡《てんたん》としているサラリーマンなど存在するわけはないと思うが、それにしても二十四年に及ぶサラリーマン生活で、これほどショックを受けたことはなかった。

第一に部長の前島稔《まえじまみのる》から、匂《にお》わす程度の話さえも伝わってこなかったことが不可解である。エコーでは管理職の異動については、当該部門の責任者から当人に伝達される慣習がある。本社内の異動は一週間前、エコー系列の子会社を含む国内転勤を伴う場合は三週間前、海外転勤は三か月から六か月前に知らされることになっていた。

しかし、それは建て前に過ぎない。本社内の異動なら少なくとも二週間ないし三週間前に、上司から内示されている。

広岡自身、経験的にもそうしてきたし、そうされてきた。

都市銀行の異動は、本店および都心部の支店の場合当日ないし一日前にならなければ当人に明かさない、と聞いた記憶があるが、それは都銀なるがゆえに通用する話のはずだ。浮き貸しなどの不正が行なわれている場合を考慮して、とりつくろうひまを与えないためにも、抜き打ち的に発令する必要があるのだろうが、いくら銀行とはいえ、上下の信頼関係で、事前に匂わすぐらいのことがないとは思えない。それが人間社会の常識というものではないか――。

きょうは、昭和六十三年（一九八八年）二月三日だから、十日の発令ということは、ちょうど一週間前ではないか。

エレベーターで十五階から十階に戻るまでに、広岡は、躰中《からだじゅう》の血液がたぎってくるのを覚えた。

部長席は、空席になっていた。

「部長は？」

広岡の尖《とが》った顔を、宣伝総括課長の村山《むらやま》司朗《しろう》が見上げた。

「食事じゃないんですか」

「そうか」

時計を見ると正午を十五分過ぎたところだ。

フロア全体ががらんとしているはずだった。

「きみ、昼食はまだなんだろう」

「ええ」

「つきあおうか」

「混んでますよ。僕は十二時半以降と決めてます」

「たまには外へ出ようよ」

村山は小首をかしげた。

エコー本社の社員食堂は地下一階にある。

エコーでは昼食時間でも無断外出はゆるされていなかった。上司の外出許可証が必要なのである。

昼食時間に限らず広岡が外出するためには、宣伝部長の前島から外出許可証に押《おう》印《いん》してもらわなければならない。厳密に言えば、よほどの急用ならともかく前島が席に戻ってくるまで、広岡は外出できないことになる。

来客との食事に同行する場合も然《しか》りで、〝エコーの合理主義は、来客との昼食さえも拒絶する〟〝株主総会で出席株主に昼食の弁当代を請求したエコーは、株主サービスと特殊株主に対する利益供与との区別もできない会社〟などと雑誌でからかわれたことがある。

なにやら食いものの恨みは恐しい、めいた話になるが、オーナー会長である小林《こばやし》明《あきら》の〝ツルの一声〟でもない限り外出許可証の廃止は考えられなかった。

「このへんにはろくな食いもの屋もないし、ちょっと待ちましょうよ」

村山はまるでその気がないらしい。

広岡も気が変った。

「じゃあ、ちょっといいか」

広岡は、村山を応接室に誘った。

「たしかに外出許可証までもらって外へ飯を食いに行くのは面倒くさいな。よくもまあ会社に飼いならされたもんだよねぇ」

「仕事の能率は上がるし、カネをかけて昼食をだらだら食うこともないし、けっこうなことじゃないんですか」

二人はそんな話をしながらソファで向かい合った。

「実はね……」

広岡があらたまった口調で切り出した。

「どうせわかることだから話しておくが、俺《おれ》は宣伝部をクビになった。たったいま林常務から引導を渡されたところだ」

「そうらしいですね。人事本部ですって?」

「誰から聞いた。いや、聞かなくてもわかってるよ。部長だろう」

広岡はあてずっぽうを言ったわけではない。前島以外にそれを事前に知り得る立場にいる者は宣伝部にいないことぐらい誰にだってわかる。

「それよりいつ聞いたんだ」

「口止めされてますから言いにくいんですけど、おとといです」

「きみ以外に誰が一緒に聞いたの」

広岡は内心の怒りを抑えて、やわらかく質問した。

「岡本《おかもと》さんが一緒でした」

岡本源一《げんいち》は、部長代理である。

「なるほど、岡本が副部長に昇格することになるんだろうな。さしずめ岡本のあとは村山だろう」

村山は、広岡の視線を避けるように眼を伏せた。

「そんなことはないと思います」

否定のしかたが弱かった。

「知らぬは本人ばかりなりか。俺より先に俺の異動を知ってた者が宣伝部に三人もおったとはねぇ」

広岡は自嘲《じちょう》的に表情を歪《ゆが》めて、話をつづけた。

「このことで部長にクレームをつけていいか。きみらの耳に入れるのはけっこうだが、まず俺に話すのが筋と思うが……」

「冗談じゃありませんよ。そんなことになったらわたしがクビになります」

村山は首と手を激しく振った。

「大袈裟《おおげさ》なことを言うやつだなあ」

「いや、それはまずいですよ。副部長との信頼関係を損なうのはいやですから話しましたが、そのへんは汲《く》んでください」

「いまさらなにを言ってるんだ。二日も三日も、しらばっくれてたくせに」

「申し訳ありません」

村山は拝むようなポーズをとった。

「どうやら左遷らしいんだが、部長はそんなニュアンスのことを言ってなかったか」

「……………」

「あの人に恨まれる覚えはないんだがねぇ」

広岡は、誘ってみたが、村山は乗ってこなかった。

「そろそろ食堂に行きませんか」

時計に眼を落しながら、村山が言った。

「俺と一緒のところを部長に見られたらまずいだろう」

われながら厭味《いやみ》な言いかたになっていると思いながら、村山を横眼でとらえた。

「そんなことはありませんよ。たしかきのうも一緒に食べたんじゃないですか」

「それにしては水臭いじゃないか。きみと俺の仲なら、あのとき話すべきだろう」

「口がむずむずしてたんですけどねぇ」

村山は切なそうに童顔を歪めた。

「食堂には一人で行けよ。ショックで飯も喉《のど》を通らんよ」

広岡は冗談ともつかずに言って、つとソファから立った。

2

一時五分前に、前島が部長席に戻って来た。

広岡は、デスクの中を整理していた。整理というより、かきまわしていたに過ぎない。

心ここになく、なにをやっているのか自分でもわからなかった。

広岡は、前島の視線を斜め後方から右頬《みぎほお》に感じていたが、こっちから仕掛けるのはなんとしても業腹《ごうはら》だった。しかし、いつまで経《た》っても前島から話しかけてこない。

こんなときに限って電話もかかってこなければ来客もなかったので、間《ま》のもたなさ加減といったらない。落着いて考えればやることはいくらでもあるはずなのに、仕事が手につく精神状態ではなかった。

広岡は、四時過ぎにたまりかねて、部長席の前に立った。

「さっき林常務から内示がありました」

「そうだってねぇ」

前島は、応接室のほうを手で示しながら、にこやかに返してきた。

シルバーグレーのメタルフレームの眼鏡と長い揉《も》み上《あ》げが、にやけ面《づら》に一層アクセントをつけている。眼鏡の奥の細い眼をいつも和ませているし、誰に対してもやたら愛想がよかった。

「人事本部だと聞いたけど、羨《うらや》ましいねぇ」

前島はぬけぬけと言った。

「本部付でラインにも入れてもらえないそうです。つまり左遷です。それでも羨ましいとおっしゃいますか」

「それは考え過ぎだよ。人事本部のような枢要《すうよう》な部門へ左遷で行かされるわけがないだろう。きみ勘違いしてるよ。わたしが代って行きたいくらいだ。きみは上に行ける人だし、将来ボードに入ることだって可能なんじゃないの。宣伝部なんかに長くおったらそうはいかないものな。人事本部で、人事、労政にタッチできるなんて幸せじゃないの」

「どうしてそんな見えすいたことを言うんですか。だいたいわたしは、人事などは不向きだと思ってます。もっと言えばいちばんやりたくない仕事です」

「しかし、宣伝の仕事もやりたくないんじゃなかったのかね」

前島の細い眼が鈍い光を放った。

「そんなことはありませんが、もう三年になりますから、営業に戻りたいとは考えました」

「きみを人事本部に出すのは、林常務の親心だよ。やりたくない仕事を経験しておくことも悪くないんじゃないのかね」

「部長と三年もコンビを組んできながら、事前に匂いも嗅《か》がせていただけなかったことは残念至極《しごく》です」

「そう言われても困るんだよねぇ。だって、わたしが聞いたのもけさだぜ」

前島は、大仰に抑揚をつけて言った。

おととい、岡本と村山に話したのはどこのどいつだ、と言えたら、どんなに気持ちがすっきりするだろうかと思いながらも、それでは村山の立場がなくなるので、ここはぐっとこらえるしかない――。

「わたしは部長から嫌《きら》われるようなことをなにかやらかしましたかねぇ。自分では気がついてないんですが、教えていただけませんか」

「わたしのほうこそ、きみに嫌われていたんじゃないのかね」

前島は、つくり笑いを浮かべて、意味ありげに広岡を見つめた。

「そんなもって回った言いかたをされても頭の悪いわたしにはなんのことだかわかりません」

「とにかく健闘を祈るよ。人事本部で頑張ってもらいたいな」

前島はうすら笑いを浮かべながら、ソファから立ちあがった。

3

二月三日は節分《せつぶん》である。

広岡は、朝家を出るとき豆撒《まめま》きをするから早めに帰るように亜希子から言われていた。

亜希子は三つ齢下《としした》の四十三歳だが、小柄《こがら》でまる顔のせいか年齢よりずいぶん若く見える。ショート・ヘアで、髪形にも服装にも執着しないほうだ。一年中ジーンズかコーデュロイのスラックスで通している。化粧も外出時に口紅をひく程度だ。

広岡は、もうちょっとしゃれっけがあってもよさそうなものなのにと、思わぬでもないが、厚化粧の女は嫌いだったから、文句は言えなかった。

長女の智子《ともこ》は女子大英文科の一年生、長男の治《おさむ》はまだ中学二年生だ。

杉並の浜田山《はまだやま》に百五十坪の敷地と六十坪の家を所有しているが、土地は亜希子の父親が遺《のこ》してくれたもので、家のほうは五年前、二世帯住宅用に建て替えたときに広岡と義父の共同名義にした。いまは広岡と義母の名義になっているが、ローンを含めて建築資金の二分の一を広岡が負担したのである。

義父の吉川治雄《よしかわはるお》は、銀行家《バンカー》で大手都銀の常務から系列食品会社の副社長に転じたが、三年前、六十七歳のときに心筋梗塞《しんきんこうそく》で呆気《あっけ》なく他界した。

義母のまり子は六十五歳になるが、亭主に死なれてから、若返ったようなところがある。もともと健康で明るい女だったが、一昨年六月にオープンした高井戸《たかいど》の高級スポーツクラブに入会して、テニス、水泳、エアロビクス・ダンスなどに連日気を吐いている。入会時に年齢を詐称《さしょう》し、七歳も鯖《さば》を読んだが、疑われることもなかったらしく「十歳若くするんだった」と、けろっと言ってのけた。

そのスポーツクラブは四月〜十月は九時、十一月〜三月は十時に開館するが、まり子は開館の三十分前に、いそいそと外出の仕度にかかり、十分前に〝セドリック〟を駆ってクラブに向かう。帰宅は夕方六時前後だが、どうかするとナイターのテニスを愉《たの》しんで、夜九時を過ぎることもあった。

昼食は館内のレストランで摂っている。

義父の存命中もそうだったが、ダイニングルームもキッチンルームもリビングもトイレもベッドルームも娘一家とは画然と区分していた。娘にとってこれほど手のかからない母親も少ない。

この夜、広岡は会食をキャンセルしてまっすぐ帰宅した。六時に会社を出たので、七時過ぎには家に着いた。

「あら、きょうはお早いのねぇ」

「豆撒きをするんじゃなかったのか」

「そうか、きょうは節分だったわねぇ」

「なにをとぼけてるんだ。おまえ、早く帰ってこいって言わなかったか。それともお愛想を言ったのか」

広岡はささくれだって、外したばかりのネクタイをリビングルームのソファに放《ほう》り投げた。

「でもいくらなんでもこんなに早くお帰りになるとは思いませんよ。智子も治も遅くなるって言ってました」

「智子はいつも遅いのか」

「ええ。きょうは英会話のスクールがありますから、九時ごろかしら」

「治はどうしたんだ」

「部活のあとでお友達のお家《うち》へ寄ると言ってました」

広岡は、亜希子の手からネクタイをひったくって、バーバリーのコートを着たまま二階へ上がって行った。ベッドルームでスーツを脱ぎ、ズボンをはき替え、ワイシャツの上からカーディガンを羽織って階下へ降りて行くと、ダイニングルームの食卓に、ふろふき大根、鰆《さわら》の西京漬《さいきょうづけ》、菜の花の芥子《からし》醤油《じょうゆ》和《あ》え、烏賊《いか》の明太子《めんたいこ》和《あ》えなどが並んでいた。

亜希子の料理を出す手際《てぎわ》のよさは間然《かんぜん》するところがない。味つけも申し分なかった。もっとも広岡は、ウイーク・デーに夕食をまともに家で摂ることなどめったになかったが、会社の部下を連れて来ることもしばしばだったから、亜希子は酒の肴《さかな》ぐらいは手をかけたものを出すようにしていた。広岡はビール党で、春夏秋冬ビールを愛飲しているが、寝酒にブランデーかウイスキーを飲むこともある。

亜希子はビールをグラス一杯つきあう程度だ。

ビールを熱燗《あつかん》でも飲むようにちびちびやりながら亜希子が言った。

「母ったらひどいのよ。わたしがスポーツクラブに入会するのを反対してた理由がわかったわ。自分より若い人たちとお友達になってるでしょう。わたしや子供たちの存在を知られたくないらしいの。きょう、クラブへ見学に行ってきたんですけど、テニスの仲間とメンバーズ・ルームでお茶を喫《の》んでたから、わたしが手を振ったら、厭な顔をして、そっぽを向くのよ。〝まりちゃん〟なんて仲間に呼ばせて悦に入ってるんだから。ほんとにいい気なもんだわ。〝母がいつもお世話になってます〟ってよっぽど挨拶《あいさつ》してやろうと思ったんですけど、可哀想《かわいそう》だから我慢したわ」

「…………」

「母の言いぐさがいいじゃない。〝どうしても入りたいんなら姉妹《きょうだい》ってことにしてよ〟ですって。わたしを追いかけてきて、そんなことを言うのよ」

「お母さんがそれで幸福な気持ちになってるんなら、姉妹になってやれよ」

広岡が箸《はし》で鯖をつつきながら言うと、亜希子は眼《め》をつり上げた。

「そんな莫迦《ばか》な話ってありますか」

「いいじゃないか。きみだって、お母さんの齢《とし》になったら、智子にお姉さんと呼ばせたくなるかもしれないぜ」

「まさか、そんな。だいいち母とわたしが姉妹で通せるわけがないじゃありませんか」

「バレたらバレたでいいじゃないの。どっちみち茶目っけとか冗談で済む話だよ。せっかくお母さんが幸福感に浸ってるんだから、僕がきみの立場だったら、そのクラブには入らんな。もっとほかのスポーツクラブを見つけるか、ほかの趣味なりレジャーをさがすよ」

「でも、わたしは入会したいわ。あれだけのスポーツクラブはないと思います。あなたも一緒に入りません？」

「テニスごときに何百万円も……冗談じゃないよ。だいたいテニスなんてスポーツは軟弱《やわ》なやつがやるものと、昔から相場が決まってるんだ」

亜希子は、眼をつぶって、話にならんと言いたげに首をかしげた。

預り金、入会金、年会費などで五百万円近い出費になるが、治雄の生前に財産分与も受けていたし、遺産も応分に受け継いだので、広岡家は経済的に恵まれていた。子育てを終え時間をもてあましている亜希子が、専業主婦に飽き足りなくなっていることは広岡にも察しがつく。働きに出たい、などと言われるくらいなら、テニスでもやらせておいたほうが無難だ。

「テニスがどんなにハードで、おもしろいスポーツか、あなたにはわからないでしょうねぇ。テニスだけじゃないわ。トレーニング・センターにしてもプールにしても施設も立派ですし、雰囲気《ふんいき》も悪くないわ。一度ご覧になったら、きっと入会したくなると思います。ゴルフはお金もかかるし、まる一日もかけてあんな莫迦莫迦しいスポーツはないと思いますけど」

「ゴルフをやらないきみにゴルフの愉《たの》しさがわかってたまるか。どっちにしても、僕はお母さんの幸福を奪い取るような真似《まね》はしたくないね」

広岡は、にこりともせずにつづけた。

「きみはのどかで羨ましいよ。こっちはそれどころじゃないんだ」

「お仕事が忙しいっていうことですか」

亜希子は、広岡のグラスにビールを注《つ》ぎながら心配顔で訊《き》いた。

「宣伝部をクビになったぞ」

広岡は一気にグラスを呷《あお》った。

「まあ」

亜希子は絶句した。

「こんどは人事本部だ。まいったよ」

「どうしてですか。人事って出世コースなんでしょう」

「なにを阿呆《あほ》なこと言ってるんだ」

広岡はビール瓶《びん》をグラスに傾けた。残量はわずかで、グラスの半分にも満たなかった。

亜希子が素早くテーブルを離れ、冷蔵庫から新しい瓶を持って戻って来た。

広岡が自宅で飲むときの適量は大瓶二本と決まっている。

亜希子が酌《しゃく》をしながら言った。

「人事部なら少しは楽ができますでしょう。宣伝部は忙し過ぎます。あなた今年になって、家で夕食を食べたのはきょうを入れて二日しかないんですよ」

「きみ、人事ってどんな仕事かわかってるのか。社員のクビのすげ替えをやる部門ぐらいに考えてるんだろうが、そんな単純なものじゃないぞ。人事異動を人事部が勝手にやれるわけでもないし、よく言えば調整機能だが、ご用聞きみたいなもので、ねんがら年中社内をうろうろしてなければならんのだ。労政を担当させられれば、四六時中組合執行部のご機嫌《きげん》を伺っていなければならない。林のおっさん、僕のどこが気に入らなくて人事なんかに飛ばしたのか、ほんと頭に来てるんだ」

「林さんが決めたんですか」

「部長の差し金かもしれないが、判断は担当常務がする。林さんも前島さんも言ってることが不可解千万なんだ」

「林さんはあなたの味方なんでしょう」

「あの人は直情径行《ちょくじょうけいこう》で単細胞なところはあるが、人事については公平な人だよ。僕たちの仲を取り持ってくれた人だからって、身びいきするようなことはまったくないしね。それどころか、逆に僕に厳しく当たるような面があるな」

「身内みたいなものだから、つらく当たるんですか」

亜希子は、考える顔でビールをひと口すすった。

林は、吉川治雄と大学が同窓でボート部の遥《はる》か後輩だが、学生時代から吉川家に出入りしていた。吉川は一人娘を銀行員に嫁《とつ》がせたかったらしいが、亜希子のほうになぜかアレルギーがあり、林が持ち込んだ縁談をあっさり受け入れてしまったのである。

「そういえば、きみによろしくとか、二人で遊びに来いとか、ふだんあんまり言いつけないことを言ってたっけ。なんか意味があるのかねぇ」

広岡も思案顔になっている。

「わたし林さんのお宅へご挨拶に伺おうかしら。あなたのことが心配になってきたわ」

「女房が菓子折さげて上役のご機嫌伺いなんて莫迦な真似だけはしてくれるなよ」

「そうかなあ。上役って言っても、普通の上役とは違うんじゃないかしら」

「くだらんことを考えるんじゃない」

広岡はしかめっつらで言って、またグラスを呷った。

八時を二十分回った頃《ころ》、まり子がダイニングルームに顔を出した。

広岡家と吉川家は廊下と階段で接続されていたが、玄関も勝手口も別々になっている。

「ご機嫌よう。修平さんの話し声が聞こえたから……」

まり子は、修平の隣りに腰をおろした。眼のふちを赤く染めて、一杯機嫌である。

亜希子が咎《とが》めるように言った。

「お母さん、お酒を飲んで車を運転したの」

「そんな失礼なことを言うもんじゃありませんよ。車はクラブの駐車場に置いてきたわ。お友達に送っていただいたの。ボーイフレンドですよ。テニスとゴルフと水泳とエアロビクスとスカッシュのお陰で、ボーイフレンドがたくさんできました」

まり子は、話の途中で、指を折りながら修平のほうに視線を向けている。

「ゴルフの練習場もあるんですか」

広岡は椅子《いす》ごと横向きに坐《すわ》り直して、訊いた。

「ありますとも。インドアですけど、ちゃんとしたトーナメント・プロがレッスンしてくれるんですよ」

「ほーう。たいしたもんですねぇ」

「修平さん、お入りなさいよ」

「なあにお母さん、わたしには入会するなって言っておいて」

亜希子は頰《ほお》をふくらませて、まり子を睨《にら》んだ。

「あなたには勿体《もったい》ないわ。あんな立派なスポーツクラブに入るのはまだ十年早いですよ」

まり子は、亜希子を軽くいなして、修平のほうへ躰《からだ》をねじった。

「修平さんなら、わたくしを立てて〝まり子さん〟とか〝まりちゃん〟って呼んでくれますよね。〝お母さん〟はいけませんよ」

「口が裂けても〝お母さん〟なんて呼びませんよ。〝おばさま〟はどうですか」

修平が真顔で返すと、まり子は、かすかに首をかしげた。

「〝おばさま〟ねえ。やっぱり〝まりちゃん〟がいいわ。可愛《かわい》くていい名前だって皆んなに褒《ほ》められてるんですよ」

莫迦莫迦しくて話にならんと言いたげに、亜希子がゆっくりと手を振った。

「亜希子、わたしにホット・ミルクをつくってちょうだい。ついでにブランデーをお願い」

亜希子はさからわずに黙って立ち上がった。

電子レンジだから一分でミルクが沸騰《ふっとう》する。

「わたしもご相伴《しょうばん》させてもらいます」

広岡は食卓を離れた。

ダイニングルームと隣接した洋間は亜希子の仕事部屋のはずだったが、いつの間にか物置きに変ってしまった。

壁際に誂《あつら》え注文の特製洋酒棚《だな》が取り付けられてある。リビングルームに据《す》えるべきだという亜希子の主張を広岡は、これ見よがしにそんなことができるかと、強硬に反対した。

高級洋酒が棚からあふれ、そのへんにころがしてある。

広岡は、友達が遊びに来たとき必ず一本持たせるようにしているが、需給のバランスは取れず、供給過剰気味で、物置きは飽和状態に近づいていた。

洋酒に限らず缶詰《かんづめ》類にも少なからずスペースを取られている。

宣伝部に移って以来、取り引き関係にある新聞社、テレビ局、出版社、広告代理店などから盆暮れの付け届けが大量に送り込まれてくるようになった。三年も経《た》つと感覚が麻痺《まひ》してしまうが、初めのうちはゆき過ぎではないかと悩んだこともある。もっとも、どうにも始末に困る贈答品も少なくない。天麩羅《てんぷら》油や調味料の詰合せセットなどはそのくちだ。一つや二つならともかく年二回確実に二十函《はこ》以上も送りつけられるのだからたまったものではない。近所に配るにしても限度があるし、こっちがそう取るように、もらったほうも「また天麩羅油」と思わぬわけがないから、配るに配れぬ事情もある。

贈るほうは、相手の事情など配慮せずに一方的に送りつけてくるのだろうが、亜希子は「送り返せるものなら送り返したい」と悲鳴をあげていた。

このことは広告代理店と、食品会社やデパートなどとのもたれあいの結果と言える。よく言えば持ちつ持たれつの世界ということになるが、食品会社やデパートは、広告の出稿と引きかえに、中元、歳暮の贈答品の買い上げを広告代理店に要求する。

かくして広岡家が天麩羅油と調味料の処分に困惑するというわけだ。

広岡は、足の踏み場もない物置き部屋の洋酒棚からレミーマルタンのXOを抜き取って食卓へ戻った。

すでにブランデー・グラスが一つ用意されてあった。

亜希子がグラス棚から運んできたに違いない。

ホット・ミルクにブランデーを落して飲むのはまり子流で、躰があたたまるから寝しなにやるのはこれに限る、と亡夫から教わったという。

広岡は、いくらビール党でもXOを味わうくらいはできるので、ホット・ミルクにXOはいかがなものか、と思うが、まり子は〝ルイⅩⅢ〟もくそもなく、ブランデーにはホット・ミルクと決めている。

広岡は、ボトルの栓《せん》をあけて、まり子に差し出した。まり子なりの自分量があるから、迂闊《うかつ》に注いだりできないのだ。

「サンキュウ・ベリーマッチ」

若やいだまり子の声に広岡のほうがはにかんだような顔をした。

「修平さん宣伝部から人事部に替るんですって。ホット・ミルクと一緒にレミーマルタンなんか飲めなくなるわね」

腕組みしてまり子の挙措を監督していた亜希子が、冗談ともつかずに言った。

まり子は肩をすくめてやり返した。

「あだやおろそかにはいただいてませんわよ」

広岡は露骨に顔をしかめた。

「きみ、そんなはしたないことがよく言えるなあ」

「わたしとしたことが……。ごめんなさい」

亜希子はちょろっと舌を出した。

「この娘《こ》は、わたくしに含むところがあるんですよ。それでつっかかってくるんでしょう」

まり子はいたずらっぽく笑った。

「お母さん、死ぬまで飲み切れないほどありますから、遠慮なしに持ってってください」

「ウチにも亭主が遺してくれたブランデーが売るほどあるのよねぇ」

亜希子が広岡のほうへ眼を流しながら言った。

「修平さん、左遷《させん》らしいわよ」

「まさか。もうふた昔になりますけど、林さんが将来、重役になることは間違いないって保証してくれたんですよ」

「それは仲人口《なこうどぐち》っていうやつでしょう。もし林さんが本気でそう思ってたとしたら、とんだ目矩違《めがね》いです」

「左遷って、ほんとうなの」

ブランデー・ミルクをすすりながら、まり子が訊いた。

「どうもそんな気配ですねぇ」

「昔の唄《うた》にありましたけど、サラリーマンって、気楽な稼業《かぎよう》でもないんでしょうねぇ」

「典型的な競争社会です。課長になるためにも、部長になるにも、資格試験をクリアしなければならんのですが、これが難関でねぇ」

広岡は、口へ運んだブランデー・グラスをテーブルに置いて、話をつづけた。

「われわれの世代で部長になれる確率は二〇パーセント以下でしょう。高度成長期でしたから大量に採用してますからねぇ。管理職のポスト不足はどこの会社も深刻だと思います。部下を一人も持てない課長はうちあたりも掃いて捨てるほどいますよ。部長になれたら僥倖《ぎようこう》なんじゃないですか」

「重役はともかく、部長も難しいんですか」

弁解がましく聞こえたのだろうか。まり子がブランデー・ミルクをすすりながら心配そうに、広岡のほうをうかがった。

「さあ、どうでしょうか。ただ、資格試験はクリアしてますから……」

「ああよかった」

まり子がうれしそうに言ったので、広岡は苦笑した。

4

九時過ぎに子供たちが帰ってきたので、豆撒《まめま》きになった。

広岡は、十時にベッドルームに電話を切り替えて、岡本の自宅のダイヤルを回したが、岡本はまだ帰宅していなかった。広岡も大手の広告代理店から宴席を誘われていたのだが、よんどころない用件が出来《しゅったい》したと言って欠席したのである。

岡本は十一時過ぎに電話をかけてきた。

「電話をいただいたそうですが、なにか……」

気のせいか、岡本の語調に冷たさのようなものが感じられる。

「今夜は急にキャンセルして申し訳なかった」

「いいえ。仕事の話抜きの懇親会ですから、どうってことはありません」

「連中に僕のことは話したのかい」

すぐには返事がなかった。

「もしもし……」

広岡が呼びかけると、岡本の乾いた声が返ってきた。

「広岡さんのことって、なんのことですか」

「きみ、とぼけなくてもいいよ。部長から聞いてるんだろう」

「いいえ。なんのことですか」

広岡はむかむかしてきた。

前島とやりとりしていたとき、岡本が偶然席を外していたことを広岡は知らなかった。

電話を切りたいところだったが、口をついて出そうな村山の名前を懸命に喉《のど》もとへ押し返しながら、広岡は言葉をつないだ。

「じゃあ教えよう。きみが聞いてないはずはないと思うが、十日付で人事部に替ることになった。きょう林常務から引導を渡されたが、正直言っておもしろくない。それに本社内の異動とはいっても、発令の一週間前に通告されるというのは、どう考えても不自然のように思うんだ」

「それで、広岡さんはわたしになにをおっしゃりたいんですか」

「やっぱり聞いてたのか」

「いいえ。いま初めて聞く話です」

岡本は、酒が入ってるにしては莫迦《ばか》に冷静である。もっとも岡本の酒量は少ないほうだし、自宅が神奈川県の平塚《ひらつか》だから、帰宅するまでに酔いが醒《さ》めてしまったとも考えられる。

「人事部なんて、あんなつまらんところへ行かされる覚えはないんだがねぇ。部長がなにをどう考えてたのか、そのぐらい教えてくれたっていいだろう」

「なにも聞いてないんですから教えようがないですよ。それに人事部なら悪くないんじゃないですか。わたしならよろこんで行きますね」

「そのことはテーク・ノートしておこう。部長とまったく同じセリフをきみから聞くとはね」

皮肉をこめて広岡は返した。

「至るところに青山《せいざん》ありっていいますし……」

「それもテーク・ノートしておく」

広岡は、利《き》いたふうなことを言うな、と怒鳴りつけたいのを必死でこらえた。

「副部長、いつからそんなにひがみっぽくなったんですか」

「余裕綽々《しゃくしゃく》だな」

「ほんとうに、変ですねぇ」

「きみも村山も水臭いぞ。白々《しらじら》しくてやりきれんよ」

「村山がなにを言ったんですか」

岡本の語調が変化した。

「別に。なんとなくそんな気がしただけさ。遅い時間に造作をおかけした。失礼する」

広岡は、のっぺりした岡本の顔を思い浮かべながら、電話などするんではなかったと後悔していた。

岡本は、入社年次で二年後輩だが、年齢差は一歳、俺《おれ》に対してライバル意識を持っていないわけがない。俺の異動によって副部長への昇格を手中にしたいま、さぞかしほくそ笑んでいることだろう――。

広岡は宣伝部の副部長になるまで、昇進レースで確実にトップ・グループの中にいた。仮に役員を目指すとすれば、同期に限らず前後四～五年はライバルと考えなければならないはずなのに、そのことをきょうまで特に意識しなかったのは何故《なぜ》だろうか。

たっぷり挫《ざ》折感《せつかん》を味わわされて、初めて厳しい昇進レースに思いを致すとは、なんと迂《う》闊《かつ》な話ではないか。いままでが順風満帆《じゅんぷうまんぱん》であり過ぎて、過信していたからなのか。それとも、仕事にかまけて、うっかり忘れていたということなのか――。そんな莫迦なと広岡は思う。

広岡は、寝つきのいいほうだったが、今夜に限って睡魔は襲ってこなかった。

同期入社組のライバルたちの顔が眼に浮かぶ。百人に及ぶ事務系の同期入社組で去年十月に参事職（部長クラス）の資格を取得したのは広岡を含めてわずか五人、第二財務部副部長の太田哲夫《おおたてつお》、国内営業本部テレビ事業部副部長の本多耕三《ほんだこうぞう》、子会社で米国現地法人のエコーUSAでゼネラルマネージャーをしている原達也《はらたつや》、人事本部人事部副部長の大崎堅固《おおさきけんご》。

色白で頭髪の薄い大崎の顔が頭の中をよぎったとき、広岡は胸がふさがった。大崎の下に付くことだってあり得ないことではない――。

広岡は寝返りを打ちながら、事実関係だけはなんとしてもつきとめなければならない、とほぞを固めた。

第二章　憂鬱《ゆううつ》な一日

1

翌朝、広岡は通常どおり九時五分前に出勤した。寝不足で、瞼《まぶた》が重たい。就眠が遅かったのに、朝眼《め》が覚めたのは六時前だった。四時間ほどしか寝ていない。

部長席は空席だったが、部長代理の岡本も総括課長の村山も、すでに出勤し、自席で電話をかけていた。二人とも眼で挨拶《あいさつ》したが、なにかしらよそよそしい。

こっちの気分が滅入《めい》っているせいで、ひがみっぽくなっているからだろうと思いながら、広岡は向こう一週間のスケジュール表を睨《にら》んだ。部内会議が四回、社内の調整会議が三回、社外の打ち合せが三回。

きょうは木曜日だが、さっそく九時半から営業部門との打ち合せがある。

企画立案の段階だけでも①宣伝戦略・企画の立案②媒体・表現戦略の企画③新

製品企画・販売促進企画への参画など宣伝部門の業務は山ほどある。

媒体は新聞、雑誌、テレビ、ラジオ、屋外（看板）、駅貼《ば》り、車内吊《づ》りなど多岐にわたるが、プレゼンテーションを含めた折衝、調整にも時間を取られる。大型新製品のキャンペーンともなれば、最終的には常務会、経営トップの決裁が求められるから、社内調整、根回しが大変だ。広告代理店にまかせておけばよいというわけにはいかない。

テレビのスペシャル番組のスポンサーにでもなろうものなら、番組の制作にも関与せざるを得ないし、視聴率戦争に巻き込まれることにもなる。

エコー・エレクトロニクス工業およびエコー・グループ各社の宣伝効果、同業他社の宣伝量、媒体の動向などにも絶えず眼くばりしていなければならない。

エコー・エレクトロニクス工業の宣伝費は年間約百七十億円、グループ全体で約二百五十億円。洗剤・化粧品・家庭用品メーカーのK社、家電メーカー最大手のM社、S社、自動車メーカーのT社とN社、洋酒メーカーのS社などは別格としても、エコーは、テレビ、新聞などのクライアント、広告主として大手の部類に入る。

特に、円高で輸出部門がふるわないため、国内マーケットに傾注せざるを得ない関係で、宣伝、広告予算はここ一、二年の間に急上昇していた。

宣伝部副部長は部内、社内、社外の調整機能を担《にな》っているが、分単位でびっしり詰まっているスケジュール表を眺《なが》めながら、広岡は、自分が組織の一員に過ぎないことをいまさらのように痛感しないわけにはいかなかった。

どの会議、どの打ち合せも、広岡抜きでは成り立たないものなど一つとして存在しなかった。

宣伝部員は部長以下二十二名、うち管理職は十名、女子社員は六名、課長代理以下の社員はわずか六名である。部下を一人も持たない課長職が三名もいる。

「副部長、おはようございます」

スケジュール表から顔を上げると、副部長付の女子社員がデスクの前に立っていた。

安藤枝美子《あんどうえみこ》、二十七歳。眼に険があって、きつい面立《おもだ》ちに似合わず性格はやさしい。

枝美子が、湯呑《ゆの》みをデスクに置きながら言った。

「副部長、ご栄転ですってね」

「情報通だねぇ。誰に聞いた」

広岡は無理に笑顔をつくった。

枝美子は首をすぼめたきりで、返事をしなかった。

「部長か、それとも岡本君か」

「いいえ、けさ人事部のお友達から聞きました」

お友達という言いかたは、女子社員に限らないとも取れるが、人事本部に女子社員は十人近くいるはずだ。

「栄転というのはお世辞だろう」

枝美子は、こんどは表情を翳《かげ》らせた。

「栄転の反対だが、その情報も入ってるんじゃないのか」

電話をしながら、こっちを気にしていた岡本は、広岡の視線とぶつかると、くるっと椅子《いす》を回して、背中を向けた。

枝美子が小声で言った。

「さっき、杉山《すぎやま》さんと話したのですけれど、女性社員六人で副部長の送別会をやらせていただけませんか」

「ありがとう。お気持ちはいただいておくが僕のほうで一席もたせてもらうよ。きみたちにはお世話になってるからな」

前島がアタッシェケースをデスクに置いて、

「おはよう」

と、誰ともなしに大声を放った。

広岡は、会釈《えしやく》を返しただけだったが、枝美子は丁寧に挨拶を返した。

「おはようございます」

岡本が電話の長話を切り上げて、前島の前へやって来た。

「そろそろ九時半ですが、部長はどうされますか」

「きみにまかせるよ。十時に来客があるんだ」

前島は、ちらちらと広岡のほうへ眼を流しながらつづけた。

「広岡君も、人事本部の引き継ぎのほうが忙しいだろうから、いいんじゃないかな」

「そうですね」

大きな声で岡本が相槌《あいづち》を打った。

発令前の一週間は引き継ぎ期間でもあるが、宣伝部の引き継ぎは必要ないと婉《えん》曲《きょく》に言われてるようなものだ。このことは、昨夜のうちに電話で打ち合せ済みであろう。

広岡は、椅子を部長席のほうへ回した。

「ご配慮ありがとうございます。営業との打ち合せに限らず、きょうから宣伝部の会議は、お二人におまかせしますよ」

自分ではにこやかに話してるつもりだが、顔がひきつっているかもしれないと思って、広岡はつとめて頰《ほお》をゆるめた。

「ノミニケーションのほうも一切辞退する。きみのほうから然《しか》るべき連絡をしてもらおうか」

岡本に対して上司風を吹かせられるのは、これが最後かもしれない——。広岡はふとそんな弱気な思いにとらわれた。

ノミニケーションとは、コミュニケーションをもじって、一杯飲みながら懇談するという程度の意味である。

岡本が、前島のほうをうかがった。

「それは、きみ、つきあったらいいじゃない。どうせ歓送会みたいなもんじゃないの。断る手はないな」

「いや、歓送会につきあいだしたら際限《きり》がありません。エコーと取り引きのある広告代理店だけで五十社からありますからね。それにテレビ局だ新聞社だとなったら、躰《からだ》がいくつあっても足りませんよ。もっとも、現金《げんきん》というか、はっきり割り切る世界だから、こっちの気の回し過ぎで歓送会なんてやってくれるところはないかもしれませんけど」

前島が厭《いや》な顔をして横を向き、岡本も気まずそうに席へ戻ったとき、広岡のデスクで電話が鳴った。

「広宣社の小倉《おぐら》です。いつぞやはどうも」

「やあ、相変らずお元気そうじゃないですか」

「まあなんとか生きてるっていう程度ですよ。さっそくですが、ご栄転ですってねえ」

「相変らず地獄耳ですねぇ。油断も隙《すき》もならない人だ。しかし、その情報はだいぶ不正確ですよ」

「やっぱりそうなんですか。それでちょっと気になったんです。きょうのきょうっていうのもなんですが、よろしかったら今夜ごくプライベートにいかがでしょう」

「かまいませんよ。僕は閑人《ひまじん》ですから」

「ご冗談を。でもほんとうによろしいんですか」

小倉弘《ひろし》は、広宣社新聞局の部長職である。

広岡は、ひょっとして小倉はお愛想を言っているのではないか、と勘繰《かんぐ》った。

「あなたのほうこそ、あいてるんですか」

「ええ。野暮用はありますけれど、広岡さんさえよろしければなんとでもします」

「それじゃあお言葉に甘えさせていただきます」

「道玄坂《どうげんざか》の〝おこう〟で七時でいかがですか。万一部屋があいてないようでしたら、五時にもう一度電話を入れさせていただきます」

「わかりました」

岡本と村山は会議で席を外したが、前島は書類を読んでいた。書類に気持ちが集中していない証拠に、さかんにカラ咳《せき》を飛ばしている。電話の相手を気にしているのだろうか。

2

広岡は、小倉との電話が切れてから、社内電話で、人事部副部長の大崎堅固を呼び出した。

大崎は在席していた。

「ちょっと会いたいんだが、いまからどうかなあ」

「わたしもきみに会いたかったんだが、一時間後にしてもらえないか」

「わかった。じゃあ十時半にそっちへ行く」

広岡は、受話器を戻しながら、大崎の下風《かふう》に立つなど冗談じゃないぞ、と思っていた。

時間が経《た》つのがやけに遅く感じられる。

広岡は、思い出したように机の中を片づけにかかった。下段の抽出《ひきだ》しはファイル用に大きなスペースがとられている。大事そうにファイルしてある書類だが、実はどうでもいいものばかりだ。広岡は片っぱしから破いて屑籠《くずかご》に放《ほう》り投げた。

「カッターにかけましょうか」

安藤枝美子がわざわざ席を立って来たが、広岡はかぶりを振った。

「秘密の資料なんてありゃあしないから、大丈夫だよ。屑籠が足りないかな」

「はい。ただいまお持ちします」

結局、残ったのは、爪《つめ》切り、ボールペン、シャープペンシルの類《たぐ》いで、書類はなかった。

いや、ひとつだけある。

ビデオデッキの新聞全面広告のコピーである。

〝EMX《エマックス》・ビデオを買うと損するの〟〝答えは、もちろん「ノー」です〟のコピーは、当時広告業界の話題をさらった。

二年ほど前に、全国紙、ブロック紙、地方紙を問わず、一般紙と言われる全新聞に五日間連続で大キャンペーンを張ったのである。このコピーを制作したのが広宣社だった。

ラフ・コンテの段階では〝EMX・ビデオを買うと得するの〟〝答えはもちろんイエス〟だったが、社内調整、広宣社との数次にわたる折衝を続けているうちにポジティブ・アプローチからネガティブ・アプローチへ変ってしまったのだ。

　プレゼンテーションで、広宣社と産光プロモーションが最後に残ったが、広岡は広宣社を推した。広宣社側の担当責任者が小倉だった。

　しかし、玄人《くろうと》受けはしたが、一般消費者には過激であり過ぎ、エコーの販売代理店から「〝ＥＭＸ・ビデオを買うと損する〟ほうのイメージが強過ぎないか」というクレームが殺到した。

　同業他社の販売攻勢をかわし、シェア低下に歯止めをかけ、巻き返しを狙《ねら》ったはずの広告が裏目に出てしまったのである。

　広岡は、ネガティブ・アプローチについて危惧《きぐ》の念を持った一人だが、ポジティブ・アプローチはありきたりでアピール不足だと常務会で強く主張したのは社長の梅津《うめづ》進一《しんいち》で、小林会長も梅津を支持して〝ＥＭＸ・ビデオを買うと損するの……〟のコピーに決定した。

　広岡が苦い思いにとらわれながら、皮肉な結果を生んだ新聞広告の清刷《きよず》りをたたんで背広のポケットにしまったとき、電話が鳴った。

　大崎だった。

「すぐ来てくれないか。部長も話したいと言ってるから」

「わかった。すぐ行く」

　広岡は、受話器を戻して、安藤枝美子を手招きした。

「人事部長のところへ行ってきます。よっぽどの急用以外は、取りつがないでもらおうかな」

「承知しました」

広岡がネクタイのゆるみを直しながら、十二階でエレベーターを降りたとき、常務取締役で人事本部長を委嘱されている三田英夫《みたひでお》と出くわした。

三田は仏頂面《ぶっちょうづら》で立ち止まり、軽く右手をあげた。

「どうも。十日付で発令されると聞きました。よろしくお引き回しください」

「仕事のことは星野《ほしの》とよく相談してくれよ」

三田は、素気ない返事をして地肌《じはだ》がすけて見える後頭部を撫《な》でながら、エレベーターのボタンを押した。

エレベーターが到着するまで、広岡は、三田の背後に佇立《ちょりつ》していた。エレベーターが閉まりかけたとき会釈したが、三田は上を向いたままで、こっちを見なかった。

星野清と大崎は会議室で広岡を待っていた。

「本部長に会わなかったか」

大崎に訊《き》かれて、広岡は椅子に腰をおろしながら、うなずいた。星野と大崎は壁を背に並んで坐《すわ》っていた。

「ご機嫌《きげん》ななめだったろう」

「そう言えばそんな感じだったな」

「広岡のような大物を迎えて、本部長も当惑してるんだよ」

「それなら、人事なんかに回してもらいたくなかったなあ」

「人事なんか、とはご挨拶だな」

「僕のような大まかな男には、適任とは思えないという程度の意味で他意はない。そんなにむきになられると、それこそ当惑してしまう」

広岡は微笑を浮かべた。

雰囲気《ふんいき》がよくなかった。しかめっつらで煙草《たばこ》をくゆらせている星野といい、妙に絡《から》んでくる大崎といい、どうにもつきあいかねる。

「大まかねぇ」

大崎は引っ張った声で言って、星野のほうをうかがった。

星野が煙草をテーブルの灰皿に捨てた。

「本部付として特命事項を担当してもらうが、具体的なことは、ま、歩きながら考えるとしよう。しばらくゆっくりして宣伝部の垢《あか》を落したらいいな」

「人事本部付の辞令が出るそうですが、人事部長付と考えてよろしいんですか。つまり人事企画部、労政部とは無関係ということでしょうか」

「いや、そのへんはまだなんにも決まってないんだ。机は人事部に置いてもらうが、あくまで人事本部付だから、人事部だけできみを使うわけにもまいらんだろう」

星野は、眉間《みけん》にしわを刻んで話をつづけた。

「なんせきのう三田常務から、きみの受け入れを命じられたばかりだからねぇ。こういうのを青天《せいてん》の霹靂《へきれき》と言うんだろう」

大崎が口を挟《はさ》んだ。

「課長クラスを動かすのとはわけがちがう。今年か来年には部長職になろうとしていた人だからねぇ」

「招かれざる客っていうわけですか」

「率直に言って受け入れ態勢は整っていない。まさに部長がおっしゃったとおり歩きながら考えるしかないんだろうな」

星野が新しい煙草に火をつけた。

「宣伝部のほうの引き継ぎをきちっとやったらいいな。こっちはゆっくりでいいからね」

「引き継ぐほどのこともありません」

広岡はほとんど自嘲《じちょう》的に顔をゆがめた。

「ジュニアとは会ったの」

大崎に訊かれて、広岡はどきっとした。

「きみの後任がジュニアであることは承知してるんだろうな」

「……」

広岡の返事が一瞬遅れた。

大崎がたたみかけてきた。

「なんだ、そんなことも知らんのか。広岡の後任はジュニアだよ。きみに対する宣伝部長の不信感は相当なものだねぇ」

この野郎！　と思った。カッと頭に血がのぼったが、広岡は抑えに抑え、低い声で返した。

「そういう言いかたは人を傷つけるんじゃないのか。人事部の副部長なんだから、もう少し気を遣ってもらいたいなあ。僕が林常務から異動の話を聞いたのはきのうの昼前だぜ」

広岡は、土台、おまえなどとは役者が違う、とわが胸に言い聞かせながら、話をつづけた。

「左遷《させん》含みの異動だということは、いくら頭の悪い僕にも察しがつくが、実を言うとまだ、ぴんときていないんだ。至らない点は多々あるだろうし、不徳の致すところだとは重々承知しているつもりだが、自分では気づいていないことがあるかもしれない。ひとつご教示のほどを……」

星野がとりなすように言った。

「こちらこそよろしくたのむよ。それから左遷なんてことはないからね」

「ジュニアとの引き継ぎはきちっとやっておいたほうがいいと思うな」

「うん。この足で経営企画室を覗《のぞ》いてみるよ」

広岡は、中腰で大崎に返した。

3

広岡は憂鬱《ゆううつ》な気分で、エレベーターに乗り九階のボタンを押した。九階フロアに経営企画室がある。

経営企画室室長代理の小林秀彦《ひでひこ》は、小林会長の次男でまだ三十二歳だが、遠からず経営陣に名を連ねることは間違いなさそうだ。小林会長は当初長男の晴彦《はるひこ》に期待をかけていたが、晴彦が人気女優との結婚、離婚などで味噌《みそ》をつけたうえ、社内の人望もないと見て取って、エコー本社の部長職から系列会社の社長に転出させた。

晴彦より二歳下の秀彦は、兄に比べればいくらかましだが、将来、エコー・エレクトロニクス工業でリーダーシップを取れるほどの器量を備えているか、どうかとなると大いに疑問である。

社員間では、秀彦をジュニアと称しているが、晴彦の在職中は晴彦がジュニアだった。

小林一族は、エコー・エレクトロニクス工業の株式を二〇パーセント近く保有しているほか、小林明の実弟の小林保《たもつ》が副社長、義弟の青木淳《あおきじゅん》が専務と、一族でボードを固めている。

社長の梅津は小林家と血縁関係はないが、小林ファミリーの番頭を以《もつ》て任じていた。

エコー・エレクトロニクス工業が約二万人の社員を擁する大企業でありながら、世間から〝小林商店〟と見做《みな》されているのは、小林明の強力なリーダーシップと小林ファミリーの結束力に負うところが大きい。

経営企画室は、短期、中・長期の経営計画を立案するほか、事業部門間の調整機能をもつ経営の枢要《すうよう》部門だ。青木専務が室長を委嘱され、次長の谷口克也《たにぐちかつや》は部長待遇で、事実上、経営企画室を取り仕切っていた。谷口は、入社年次で広岡より三年先輩で、宣伝部長の前島と同期だ。

室長代理のデスクは手回しよくきれいに片づけられていた。

広岡は、次長席に近づいて、谷口に声をかけた。

「どうも。ジュニアは外出ですか」

「いや」

「ちょっといいですか」

「うん」

谷口は、デスクの上にひろげていた書類をたたんで、抽出しに仕舞い、応接室に広岡を導いた。

「ジュニアは風邪でもひいたんですか」

「いや、きのうからスキーに行ってるんだ。四泊五日で北海道とは豪勢だよな」

「人事部長から引き継ぎをしっかりやっておいてくれと言われたんですが、北海道まで追いかけて行くわけにもいきませんね。それはそうと、ジュニアを宣伝部に押し込んだのは谷口さんの差し金ですか」

「よせやい。俺《おれ》にそんな器用な芸当ができるわけがないだろう」

「しかし、正直なところせいせいしてるんじゃないですか」

「めっそうもない」

谷口は、わざとらしくしかめた顔をすぐにゆるめた。

「きみに恰好《かっこう》つけてもしょうがないな。お察しのとおりだよ。ジュニアが自分で宣伝の仕事がやりたい、って言い出したらしい。経営企画室は会社の動きがよくわかるし、全体が眺《なが》められる部門だから、じっくり勉強してもらいたかったんだが、会社の中にじっとしていられるタイプじゃないんだな。経理から経営企画室へ移ってきてわずか十か月だものねぇ」

「つまり内政は苦手なんですね」

「そういうことになるかな」

「わたしもその口です。人事本部なんて柄《がら》じゃないですよ。ジュニアに宣伝部を弾《はじ》き出されたってことになるんでしょうが、それならせめて営業に戻してもらいたかったですよ」

広岡がぼやくと、谷口は小さくうなずいた。

「俺も、広岡が人事とは意外だった。しかし、人事で苦労するのも悪くないんじゃないか。少なくとも宣伝なんかに長くおるよりましだろう」

「慰めていただいて恐縮です」

谷口が上体を広岡に接近させ、声量を落して言った。

「前島が動くとばかり思ってたんだが……」

広岡が怪訝《けげん》な顔をすると、谷口は鰓《えら》の張った顔をにやりとくずした。

「やっぱり、そのへんのことは知らんのか」

「そんなに思わせぶらないで、教えてくださいよ」

「会長夫人が、ジュニアを宣伝部長にどうかって社長に言ってきたらしいよ。前島が策をめぐらしたかどうかまではわからんが、三田常務が抵抗したらしい。とりあえず副部長にとどめたが、遠からず部長にするんじゃないか。あるいは一挙に取締役にして宣伝を担当させる手もあるかな」

「ふーん」

広岡が唸《うな》り声を発した。そんな動きのあったことなどつゆ知らない。自分の迂闊《うかつ》さ加減にも腹が立つ。

「まさか、そんな露骨なことはやらんでしょう」

「やるだろう。何故《なぜ》だかはわからんが、会長は、急に夫人に弱くなったような気がするなあ」

「社員のモラールは停滞するでしょうねぇ」

「皆んなあきらめてるさ。しょせん小林商店じゃないの」

「次期社長ってこともあり得るんでしょうか」

「血は水より濃いっていうから、次はともかく、次の次ぐらいに考えてるかもしれないぞ。オーナー社長っていうのは、どんなぼんくら息子でも、後を継がせたくなるものらしいからね。神ならぬ人間の弱さとでも言ったらいいのかなあ。きみにしたって、俺にしたって、そんなことは百も承知で、エコーに入社してきたんだから、いまさら顔をしかめたってしょうがないよ」

「経済雑誌で読んだ記憶があるんですが、三人のオーナー会社社長の鼎談《ていだん》で、ひとりの社長が〝俺は絶対に息子に後事を託す気はない〟って発言したら、ほかの二人が〝迂闊にそんなことは言わんほうがいい。苦労して育てた会社をわが子に継がせたいと思うのは人情として当然だ。あなたもそのうち必ず気持ちが変りますよ〟と注意したんです。実際、息子に継がせないと言い切った人は、舌の根も乾かないうちに、自分は会長になって、息子を社長にしましたよ」

「よくわかるな。ただ、願望を言わせてもらえれば、そうは言ってもわがエコーの会長は、そのへんの社長とはひと味違うと思いたいね。あれだけの合理主義者に、そんな浪花節《なにわぶし》は通用しないっていうところを見せてもらえれば、エコーの社員としてこんな嬉《うれ》しいことはないよな」

「同感です」

谷口は持って回った言いかたをせず、直截《ちよくせつ》に話してくれるだけ救われる。

「ところが始末が悪いっていうか、ジュニアを担《かつ》ぎたがる手合いが多いんだよなあ。神輿《みこし》を担いでたほうが気楽ということもあるが、仕事のできないやつに限って担ぎたがるんだ。言っちゃあ悪いが、前島なんてのもその口だろう。ジュニアを副部長に迎えて張り切ってるんじゃないのか」

広岡はどっちつかずにうなずいたが、思いあたるふしがないでもなかった。

両者の力関係は歴然としているはずなのに、谷口は前島を意識しているのだろうか。

「俺は、ジュニアを教育してやろうとは思ったが、立てようとはしなかったから、煙《けむ》たがられたんじゃないかな」

「ジュニアにゴマを擦るようになったらおしまいですよ」

「それは建て前論だな。本音を言えば、俺ももうちょっとジュニアにちやほやしておくんだったと後悔してるよ」

谷口は冗談ともつかずに言って、眼をすがめた。

「ジュニアに押し出されたんなら仕方がありませんが、左遷含みみたいなことを匂《にお》わされてくさってました」

「誰がそんなことを言ったんだ」

谷口はわずかに眉《まゆ》をひそめた。

「林常務の口ぶりは、そんな感じでした。人事本部で一から出直せなんて言われれば、気を回さないほうが無神経ということになりませんか。宣伝部でそんな大きなエラーをした覚えはないんですけどね」

「林常務は照れ隠しにそんなふうに言ったんだろう。照れ隠しというより、きみに対して合せる顔がないと言ったほうが正確かもしれない。どっちにしてもきみの思い過しであり、考え過ぎだよ。栄転だとは敢《あ》えて言わんが、人事マフィアなんて言われんようにお手やわらかに頼むぜ」

谷口に笑いかけられて、広岡は気持ちが楽になったが、きれいにふっ切れたわけではなかった。

だいたい、前島の態度は理解に苦しむ。後任がジュニアであることはすぐわかることなのに、何故《なぜ》伝えようとしなかったのか。それほどうしろめたいことなのだろうか――。


来客で席を外していた前島が部長席に着いたのは、広岡が経営企画室から宣伝部に戻った十分後である。

広岡は椅子を部長席に寄せながら話しかけた。

「人事本部長、人事部長、副部長に会って来ました。ついでにジュニアに挨拶《あいさつ》しようと思って経営企画室を覗《のぞ》いたんですが、会社を休んでるそうです」

前島が当惑したように薄く笑った。

「わたしの後任がジュニアであることはもちろんご存じだったんでしょう」

「うん」

不承不承うなずいたという肯定のしかたである。

「それなら、部長から伝えていただきたかったですねぇ。大崎君から、わたしに対する宣伝部長の不信感は相当なものだって決めつけられました。実際、不信感の表明と受けとめるべきなんでしょうね」

自分では冷静に話してるつもりだったが、声が高くなっている。

前島は返事をしなかった。

こっちに集まっている視線を意識して、広岡は声をひそめた。

「ジュニアは宣伝部長になりたかったそうですね」

「そんな話は聞いてないな。言いがかりに聞こえるね。きみ、なにか変に誤解してないか」

「なにをどう誤解してるんでしょうか」

「ジュニアのことは、当然林常務から聞いてると思っていた」

「聞いてません。これも言いがかりと取られるかもしれませんが、引き継ぎのことにしても、まるで必要ないみたいな言いかたをされたんじゃなかったですか。ところが人事部長からジュニアとの引き継ぎをきちっとやるように言われました。もっともジュニアは今週いっぱいスキーで休暇を取ってるそうですから、来週にならなければ引き継ぎはできませんけど……」

「そんなふうに取られてたとは心外だな。谷口君あたりからなにを吹き込まれたかしらんが、今度の人事については、わたしは蚊帳《かや》の外だよ」

前島は大仰に顔をしかめた。

「きみ、察してくれよ。ジュニアのお守《もり》をしなくちゃならんのだぜ。きみはついてるよ」

「エコーには、ジュニアのお守をしたくてしたくてしょうがない人たちが、ゴマンといるそうですから、逆に羨《うらや》ましいと思われてるかもしれませんよ」

前島は、むっとした顔をあらぬほうへ向けた。

広岡は、多少溜飲《りゅういん》が下がったが、憂鬱な思いが募《つの》った。

4

風がやけに冷たい。

暮れから正月にかけて暖かい日が続き、暖冬異変でスキー場の雪不足が話題になったのに、二月に入って冬が舞い戻ってきたように寒くなった。

広岡は、コートの襟《えり》を立てて渋谷駅前のスクランブル交差点を人の流れに逆らって、道玄坂方向へ歩いていた。

〝おこう〟へ着いたのはちょうど七時だが、小倉は二階の小部屋で緑茶を飲みながら新聞を読んでいた。

「どうもどうも、莫迦《ばか》に冷えますねぇ」

「お待たせしまして」

広岡がコートを仲居にあずけながら返すと、小倉は手を振った。

「二、三分前に来たばかりです。きょうはお呼び立てしまして失礼しました」

「こちらこそ無理にお願いするようなことになってしまって、申し訳ありません」

「なにをおっしゃいますか。副部長さんにお目にかかりたいばっかりに、ご無理願ったのはわたしのほうです」

二人がテーブルに向かい合うのを待っていた仲居が、小倉のほうを窺《うかが》った。

「お料理はいかが致しましょうか」

「ふぐが美味《おい》しいんじゃないの」

「はい。美味しゅうございます」

「副部長さん、いかがですか」

「いいですねぇ。いただきましょう」

仲居がにこやかにうなずいた。見覚えのある顔だ。

短めに切った髪をひっつめにして、うしろで無造作に束ねている。肌は黒いほうだが、顔も大づくりなら柄も大きい。ユニホームなのだろうか、いつも絣《かすり》の着物をまとっているが、広岡は、この女には似合わないような気がした。胸の量感には圧倒される。齢《とし》は訊いていないが、不惑《ふわく》前後と思えた。

「純《じゅん》ちゃん、ビールを頼むよ」

小倉が催促した。

「はい、ただいま。ひれ酒はよろしいですか」

「もらおう」

「広岡さまは……」

「じゃあ一杯だけ」

広岡は答えながら、内心驚いていた。というより悪い気はしなかった。

この店は今夜で二度目だが、小倉から「広岡さん」と呼ばれたのは一度あるかないかのはずなのに、仲居はそれを記憶していたのである。

今夜も前回も小倉と差しだったが、係りはこの女であった。

小倉は、ヘアスタイルに特徴がある。七、三に分けた胡麻塩《ごましお》の毛髪を耳が隠れるほど長めにしているのだ。面高《おもだか》な顔とバランスがとれていない。年齢は広岡より四歳上の五十歳である。

「純ちゃん、こっちは手酌《てじゃく》でやるから、構わんでいいぜ」

「お邪魔なのね」

仲居はあだっぽい眼を小倉のほうへ流した。

「そういうことだ。ビールを三、四本用意してくれればいいから」

「かしこまりました。おビール一杯だけお酌をさせてください」

仲居は、二つのグラスにビールを満たして、階下へ降りて行った。

二杯目のビールを乾《ほ》したあとで、小倉が肘《ひじ》をテーブルについて、上体を広岡のほうへ寄せて来た。

「人事部ですって」

「ええ。正確には人事本部付ですが、どういう経路で、小倉さんの耳に入ったんですか。僕が林から聞いたのは、昨日ですよ」

広岡は、笑いながら訊《き》き返した。

小倉がビール瓶《びん》を自分のグラスに傾けながら言った。

「ウチの局長が二日前に、おたくの部長さんから聞いたそうです。オフレコだと念を押されてますから、そのへんは……」

「わかってます」

「ご栄転とはいえエネルギッシュな副部長さんは、人事なんてもの足りないでしょうね」

「さっきも電話で話しましたが、とても栄転なんていう雰囲気《ふんいき》じゃありません。明らかに左遷です。参るのは、理由がさっぱりわからんことです」

「副部長さんの後任は小林ジュニアですってねぇ」

「そこまでご存じですか。それも大原《おおはら》局長の線でしょうね」

広岡は途中から顔がこわばっていた。

小倉は具合い悪そうに頬《ほお》をさすっている。

「まあ、そんなところです。どうなんですか、小林ジュニアの評判は」

「毒にも薬にもならない、と言ったら褒《ほ》め過ぎになるんですかねぇ」

「つまり毒になるほうが勝っているということですか」

「僕が言うと、なんだか根に持ってるように聞こえちゃいますけど、あなただから率直に言わせてもらいますが、社内の人気はありません」

「そんなにひどいんですか」

小倉は吐息まじりに言って、不味《まず》そうにビールを飲んだ。

今夜、俺を引っ張り出したのは、ジュニアのことを取材したかったからなのか、と広岡はひがんだ気持ちになっていた。広告業界なんて所詮《しょせん》そんなものだ。げんきんというかドライというか、生き馬の目を抜く世界と言い換えても、そう間違っていないかもしれない。

広岡は、索漠《さくばく》とした思いでビールを呷《あお》った。

小倉は、広岡が何百人とつきあった広告マンの中では気持ちをかよわせた一人だったが、いま小倉の頭の中はジュニア対策で一杯なのだ。しかし、それはごく当然のことで、感傷的になるほうがおかしい。

さっきの仲居が大きな絵皿に貼《は》り付けたふぐ刺しを運んできたので、広岡の思いは途切れた。

「密談は終りましたか」

「密談なんてしてませんよ。どうぞここにいてください。小倉さんと差しで飲んでてもちっともおもしろくないですから、一緒につきあってくださいよ」

「うれしいわ」

仲居は、両手で広岡の左腕を取って、しなだれかかってきた。

「だから広岡ちゃんって、大好きなの。わたし広岡ちゃんのファンなのよ」

「小倉さんの気を引こうとして、そんな無理しなくてもいいですよ」

「ううん。小倉さんは、わたしの趣味じゃないの。そうじゃないか、わたしが小倉さんの趣味じゃないんだ」

仲居はまだ広岡の腕をつかんで、横向きに躰《からだ》を密着させたままだった。

広岡は左腕の上膊《じょうはく》に、弾みのあるやわらかなものを感じていた。

「そのとおりだよ。きみは俺の趣味じゃないし、あいにく俺は女には不自由していない。きみにうつつを抜かすほど俺はもの好きじゃないしな」

小倉はにこりともせずに言い返した。

「まあ、ご挨拶ですこと。広岡ちゃん、一杯いただかせて」

仲居は、広岡から手を離して、広岡のグラスにビールを注いだ。

広岡はそれを一気にあけて、グラスを返し酌をしてやった。

仲居もひと息で飲み乾した。

「ああ、美味しい」

「もう一杯いきますか」

「ええ」

仲居は悪びれずにグラスを広岡の眼前へ突き出した。

「おい、いい加減にしろよ。副部長さんとまだ大事な話があるんだ」

「わかりました。もう、冷たいんだから」

仲居は、こんどはふた息でグラスをあけ、思い入れたっぷりな流し眼を広岡にくれながら、座敷から出て行った。

小倉がにやにやしながら言った。

「純子のやつ、副部長に気があるみたいですねぇ。本気みたいですよ。長沢《ながさわ》純子、純は純粋の純で本名です」

「まさか。習い性とでも言うか誰にだって気をもたせるようにできてるんですよ」

「純子は博愛衆に及ぼすような女とは違いますよ」

「そういう意味で申しあげたわけじゃありません」

「あれで、意外に身持ちがいいんじゃないかな。目下空家のはずです」

「へーえ。ミセスじゃないんですか」

「三、四年前に離婚したんです。たしか中学生の女の子が一人おったんじゃなかったかな。おふくろにあずけてるはずです」

「ずいぶん詳しいんですねぇ」

広岡にしげしげと見つめられて、小倉はあわて気味に手を振った。

「誤解しないでください。わたしはやってませんよ。こう見えても調査局に三年もいましたから、蛇《じゃ》の道はへびですかね」

「調査局はよかったなあ」

「ほんとうにわたしの趣味じゃないんです。なんなら口をきいてあげましょうか。ああいう女はあと腐れがなくていいんじゃないですか」

「博愛衆に及ぼすような女じゃない、という話と矛盾しませんか」

「矛盾しないと思いますけどねぇ。頭の良い女ですから、家庭を壊すような莫迦な真似《まね》はしないでしょう。ほんとの話、一度どうですか。うさ晴らしぐらいにはなりますよ」

「いや、僕もそんなに不自由してるわけじゃありませんから」

広岡は澄ました顔で返したが、気持ちが動かないと言えば嘘《うそ》になる。

純子がひれ酒の用意をして、座敷に顔を出した。

「そんな顔しないでください。すぐ退散しますから」

「いつ俺が変な顔したかね」

小倉が絡《から》んだような言いかたをしたので、純子が切なそうな顔を広岡に向けてきた。

「純ちゃん、副部長さんにアパートの電話教えてあげなさいよ。きみにいたく関心があるようだぜ」

「ほんとうですか」

純子に覗き込まれて、広岡はどういう顔をすればいいのかわからず、あいまいな微笑を浮かべていた。

「じゃあ、あとでね」

純子は、ぐっと声をひそめたが、もちろんそれは小倉の耳にも届く範囲の声量だった。

「広岡さん、アルコール少し飛ばしたほうがよろしいかしら」

「お願いします」

純子が割り箸《ばし》でグラスの中をかきまぜて、マッチで火をつけると蒼白《あおじろ》い炎が三秒ほどグラスの中でゆらめいた。

「コップが熱くなってますから、気をつけてくださいね。小倉さんは……」

「俺はこのままでいい」

「お刺身、めしあがってくださいな」

大皿の一方がだいぶ侵食されていたが、広岡のほうはふぐ刺しの減りかたが少なかった。

「いただいてますよ」

見返す純子の眼からあやしい光が放たれたのを広岡は意識した。

遠ざかっていく純子の足音を聞きながら、広岡が訊いた。

「大事な話があるって、ほんとうですか」

小倉は不意を衝《つ》かれたように細い眼をしばたたかせた。

広岡はひれ酒をすすりながら小倉の返事を待った。

小倉が誘われたようにグラスの蓋《ふた》をあけた。

「御社《おんしゃ》の小林会長は、オーナー経営者の中でも傑出した人だとばかり思ってたのですが、わがままなジュニアに振り回されてるようでは大した人物じゃありませんね」

「どういう意味ですか」

「経営企画室から宣伝部に替りたいと言い出したそうじゃないですか」

「そんなことまでご存じですか」

「ええ。宣伝部長のポストをねだったそうですね。もっとも会長夫人が介在してるっていう話もありますが」

「さすが広宣社調査局におられただけのことはありますね。僕よりよっぽど詳しいですよ」

「まぜっかえさないでください」

「いや、率直に申しあげてるつもりです。ただ小林が大した役者ではないみたいに言われるのは心外です」

「そうですかねぇ。相当な俗物だと思いますけど。産経連の副会長になりたくてなりたくて、ずいぶん運動したって聞いてますよ。名誉欲は相当なもんでしょう」

小倉はがぶっとひれ酒を飲んで話をつづけた。

「副部長さんに恰好《かっこう》をつけてもしょうがないから、わたしも率直に言いますが、ただの商売人っていうだけのひとでしょう」

「おっしゃるとおり小林は商売人です。しかし、ただの商売人とはわけが違うと思います。グレート・マーチャントとでも言ったらいいですかねぇ。もちろん、小林も神ならぬ人の子ですから、名誉欲がないなどとは思いませんけど、産経連の副会長になりたがったのも事実でしょうが、産経連副会長の肩書は、外国では相当に重みがあるからこそ、欲しがったんです。事実、小林が産経連の副会長ポストを手に入れたことによって、エコーはかなり得してると思います」

「いよいよもって鼻もちならんじゃないですか。すべて計算ずくでしか動かない人ってことですよね。ひとの気持ちがわかる人とは到底思えませんな」

「どうしたんですか。きょうは莫迦に辛辣《しんらつ》ですねぇ。エコーになにか恨みでもありますか」

広岡は冗談めかして言ったが、不快感を顔に出していた。

いくらなんでも、自社の会長をここまであしざまに言われたらおもしろくない。

「紳士面《づら》してますけど、女ったらしでどうしようもない、そうじゃないですか。ハワイだかバリ島だか知りませんが、女を連れて旅行した現場に、カミさんに踏み込まれてから、カミさんに頭が上がらなくなったなんて噂《うわさ》もありますねぇ」

広岡は露骨に顔をしかめた。

「それこそ神ならぬ人の子ですから、多少のことはあると思いますが、つまらない噂に尾ひれを付けて話すほど小倉さんは悪趣味な人でしたかねぇ」

小倉はひれ酒をぐいと呷った。

「副部長さん、恰好なんかつけずにざっくばらんに話しましょうよ。わたしは、あなたとの相互信頼関係は盤石《ばんじゃく》だと信じてます」

「それは、おっしゃるとおりです。だからこそこうしてお会いしてるんじゃありませんか」

「会長夫人に眼をかけられた社員が、いろいろスパイ活動をさせられてるという話も否定しますか」

「そんな莫迦な！　全面否定します」

「副部長さんは、ほんとうになんにも知らないのかなあ」

小倉は小首をかしげて、ひとりごちた。

「大事な話って、そんなことですか」

「いや、そんなことはどうでもいいんです。実は、わたしもクビになりました」

「え！」

広岡は絶句した。

「ですから、今夜は同病相あわれむ会なんです」

「冗談じゃないんですか」

「冗談でこんなことが言えますか。五日付で大阪支社に飛ばされました」

「ポストは」

「総務局長です」

「それなら栄転でしょう」

「なにをおっしゃいますか。本社の部長並みと言われてますが、過去に大阪支社の総務局長から上に行った者は一人もいませんよ」

小倉は口をひん曲げてから、残りのひれ酒を飲み乾した。

「きっと小林会長の逆鱗《げきりん》に触れたんじゃないですか」

どういう意味だ、と問いたげに広岡が座椅子《ざいす》に背をもたせて、小倉を見やった。

「察しがつきませんか」

広岡がかすかに首をかしげると、小倉はひれ酒のグラスにビールを注《つ》ぎながら言った。

「例のネガティブ・アプローチですよ。〝EMX《エマックス》・ビデオを買うと損するの〟のキャンペーンは、結果的に大失敗に終りましたからね。小林会長がわたしを恨みたくなる気持ちもわかります」

「あり得ませんね。恨むんなら、梅津社長を恨むべきです。いや、小林会長を含めた常務会全体の責任ですよ」

「しかし、そもそもの発想はわれわれですから……」

広岡が背広のポケットから新聞広告の清刷《きよず》りを取り出して、テーブルにひろげながら言った。

「これは、実に素晴らしいコピーだと思います。ポジティブ・アプローチからネガティブ・アプローチに変えたのは、わが社の常務会ですが、いま現在のタイミングだったら、きっと受けてたんじゃないでしょうか。わずか二年ほど前ですが、ちょっと早過ぎたんでしょうね」

「副部長さん、何故《なぜ》こんなものをお持ちになったんですか」

「そんな顔をしないでください。見るのも厭《いや》ですか」

「ええ」

小倉は、さすがに笑い返した。

「ファイルから抜き取って来たんです。書類という書類は全部捨てましたが、これだけはなんだか勿体《もったい》なくて」

「こんなもの捨ててくださいよ。このお陰でわたしは都落ちです」

小倉は、あからさまに顔をしかめた。

広岡が清刷りをたたみながら言った。

「小林に広宣社の人事に介入できる権限があるとは思えませんが」

「さあ、それはどうかなあ。ちょっときれいごとでしょう。ウチの社長に、どこかのパーティで、ひとこと耳打ちしたら、それで決まりですよ。スポンサーには弱い立場ですからねぇ」

小倉は、紙のように薄いふぐの刺身を箸でかき寄せながら、つづけた。

「わたしの推理は九〇パーセントがた当たってると思いますね」

広岡は、胸がざわついた。喉《のど》が渇《かわ》き、ビールが欲しくなった。

「だとすると、エコーでは、僕が責任をとらされたわけですか」

「多分そうでしょう」

小倉は素気ない返事をして、ふぐ刺しのかたまりを口へ放《ほう》り込んだ。

「失礼します」

純子がふぐちりの準備をしてやって来たのだ。

「お二人とも深刻なお顔をしてどうなさったんですか」

「そんな深刻な顔をしてますか」

「ええ。せっかくのお顔がこわばってだいなしですわよ」

広岡が両手で洗うように顔をこすりながら言った。

「いかんなあ。まずい顔がよけいまずくなってるんですか。酒がまずくなっちゃいますねぇ」

「このまずいのを一杯たのむ。いや、二杯もらおうか」

小倉がグラスを指して言うと、純子は吹き出した。

「まずいまずいってなんですか」

「僕はビールをください」

「はい。まだ密談はつづきますの」

広岡に替って、小倉が答えた。

「ああ。まだしばらくかかりそうだな。俺たちみたいに手がかからん客は大歓迎だろう」

「張り合いがなさ過ぎます。わたしは広岡さんのお傍《そば》にいたいんです。ほんとうよ」

「なにをしゃあしゃあと、こっちはそれどころじゃないんだ。この店も、今夜で最後だぞ」

「嘘でしょう」

純子が軽く小倉を睨《にら》んだ。

「ほんとだよ。大阪へ飛ばされるんだ」

「ほんとうなの」

「ええ」

広岡がうなずくと、純子はまばたきをした。

「小倉さんは、しょっちゅう東京へ出張して来ますよ。僕も〝おこう〟に顔を出させてもらいます」

広岡は、頬《ほお》が赤らむのを覚えた。

純子は、ふぐ刺しの残りを広岡の小皿に集め、鍋《なべ》の仕度をして退室したが、ほどなくビールとひれ酒の用意をして引き返して来た。

「いま、女将《おかみ》さんと板さんが挨拶に見えます」

「おい、よけいなことするなよ」

「黙っているわけにもいかないじゃありませんか」

「ここの女将はいい齢《とし》して厚化粧だから嫌《きら》いなんだ」

「まあ、お口が悪い」

女将と板前が顔を出し、座敷はにぎやかになったが、二人は五分ほどで引き取った。

「ふぐちりは、十分あとにしてくれないか」

「承知しました」

純子も素直に座敷から出て行った。

「さて、どこまで話しましたっけ」

「エコーでは僕が責任を取らされたというところでしたね」

「ええ。そうでした」

小倉は、ひれ酒をひと口飲んでから、なんどかうなずいてみせた。

「間違いないと思いますよ」

「僕の場合は明らかに左遷ですが、なんで二年も経《た》ってからやられたんでしょうか」

「ジュニアの人事が絡んでるんじゃないですか。それと前島部長もひと役買ってます」

小倉は断定的な言いかたをした。

「前島がどうひと役買ったんですか」

「部長の椅子にしがみついていたい一心で、なにか策をめぐらしたんでしょうね」

「策をめぐらす……」

広岡は、ビールを飲みながら考える顔になった。

鰓《えら》の張った谷口経営企画室次長の顔が眼に浮かんだ。

『前島が策をめぐらしたかどうかまではわからんが……』と言った谷口の言葉が厭でも思い出される。

「前島っていうひとは油断ならない人だと思いますね。くわせものと言ってもいい。自分自身を守るためには平気でひとを裏切るんじゃないですか」

「………」

「不思議なのは、副部長さんのヨーロッパ旅行がどうして、小林会長の耳に入ったかです」

「なんですって」

広岡が、一オクターブ高い声を発した。

「副部長さんがわたしどものアレンジでヨーロッパ旅行をされたのは、二年半前でしたね」

「そうです」

広岡の声がかすれている。

「そのことを小林会長は知ってるような口ぶりだったらしいんです。ウチの社長に〝あんまりエコーの社員を甘えさせては困る。ヨーロッパに女連れの大名旅行はやり過ぎだ〟みたいなことを言ったそうですよ。どうしてそんなことが小林会長の耳に入ったんですかねぇ。ウチから洩《も》れるなんてことはまず考えられないんですけど……」

広岡がふるえ声を押し出した。

「僕は、あの時点で前島に相談しましたよ」

「そんな莫迦《ばか》な！」

小倉はほとんど叫んでいた。

「まだ、宣伝部に移って来たばかりで勝手がわかりませんでしたから、ひとりでは判断できなかったんです」

「それはないですよ。あれほど念を押したじゃありませんか」

「たしかに、あなたはプライベートだと考えてほしいとおっしゃいましたが、受けるほうはそうはいきません。いかにもサラリーマン的で、ケツの穴が小さいと言われるかもしれませんが、宣伝部の副部長になって五か月かそこらで、あんな話を持ち込まれたら、誰だってびっくりしますよ」

広岡は手酌《てじゃく》でグラスを満たし、ビールを飲んで気持ちを鎮《しず》めた。

「前島部長に利用されたんですね。なんせ悪がしこいひとだから」

「そうだとしたらゆるせませんねぇ。僕に、かれが、行くようにすすめたんです。夏休みだし遠慮することはない、とかなんとか言ってました。正々堂々たるものですよ」

小倉は、度しがたいひとだと言いたげにゆがめた顔をあらぬほうへ向けた。

「前島部長は産光プロモーションに近いひとですよ。副部長さんにわたしの気持ちを汲《く》んでいただけなかったとは、残念至極です。前島部長は、わたしに含むところがあるでしょうね」

純子の懸命な気遣いを無にするわけにもいかず、広岡はふぐちりも、雑炊《ぞうすい》も食べるには食べたが、賞味するゆとりなどまるでなかった。

広岡は、帰りのタクシーの中で〝前島の野郎！〟と思いつづけていた。

5

亜希子から会社に電話がかかったのは、広岡が宣伝部副部長になって間もない昭和六十年の五月十五日のことだ。

「もしもし、あなたね、亜希子です。あなた、きょうがどういう日かご存じですか」

「知らんねぇ。何の日なんだ」

「それでは二問目よ。小倉弘さんというかたをご存じですか」

おどけた口調で、亜希子が訊いた。

「小倉弘……」

鸚鵡《おうむ》返しに言って、広岡は受話器を左手に持ち替えた。

「それも、知らん。おい、いい加減にしないか。これから会議が始まるんだ」

「小倉弘さん、ほんとうに知らないんですか」

亜希子の声の調子が変っている。

「広宣社のかたですよ」

「ううん。その人なら会ってるな」

「たった一度ですの」

「うん。このひと月半ほどの間に二、三百人にも会ってるんだから、いちいち覚えてないよ。その小倉さんがどうしたんだ」

「真紅の薔薇《ばら》の花を驚くほどたくさん贈ってくださったんです」

「僕にか」

「あなた、まだそんなことを言ってるんですか。わたし怒りますよ」

「そうか。きみにだな。誕生日だったね」

「あなたから、誕生日にお花をいただいたことなんて、あったかしら。小倉さんってどんなかたか知りませんが、優しいかたね。わたし心が浮き立ってます」

「しかし、ちょっとやり過ぎじゃないかなあ。これからどういうつきあいをするかわからんが、女房にまで……」

「そう言えば、ちょっとオーバーかしら」

「うん。僕の誕生日はいったいどういうことになるのかね」

「でも嬉《うれ》しいわ。わたしは単純によろこんでます。そんなわけですから今夜は早くお帰りになってくださいね」

「そうもいかんな。めしはいらんと言ってあるだろう」

「承《うけたまわ》ってます。言ってみただけのことですよ」

「じゃあな」

広岡は電話を切って、しばらくデスクに頬杖《ほおづえ》をついてぼんやりしていた。亜希子から出し抜けに名前を言われたときはぴんとこなかったが、小倉ならよく覚えている。二度会っていた。一度は会社へ取締役新聞局長の大原と二人で挨拶に来た。二度目は、宴席だった。なかなかの話術家で頭のキレそうな印象をもったものだ。それにしても亜希子の誕生日など教えた記憶はなかった。

まてよ、そうか、と広岡は思った。前島が宴席で義父の話をしたが、それを覚えていて古い紳士録でも調べたのだろう。それにしても、よくやる。

広岡は、われに返って受話器を取った。薔薇のお礼を言っておかなければならない——。

七月に入って間もなく、小倉が電話をかけてきた。

挨拶のあとで、小倉が言った。

「副部長さん、夏休みはどうされます」

「とくに決めてませんが……」

「副部長のお誕生日は、七月二十二日でしたねぇ」

「ええ。その節は家内にまで気を遣っていただいて、恐れ入ります」

「わたくしどもにお誕生日のプレゼントをさせていただけませんか」

「とんでもない。お気持ちだけいただきます」

「ささやかというか、ほんの気持ちなんです。うちあけたところ、わたくしどもで企画したヨーロッパ・ツアーですが、コストは只《ただ》です。ですからノン・オブリゲーションと言いますか、ツアーで欠員が出ちゃったんです。そんなわけで十日間のツアーですが、わたくしどもも、だからなにかをお願いするなんてことはまったくございません。下心はこれっぽっちもありません。副部長さんと、奥さまでも、どなたでもけっこうですが、お二人でツアーに参加していただくだけでよろしいんです」

小倉は饒舌《じょうぜつ》だった。

「わたくしにおまかせ願えませんか。おかしく勘ぐる人がいないとも限りませんから、副部長さんとわたくし限りということにして……」

「ちょっと待ってください。ご好意はありがたいのですが、十日も休めませんし、やはりお断りせざるを得ないと思います」

「土日が四日入りますから、わずか六日ですよ。なんとかお受けいただけませんでしょうか」

「小倉さんこそ、行かれたらよろしいじゃないですか」

「わたくしは、旅行はゲップが出るほどしてますから、そんな気になれません」

「奥さん孝行されたらどうですか」

「とにかく、ぜひ広岡さんにお願いしたいんです」

小倉は強引だった。

「それじゃあ、二、三日考えさせてください。多分お断りすることになると思いますが……」

「よろしくお願いします」

広岡は、気乗りしなかったが、亜希子に話すと、すっかりその気になってしまった。

広岡は、十数年前に三年ほどパリ支店に勤務したことがあったが、当時は家族ぐるみの海外移転は認められておらず、単身赴任で正月休みと夏休みに出張扱いで帰国できるだけだった。

仕事が忙しく馬車馬みたいに働かされた時代で、観光旅行を愉《たの》しんだ記憶もなかった。

亜希子は、よほど恨み骨髄に徹しているとみえ、いまだに〝魔の時代〟などと言っている。

「あのときの貸しを返していただくチャンスです」と亜希子が言えば、義母のまり子は「子供たちの面倒はみてあげますから、安心して行ってらっしゃい」と亜希子に加勢し、子供たちも「まりちゃんと仲良くやるから心配いらないよ」と、母親に寛大であった。

まり子は、スポーツクラブに入会する前から孫たちを手なずけて〝まりちゃん〟と呼ばせていた。

広岡は、小倉に返事をする前に、前島に相談した。

「広宣社の小倉さんから夏休みのヨーロッパ・ツアーで欠員が出たので乗ってもらえないか、と言ってきてるんですが、どんなものでしょうか。僕は辞退するつもりですが、なんでしたら部長、奥さんとご一緒にいかがですか」

「わたしは夏休みは予定を組んじゃってるし、家内が飛行機に乗らん主義だから、夫婦で海外旅行は無理なんだ。もっとも家内に言わせれば、豪華客船という手があるらしいが、そうなると先立つものがね。とてもとても……」

前島は、右手の親指と人差し指でマルをつくって頭を左右に振った。

「そうですか。残念ですねぇ。それでは断るしかありませんね」

広岡は、前島の反応を待った。それで色よい返事が得られなければ、断るまでだ。

「きみは夏休みはどうなってるの」

「まだプランはありません。結局、家でゴロゴロしてることになるんですかねぇ」

「きみが広宣社の話に乗ってやったらいいじゃないか。夏休みなんだし遠慮することはないよ。勿体《もったい》ないから、そうしたまえよ。エコーは、広宣社にとって大スポンサーなんだから、その程度のことはしてもらってもバチは当たらんだろう」

「いいんですかねぇ。小倉さんもノン・オブリゲーションなんて言ってましたけど、なんだか借りができちゃうみたいで……」

広岡は、ことさらに渋面をつくったが、亜希子の笑顔が見えるような気がしていた。

「なにを言ってるんだ。広宣社には貸しこそあれ借りなんてないね」

「……」

「美人の奥さんと行ってこいよ」

「ご冗談を。ウチのやつはよろこぶでしょうが僕はどうも億劫《おっくう》で」

「たしかに弁当持参でヨーロッパ旅行でもないかな。どうせなら別口を調達して出かけるなり現地調達するなり、もう少しなんとか手がありそうだな」

前島はでれっと頬をゆるめて、右手の小指を立てた。

「きみ、こっちのほうはどうなんだ」

「格別品行方正ではないし、朴念仁《ぼくねんじん》とも思いませんけど、特定の女なんていませんよ」

「なんだ案外駄目《だめ》なんだねぇ。ま、能ある鷹《たか》は爪《つめ》を隠すってこともあるからな。きみが誰を連れてヨーロッパを旅行しようが、わたしのあずかり知らんことにしておくよ」

「出かけるとしたらワイフ以外に考えられませんが、よく相談してみます。受けることになりましたら、部長から林常務の耳に入れておいてください」

「そんなに気を遣う必要はないよ。羨《うらや》ましがられてもなんだから、宣伝部の連中には黙ってたほうがいいだろう」

広岡は、前島を見直す気持ちになっていた。いかにも話のわかる上司という感じがしたのである。

広岡夫婦にとってヨーロッパ旅行は実に快適なものであった。

小倉は、ツアーに欠員が生じた、と言っていたが、ツアーなどというしろものではなかった。広岡夫婦のために英仏二か国語が堪能《たんのう》な広宣社の若い社員を一人フルアテンドさせたうえに、フライトはすべてファースト・クラスという超豪華版だったのである。

6

エコー・エレクトロニクス工業が四億円の特別予算を計上してEMX・ビデオの大キャンペーンを実施することになり、大手広告代理店数社と接触を開始したのは、その年の十一月だが、プレゼンテーションの段階で、産光プロモーションと広宣社の二者択一《たくいつ》に絞られたときに、前島と広岡の意見が対立した。

前島が産光プロモーションを採るべきだと主張したのに対して、広岡は広宣社を強く推したのである。

「広岡君は、広宣社にウエットだからねぇ。ニュートラルな見方とは思えんね」

宣伝部の部内会議で、前島はあてこすりを言ったが、誰もぴんときているものはいないようだった。部長に、そこまで言われれば、気の弱い者なら自説を撤回するところだが、広岡はひるまなかった。

ヨーロッパ旅行の借りを返したい、とする気持ちがなかったと言えば嘘《うそ》になるが、広宣社の考え出したコピーのほうが断然アピールするように思えたのである。

「どうして僕が広宣社に対してウエットにならなければいけないんですか。誤解を招くような発言は慎しんでください。ごくありきたりな産光プロモーションのコピーに比べて、広宣社のほうがはるかに訴えかける力が上だと判断しているに過ぎません。迫力がまるで違うと思うんです」

広岡は力説してやまなかった。

前島は宣伝部の意見を産光プロモーションに絞り込んだうえで、営業部門と意見調整したかったようだが、その目論見《もくろみ》は広岡の強硬な反対で崩れた。

担当常務の林も広宣社を採った。林が前島の顔を立てて、常務会の判断にゆだねた結果、広宣社に内定した。

広宣社との打ち合せの席上、前島が皮肉たっぷりに小倉にささやいた。

「広岡君がどうしても広宣社じゃなければ困ると言ってきかんのですよ。人間、搦《から》め手《て》から攻められると弱いもんですなあ。広岡君に、おまえ、いったい広宣社からいくらもらったんだって言ってやりましたよ」

「恐れ入ります。ない知恵を絞った結果だとよろこんでおります」

小倉は、前島が広岡夫婦のヨーロッパ旅行のことをよもや知っているなどとは思わないから軽く受け流したが、広岡にくらいつき、取り入った甲斐《かい》があった、と内心してやったり、と思っていた。

小倉は、広岡が林に近いことも調べ上げていた。広岡が宣伝部の芯《しん》になるに違いない、と踏んでいたからこそ、女房の誕生日に花を贈るキメの細かさを見せたのである。いわばヨーロッパ旅行の招待は、先行投資で、この狙《ねら》いはまんまと的中した。今後四億の二割、八千万円がコミッション・フィーとして広宣社にもたらされる。今後のことを考えれば、広宣社の得《う》べき利益は計り知れない――。

もっとも、広岡は小倉と二人だけで飲んだときに、くどくどと念を押した。

「ヨーロッパ旅行とはなんの関係もありませんよ。あれはあれ、これはこれです。今回は、広宣社の企画力に脱帽したに過ぎません。林は公平な人ですから、とくに僕をひいきするなんてこともあり得ません。その点、誤解のないようにくれぐれもお願いします」

「よく承知しております」

小倉は、自然笑いがこみあげてくる。産光プロモーションの鼻をあかしただけでも溜飲《りゅういん》が下がるが、おまけに社長賞までもらう大ホームランをかっ飛ばしたのだ。

ところが、エコー・エレクトロニクス工業が広宣社と組んでぶちあげたEMX・ビデオの一大キャンペーンは惨憺《さんたん》たる結果に終った。

ネガティブ・アプローチに対する販売代理店の不評もさることながら、一般消費者が、EMX・ビデオを買うと損するような気分を誘発しかねないマイナスの効果をもたらしたのである。

しかし、宣伝部が咎《とが》められることはなく、すべては不問に付された。もし、ポジティブ・アプローチをネガティブ・アプローチに変更させた責任を問われる者がいたとしたら、社長の梅津であり、常務会でなければならないはずだった。

第三章　部長の背信

1

エコー・エレクトロニクス工業株式会社の代表取締役会長、小林明の恐妻家ぶりは、つとに知られている。

会長夫人の小林信子《のぶこ》は、昭和六十三年一月下旬の某日午後、社長の梅津進一に電話をかけてきた。

挨拶《あいさつ》のあとで、信子はいきなり斬《き》りつけるように本題に入った。

「エコーの宣伝部はなにをしてるのかしら。せっかく良い製品をつくっても売れなければなんにもなりませんよ」

「けっこう健闘してると思いますが、なにかお気づきの点でもございますか」

「秀彦に宣伝部長をやらせたらどうかと思ってますの。あの子は、あれでなかなか良いセンスをしてますのよ」

信子が人事に口出しするのは、いまに始まったことではないから驚くには当たらないが、小林秀彦はつい最近、課長職から室長代理に昇格させたばかりだったので、梅津は呆気《あっけ》にとられた。

しかも、部長となれば二階級特進である。

「経営企画室でまだ一年になりませんから、もう少し辛抱していただくとよろしいと思いますが……」

梅津は、慎重に言葉を選んで返したつもりだったが、信子はうけつけなかった。

「十か月もやれば充分ざあましょう。秀彦はできるだけたくさんのポストを経験させたほうがよろしいのよ。やる気になってるんですから、あなた、秀彦の気持ちを引き出すようになさったらいかが」

「いちど秀彦君と話してみましょう」

「そんな必要はありません」

信子は甲高《かんだか》い声で言い放った。

梅津は懸命に言い返した。

「部長職となりますと、わたくしの一存ではなんとも致しかねます。本件について会長はご存じなんですか」

「当然でございましょう。さっきニューヨークに電話をかけました。わたくしがあなたにこういう電話を差し上げるのはよくよくのことですよ」

言葉は丁寧だが、高圧的で、この電話でイエスの返事を聞かなければ承知しない、と言った口ぶりである。

「テレビのあの宣伝はなんですか〝EMX《エマックス》・ビデオを買うと損するの〟なんて聞いてあきれます。秀彦もなさけないって嘆いてましたわ」

梅津はぎくりとした。二年以上も前のことだが、冷汗三斗《れいかんさんと》の思いに駆られる。

「ものごとにはけじめというものが大事でございましょう。宣伝部長を替えたらようございますよ」

「奥さまのお気持ちはよくわかりました。人事本部長とも相談しまして、ご返事させていただきます」

「あら、いま返事をいただけませんの」

「一応は手続きがありますから。それでは、これで失礼します。お電話ありがとうございました」

梅津は急いで電話を切った。

厄介《やっかい》な問題を持ち込まれたものだ。

人形の首をすげ替えるのとはわけが違う。息子を宣伝部長にしろなどといともあっさり要求してくるが、ことはそんな単純なものではない。

仮に宣伝部長に小林秀彦を就けるとすれば、前島の処遇を考えなければならないし、前島の新ポストを確保するために、前任者を動かす必要も出てくる。しかも、いくらオーナー経営者の息子とはいえ、二階級特進はいかがなものか。強引な人事、無理な人事は往々にして禍根《かこん》を残しがちだ。

しかし、黙殺するわけにはいかなかった。それこそ、あとでどんな意趣返しをされるかわかったものではない。

梅津は、秘書室長の荒川洋に人事本部長の三田常務を至急社長室に呼ぶように命じた。

おっとり刀で駆けつけてきた三田に、梅津はにこやかにソファをすすめた。

「急にお呼びだてして申し訳ない。三田さん、コーヒーでよろしいですか」

「ええ。いただきます」

三田は、硬い顔で返した。

梅津は、誰に対してもさんづけで呼ぶし、言葉遣いも丁寧だが、顔を見るなりコーヒーをすすめられたことなどなかったから、三田はなにかしら勝手が違う感じがしたのである。

三田はソファに腰をおろして、背広のポケットに手を入れたがつかんだ煙草《たばこ》の函《はこ》を手から離した。

三田はヘビイ・スモーカーだが、梅津は煙草をやらなかった。厭《いや》な顔をされるに決まっている。ここは辛抱しなければならない。

「なにか……」

三田は用件を催促した。

「経営企画室の小林さんを、宣伝部長に替えたいと思うんです」

梅津は、身を乗り出してなにか言おうとする三田を手で制して、話をつづけた。

「多少強引な人事であることは百も承知してますが、なんとかお願いします。問題があるとすれば、前島さんの次のポストですが、特に落度があったわけでもないので、然《しか》るべきポストを用意してあげてくれませんか。前島さんも、四年近くになりますから、そろそろ動いてもらってもいいんじゃないですかねぇ」

「失礼ながら会長からなにか」

「いや」

梅津は眉《まゆ》をひそめて、首を小さく左右に振った。

余計なことを訊《き》くな、と顔に書いてあったが、三田は引き下がらなかった。

「すると秀彦君本人からの申告ですか」

「そうじゃありません。強《し》いて言えばわたくしの発案です。小林秀彦さんには、なるべくいろんなポストを経験してもらいたいと思ってるんですがね」

梅津は、小林信子と秀彦を庇《かば》った。というより、見栄《みえ》を張ったと言うべきかもしれない。

会長夫人の理不尽な指し図を唯々《いい》諾々《だくだく》と受け容《い》れているなどと思われたくなかったのである。

「お言葉を返すようですが、撤回していただけませんか。人事本部としては、ちょっと対応しかねます」

「対応しかねる」

梅津の顔色が変った。

「はい」

三田は、ここはヘタな妥協はできないと肚《はら》をくくった。

「前島君のポストはなんとでも確保できますが、秀彦君の宣伝部長がちょっと……。かれを特別扱いするのはやむを得ないとしましても、やはり限度があると思います。室長代理になって一年にもならんのですよ。副部長を飛び越えていきなり部長というのはまずいんじゃないですか」

「あなたはいみじくも特別扱いするのはやむを得ないとおっしゃった。決して限度を越えてるなんていうことはないと思いますよ」

「秀彦君が宣伝の仕事をやりたいと言っていることは聞いた記憶があります。副部長ではどうでしょうか」

梅津は大ぶりの顔を斜めに倒して、数秒間考えていたが、ぐいと顎《あご》を突き出した。

「わたくしは部長のほうがいいと思います。林常務も、わたくしと同意見と思いますが……」

三田は、梅津が厭な顔をしたのを横眼でとらえながら、ソファから腰をあげた。

2

林は、社長室から戻るなり、前島を自室へ呼んだ。

「きみの宣伝部長もけっこう長くなるねぇ。どうだい、そろそろ選手交代といくかい」

林はそんなふうに切り出した。

「次のポストについて希望があれば聞くが、広報室長はどうかね。宣伝部長よりはましかもしらんぞ」

「それはかまいませんが、わたしの後任は誰ですか。まさか広岡君ではないと思いますが」

「広岡ではいかんのかね」

林は、いたずらっぽい眼をみせた。

宣伝部内における広岡の昇格は考えもしなかったが、前島の言いかたが気になったのである。嵌《は》めるとか、ひっかけるとか、そんなつもりはさらさらないが、この際、前島の本音を聞き出しておこうと、林は思った。

「きみと、広岡のコンビはうまくいってたんじゃないのかね。少なくとも俺《おれ》はそう見てたんだが、そうじゃないと言われると、俺は人を見る眼がなかったことになるな」

「広岡君とのコンビがうまくいっていなかったということはないと思います。ただ、広岡君は営業へ戻りたいようなことを言っていたと、常務から聞いた記憶があったものですから……」

「うん。たしかに広岡は、そんなことを言ってきた。きみとのコンビがうまくいっておらんのかと思って、心配したんだ」

「かれも水臭いですよね。わたしには、なんにも言ってくれないんですから」

「俺に話したのは、きみを袖《そで》にしたってことじゃないんだ。俺のほうから水を向けたら、営業のほうが性に合ってるみたいだ、と答えたまでだよ。むしろ、俺のほうが気を回し過ぎたかも知れんな」

「それはともかく、広岡君はやはり営業向きだと思いますが……」

「そうかね。きみの意見はよくわかった。しかし、広報室長に替ってもらうことになるかもしれない。多少流動的だが、そういうこともあり得ると心得ておいてくれないか」

林は、まだなにか言いたそうな前島を尻眼《しりめ》にソファから起《た》ちあがった。

唇《くちびる》を噛《か》みながら自席に戻った前島は、なんとしても、宣伝部長のポストを死守したいとの思いを募らせていた。こともあろうに部下の広岡に部長席を奪われるなど、そんな屈辱的なことはゆるし難い――。

しかも、広報室長なんて、ご免こうむりたい、と前島は思う。

広報と宣伝は、密接に連携し合っているが、その立場はずいぶん異なる。広報室長に替ったとたんマスコミに対する優位な立場は逆転する、というのが前島の考えかたである。

前島が宣伝部に戻ると、副部長席も部長代理席も総括課長席も空席だった。それもそのはずだ。部長会議の最中に、林から呼び出しがかかったのである。

会議を広岡にまかせて中座したのだが、こんなことなら、あわてて駆けつけるのではなかった。

前島は自席でしばらく考えていたが、産光プロモーションに電話をかけて、取締役企画調整部長の西村《にしむら》を呼び出した。

西村は来客中だったが、電話口に出て来た。

「西村さんに折り入ってご相談したいことがあるんですが、きょうのきょうっていうわけにもいかんでしょうね」

「先約がありますが、ほかならぬ前島部長ですから、キャンセルしますよ」

「それじゃ申し訳ないですよ。日を改めましょうか」

「いや、たいした相手でもないんです。なんとでもなりますから、ご心配なく」

「ほんとうによろしいんですか」

「ええ。ご心配なく」

西村は、ご心配なくを繰り返した。

前島は、電話を切ったあと、自席で煙草をくゆらしながらぼんやりしていた。会議室に戻る気はとうになくなっていた。

その夜前島と西村は、銀座の小料理屋で落ち合った。

前島が、銀座八丁目のビルの地下一階にある小料理屋にあらわれたのは、約束の六時半より十五分も遅れていた。

「申し訳ない。ひどい渋滞で三十分以上もかかってしまって……」

そんな言い訳を言いながら、前島は座敷の上座にどかっと腰をおろした。

眼鏡を外し、熱い濡《ぬ》れタオルで顔と首筋を入念に拭《ぬぐ》い、ビールを一杯飲んだあとで、前島が言った。

「きょう、広報室長をやらないか、なんて言われて腐ってるんですよ」

西村は細い眼をせいいっぱい見開いて、驚愕《きょうがく》をあらわした。

「それはショックですなあ。わたしにお役に立てることがあればいいなあと思いながら、ここへやって来たんですが、そういうことですと、なんともお手伝いしようがありませんねぇ」

前島のグラスにビールを注《つ》ぎながら、西村が訊いた。

「後任はどなたですか」

「西村さんのもっぱらの関心は、わたしの後任ですか」

前島は、酌《しゃく》を受けながら皮肉っぽく返した。

「そ、そんな……」

西村は口ごもった。

前島が厭な眼で西村をとらえて言った。

「どうやら広岡らしいが、わたしはまだ広岡にまかせる気にはなれませんな」

「広岡さんですかあ」

西村はことさらに顔をしかめた。

「せいぜい広岡にすり寄りますか」

「ご冗談を。広岡さんは苦手です。あのひとは広宣社に近いでしょう。まいりましたなあ」

「ただねぇ……」

前島がグラスを呷《あお》って、つづけた。

「まだ流動的とも言えるんですよ。上のほうからわたしに打診はあったが、ひっくり返せる余地はあるんじゃないですか」

「ええっ、どういうことですか」

「広岡にはウイークポイントがいろいろありますからねぇ。ちょっとわたしの口からは言いにくいけど、広宣社と深入りし過ぎてる点を突くことによって、なんとかなるっていう気もするんです」

「なにか具体例でもあるんですか」

「ここへ来るタクシーの中で思い出したんですが、広岡は二年半ほど前に、広宣社からヨーロッパ旅行に誘われて、豪遊してるんですよ。それも女連れですぜ」

「女連れですって。あの広岡さんがねぇ。ふうーん」

西村は手酌でたて続けにビールを呷った。なにやら興奮してるらしい。

「広岡さんの女連れの欧州旅行というのは事実ですか。その種の話は充分あり得る

と思いますが、仕掛けたほうの広告代理店は秘密保持に万全を尽くすはずですよね
え。その話が噂《うわさ》にならなかったのは、秘密保持が完璧《かんぺき》だったからだと思うんです。

そんな昔の話が、どうしていまごろになって出てきたんでしょうか」

「それは、わたしが広岡を庇《かば》ったからですよ。実は本人から相談を受けたんです。

反対するのも大人気ないと思って、聞かなかったことにしたんです」

「部長に相談するっていうのがよくわかりませんなあ。ふつうに考えれば絶対に隠
しておくべきでしょうが」

「そこが広岡の抜けたところかもしれませんよ。もっと勘ぐれば、わたしに話すこ
とで万一バレたときのヘッジと考えたかもしれない……」

「なるほど。部長への責任転嫁《てんか》と考えて考えられんことはありませんな」

「このネタは使えませんかねぇ」

「使えると思います」

西村はのっぺりした顔をつるんと掌《て》で撫《な》でた。

「ただし、わたしの名前は絶対に出さないように頼みますよ」

「もちろんです」

「たとえば、どんな手を使うんですか」

「ジャーナリストを使う手はどうですか。〝週刊経済〟の黒木《くろき》君とエコーの小林会

長が親しい間柄《あいだがら》と聞いた覚えがありますが……」

「おっしゃるとおりです。ウチの会長は一流趣味で、あんまり若い記者には会いたがりませんが、どういうわけか黒木記者には気をゆるしてるようなところがありますす」

週刊経済は、数多《あまた》の経済誌の中でも一流誌にランクされている。黒木はまだ三十二、三の若い記者だが、小林明に目をかけられていた。

「西村さん、黒木記者とは親しいんですか」

「ええ。よく飲んでます。たまたま大学の後輩っていうこともあります。学部も同じなんですよ」

「そうですか。そういうことだと、なんとか小林の耳に入れることは可能ですねぇ」

前島はにたっと頬《ほお》をゆるめ、鯛《たい》の刺身をわさび醬油《じょうゆ》にたっぷりひたらせてから口へ運び、くちゃくちゃやりながら、話をつづけた。

「しかし、正面切って取材を申し込めば、広報室長が立ち会うことになるから、うまくないですねぇ」

「夜討ちをかけるようにしたらどうです」

「そうなると会長夫人が必ず同席するんじゃないですか」

「パーティでたまたま会ったので立ち話なんていうのが無難なんでしょうね」

「そうねぇ」

「小林会長は、東京におられるんですか」

「アメリカへ出張してますが、間もなく帰国するはずです」

「黒木君に成田《なりた》で出迎えてもらうのはどうですか。アメリカの土産話が聞けますから一石二鳥ですよ。帰国の日時はわかりますでしょう」

「わかりますが、黒木記者から直接、秘書に訊いてもらったほうがいいんじゃないですか。かれなら秘書も教えると思います」

「そうですね。とにかく黒木君に因果を含めることにしましょう。悪いようにはしませんから、わたしにまかせてください。産光にとりましても、重要な問題ですから、手抜かりなくやりますよ。要は、前島部長に留任していただくことを第一義的に考えればよろしいわけです。広岡さんに宣伝部から外れてもらえれば、それに越したことはありませんけれど……」

「西村さんにおまかせしますよ」

前島は、思い入れたっぷりに西村を見据《みす》えた。

3

西村は、前島と会った翌日、黒木を昼食に誘い出した。

西村は、ホテルのレストランに窓際《まどぎわ》の席を確保して黒木を迎えた。

黒木は、年齢のわりに老《ふ》けて見える。頬がたるみ、腹がせり出しているのは、過食、過飲のせいだろう。

カンパリソーダを飲みながら黒木が訊いた。

「至急会いたいって、なにごとですか。西村さんから自宅へ電話をもらったのは初めてですよ」

「黒木さんにひと肌《はだ》脱いでもらいたいことがありましてね。大記者に失礼なことは百も承知でお願いするんですが……」

西村は下手に出た。

「僕で間に合うことでしたら、ひと肌でもふた肌でも脱がしてもらいますよ。大先輩にはお世話になってますから」

「エコーの前島宣伝部長をご存じですか」

「名前ぐらいは聞いてますが、面識はないですねぇ」

「前島君は、わたしの朋友なんですが、かれがピンチに陥ってるので助けてやりたいんです。宣伝部長を外されそうなんですが、前島君にはなんの落度もないのに、あんまり可哀想《かわいそう》だから」

西村はビールをぐっと飲み乾《ほ》して、話をつづけた。

「副部長の広岡君が部長に昇格するらしいんだが、広岡君は広宣社とべったりだから、ウチにとっても大変なことになるんだ」

「つまり広岡というひとがエコーの宣伝部長になるのは、産光プロモーションにとって都合が悪いから、その人事を阻止したいっていうわけですね」

「そのとおり。前島君を左遷《させん》みたいなことにしたくないってこともあるが、広岡宣伝部長だけは困るんだよ」

西村の口調がいつの間にかぞんざいになっている。黒木に対してはいつもそうなのだ。

「前島さんは、例の広告で責任を取らされるんじゃないんですか。〝ＥＭＸ・ビデオを買うと損するの〟っていう歴史的なコピーですよ」

「広宣社と組んで、あんな莫迦《ばか》げたコピーをつくり出したのは広岡のほうだよ。広岡こそ責任を取らされて当然なんだ。あれだけ大きなエラーをしでかして、誰もお咎《とが》めなしという法はないよね。しかも広岡は、広宣社の丸抱えで、女連れのヨーロッパ旅行までやらかしてるんだ。これはウチで調べて裏付けは取ってあるから間違いない。ちょっとやり過ぎだとは思わんか」

「やり過ぎでしょうね。ところで、そのスキャンダルをウチに書けって言われても、ちょっとねぇ。ま、コラムで書いて書けないことはないけど、特定まではできないでしょうね。せいぜいイニシアルかなあ」

カンパリソーダをひと口飲んで、黒木は考える顔になった。

「誰もそんなこと頼んでおらんよ」

「一般週刊誌ならなんとかなるかもしれませんよ。ときどきバイト原稿を書いてるから、なんなら売り込んであげますよ」

「ちょっと待ってくれよ。週刊経済や週刊誌に書かれたら、それこそヤブヘビじゃないの。前島君の管理能力を問われることにもなりかねないし、記事にされるのは困るよ」

黒木は、ウエーターを呼んで、二杯目のカンパリソーダをオーダーした。

「前島君の名前は絶対に出さないようにして、さりげなく広岡のスキャンダルを小林会長の耳に入れることはできないかなあ」

「できると思いますよ。たしか、いま外遊中じゃなかったかな」

「そろそろ帰国するんじゃないの。成田空港に出迎えて、うまいこと会長の耳に入れてもらえるとありがたいんだがな」

「お安いご用とまでは言いませんが、そのぐらいはやれるでしょうね。会長の車に乗り込んで、空港からの帰りに話しましょうか」

「運転手に聞かれるのはまずくないかな」

「よっぽど聞き耳を立ててればともかく、わかりゃせんですよ」

黒木は身を乗り出してきた。

「あくまでも小林会長に知らしめることだけが目的なんだから、絶対にそれ以外他言しないでくれよな」

「ええ。広岡というひとは、宣伝部の副部長でしたね」

「うん」

「フルネームは」

「広岡修平。きみは、このスキャンダルを誰に聞いたことにする」

「もちろん、西村さんですよ」

黒木は真顔で返した。

唖然《あぜん》としている西村に、黒木が笑いかけた。

「冗談ですよ。投書でいいじゃないですか。その投書主が実名である必要はないでしょう」

「いいだろう。しかし、小林会長に投書を見せろと言われたらどうする」

「そこまでは言わないと思いますが、なんなら、誰かに投書させましょうか」

黒木は、ヒレステーキの一片を口へ放り込んだ。

「週刊経済宛《あて》の投書だと、きみ以外の者の眼に触れるし、黒木君を特定した投書というのも変だよねぇ」

「小林会長がそれを見せろとはまず言わないでしょう。言われたら、捨てたでいいじゃない。そのスキャンダルが事実で、でっちあげたものでなければ問題ありませんよ」

「その点は絶対保証する」

二人は、しばらくの間食事に気持ちを集中させていたが、思い出したように、西村が言った。

「小林会長に直接投書するっていうのはどうかなあ」

「それだと、秘書が読んで、人事部長に相談するとか、ややっこしくなるんじゃないですか。〝親展〟で自宅に出しても、小林会長が直接読む保証はないでしょう」

「そうか。やっぱり黒木大記者にお願いするしかないね」

「まあ、まかせてください」

黒木は、カンパリソーダを水でも飲むように喉《のど》へ流し込んで、天井を仰いでいたが、西村に眼を戻して言った。

「シナリオを変えましょう。僕が誰かからスキャンダルを聞いたことにします」

「ソースを訊かれないか」

「訊かれたって明かしませんよ。ソースをぺらぺらしゃべるようじゃ記者稼業《かぎょう》はつとまりません。いくら小林会長でも勘弁してください、で済むはずです。逆にソースを明かしてしまうようだったら信頼を失うだけです。これだけは鉄則ですよ」

「ともかくきみにまかせるよ」

「そうしてもらいましょう」

黒木は肩をいからせるように胸をそり返らせた。

「きみ、飲み食いのツケがたまってるようなら、遠慮なく回してもらっていいよ」

「よろしくお願いします」

黒木は悪びれずに頭を下げた。

4

西村と黒木がホテルのレストランで会食していた同時刻、エコー・エレクトロニクス工業の社長室で、梅津がニューヨークのホテルに投宿中の小林と電話で話をしていた。

小林の判断を求める用件がほかにあったのだが、梅津はついでに秀彦の件を持ち出した。

「会長、それから秀彦さんの件ですが……」

「秀彦、秀彦がどうした」

「宣伝部長にどうか、という話が先日奥さまからございました」

「そう。聞いておらんぞ」

やっぱりそうか、と梅津は思った。そんな気がしないでもなかったのである。以前にも、ふり回されたことがあった。信子は、いかにも小林会長の了解を取り付けているような話しかたをするが、それが独断独善だった。

梅津は、すっかり気持ちが楽になった。

「秀彦さんが宣伝の仕事を希望していることは本人から確認しましたが、室長代理になってまだ一年になっておりませんので、しばらく副部長で我慢していただきたいと考えております。そんなところでいかがでしょうか」

「いいじゃないの。きみにまかせるよ」

「ありがとうございます。奥さまには会長から……」

「きみから話しといてくれ。予定どおりあさって帰るが……」

「わかりました」

「じゃあ、よろしく」

「くれぐれもご無理をなさらないように、健康第一でお願いします」

「うん」

電話が切れた。

梅津は、さっそく荒川に信子のアポイントメントを取らせて、成城《せいじょう》の小林邸へ出向いて行った。

夕方、取り引き関係のある会社の創立記念パーティに十分ほど顔を出して、その足で小林邸へ回ったのである。

梅津は、煎茶《せんちゃ》一杯で二十分待たされたが、不思議に腹は立たなかった。

信子は、用向きは察しがついているに違いない。だからこそ素直に出て来ないのだろう。

莫迦な女だ、と思うと、いくらでも待たされてやろうという気持ちになってくる。

ノックと同時にドアがあいて、信子が顔を出した。

「荒川から電話で、至急に会いたいと言ってきたので予定を変更して、いま外出先からあわてて帰って来たところですけど、そんな急ぎの用がありましたかねぇ」

「それは失礼しました。荒川はそんなふうに申しましたか。一日を争うことではなかったのですが……」

　梅津は、ぬるくなった煎茶を飲んで、事務的な口調でつづけた。

「秀彦さんに宣伝の仕事をしていただくのは、わたくしも大いに賛成です」

「まあ、そのことでしたの」

　能面のような表情がくずれ、ひび割れたように眼尻《めじり》にしわが刻まれた。

　濃いアイシャドゥで、眼のまわりが隈《くま》のように黒ずみ、頬紅を塗り過ぎて、顔全体が不自然に赤かった。

　きつい香水が鼻をつく。

「ただ、ご不満とは思いますが、副部長でしばらく我慢していただきたいのです」

「部長ではいけませんか」

　信子はきっと眼をつりあげた。

「誰か反対している人でもいるんですか」

「いいえ、わたくしの判断です」

　事実は、三田、林両常務に押し切られたのだが、梅津はそこはぐっと抑えた。

「三田が反対したんですね」

「もちろん三田常務には相談しましたが、結論はわたくしがくだしたのです」

「あなた、先日の電話ではＯＫなさったじゃありませんか」

「そんなふうにおとりになりましたか」

梅津はそらとぼけた。

言質《げんち》を与えたことはたしかである。三田と林があれほど強硬に反対するとは思わなかった。

「小林がなんと言いますかね」

「会長には、けさ電話で話しました。奥さまは、会長にお話しされたとおっしゃいましたが、会長はご存じありませんでしたよ」

「そんなことありませんよ」

きーんとオクターブが上がった。

しまった、と思ったときはもう遅かった。

「あなた、わざわざたしかめたんですか。そんなことでニューヨークへ電話かけたんですか」

「そのために電話をかけたわけではありません。重要な用件がございまして……」

「小林には話してあります」

信子は強弁した。

「あるいは、わたくしの聞き違いかもしれませんが、いずれにしましても、会長はわたくしの意見に賛成してくださいました。その点よろしくご了承いただきたいと思います」

「あなた、エコー・エレクトロニクス工業の社長さんでございましょう。そんなことも一人で判断できないんですか。いちいち会長におうかがいを立てなければいけませんの」

「恐れ入ります」

「だいたい秀彦は、役員になってもおかしくないんです。よそさまの家電会社では、とっくに役員になってるそうじゃありませんか」

「……」

「秀彦には話してあるんですか」

「あす、担当の常務から話します」

「わかりました。しょうがないわね。わたくしの言うことを聞いていただけないんだから」

捨てぜりふを残して、信子はつと起《た》ちあがった。

ドアの前で、信子がふり返った。

「しばらくっていつまで待てばよろしいの」

「二年も三年もということはございません」

梅津は起立して答えた。

「そんなこと当たりまえでございましょう。半年ですか、一年ですか」

「なんとか一年以内と考えております」

「あなたはよく食言《しょくげん》されるひとですから、テープにとっておかなければいけませんね」

信子は皮肉たっぷりに浴びせかけた。

しかし、信子は、あっさり引き下がるような女ではなかった。

三田《みた》のマンション住いの秀彦に、深夜電話をかけて、知恵をつけたのである。

信子は、焚《た》きつけるように言った。

「あなた宣伝部の副部長で我慢できるの」

「どういうこと」

「さっき梅津がここへ言いに来たのよ。ニューヨークに電話してパパの了解も取ったとか言ってたわ」

「おやじのOK取ってるんじゃ、しょうがねぇじゃない」

「しょうがないってことはないでしょう」

「だったらどうすればいいんだ」

「パパが帰るまでに、既成事実をつくってしまうのね。わたしから産光プロモーションの大山《おおやま》社長の耳にでも入れておくかねぇ。おまえが宣伝部長になるから、よろしくとかなんとか。そうすれば、いまさらひっこみがつかないで済むじゃないの」

「大丈夫かなあ」

「梅津や三田に舐《な》められてたまりますか」

「……ママにまかせるよ」

秀彦がめんどくさそうに言った。


西村が前島に電話でご注進に及んだのは、あくる日の午後のことだ。

「宣伝部長は、広岡さんじゃないそうですよ。ジュニアですよ。小林ジュニアです」

「まさか」

「小林会長夫人から、ウチの社長が直接聞いたというんですから、まさかもへったくれもないでしょう。きょう役員会のあとの昼食会で、大山がここだけの話だと前置きしてましたが、全役員に話したんですから、事実だと思います。会長夫人はわざわざ電話をかけてきて、よろしくお引き回しくださいって言ったそうですよ」

西村の声はうわずっていた。

大山は、産光プロモーションの社長である。

「広岡さんの一件はどうします。やっぱり小林会長の耳に入れておきますか。それともストップをかけますか」

「ストップをかける必要はないでしょう」

前島は間髪を入れずに答えた。

小林秀彦は遠からず経営陣に名を連ねるはずだ。だとすれば、広岡が宣伝部長に昇格するチャンスは一層ひろがる、と前島は読んだのである。

前島は、受話器を置くなり、林常務付の女性秘書に電話で、十分でいいからアポイントメントを取ってほしいと頼んだ。

林の時間が取れたのは、夕方六時過ぎである。

林がソファをすすめながら言った。

「眦《まなじり》を決して、どうしたんだ」

「ジュニアが宣伝部長になるそうですね」

「ほう。よくキャッチしたな。しかし、まだ決まったわけじゃないぞ。むしろ、そうならん可能性のほうが大きいんじゃないかな」

「………」

「きみ、誰から聞いたんだ」

「産光プロモーションの西村さんです。会長夫人が、大山社長に話されたそうです」

林が眉《まゆ》をひそめた。

いらいらした感じで煙草に火をつけたが、ほんの数秒ほどで、林はすぐにセンターテーブルの灰皿にこすりつけた。

「その話は、三田常務と俺《おれ》が猛反対して、つぶしたばかりなんだ。しばらく副部長で我慢してもらおうと思ってたんだが……。社長もその気になってくれて、ニューヨークの会長に電話で了解を取ったが、会長夫人がそんなに頑張《がんば》るようだと、話がこじれるかもしれんなあ」

前島は生唾《なまつば》を呑《の》み込んだ。

「会長はいつお帰りですか」

「そろそろ成田に着く頃《ころ》だろう」

「広岡君はどうなりますか」

「きみとは呼吸が合わんようだから、営業に回すつもりだ」

「呼吸が合わないなんて、とんでもない」

「本音とは思えんねぇ」

林が、二本目の煙草を咥《くわ》えた。

「逆転の逆転はないと思うが、はっきりするまでジュニアのことは伏せといてくれ」

「もちろんです。僭越《せんえつ》ながらわたくしに一、二年お守《もり》役をやらせていただくのがいちばんよろしいかと思うんです。然《しか》るべく呑み込んだところで、ジュニアとバトンタッチさせていただきます」

「そう問屋が卸してくれるといいんだが……」

林は表情をくもらせて、煙草の煙を天井に向けて吐き出した。

5

二月一日の朝十時過ぎに出社した小林は、すぐに、梅津、三田、林の三人を会長室へ呼びつけた。

小林が帰国したのは一月二十九日の金曜日である。土曜日は自宅で休養を取り、日曜日は信子とゴルフに出かけた。六十七歳とはとても見えない頑健な体力の持ち主である。鋭い眼と隆《たか》い鼻は猛禽《もうきん》類を連想させずにはおかない。

三人がソファにそろったところで、小林がにこやかに切り出した。

「秀彦の宣伝部副部長就任を了承しておきながら、こういうことを言うのは気が引けるが、宣伝部長にしてもらうわけにはいかんかね」

小林は煎茶をすすりながら、三人にこもごも眼を遣《や》った。

「二日間ワイフに泣きつかれて往生してるんだ。産光プロモーションの大山君に秀彦が宣伝部長になることを話しちゃったらしくて、恥ずかしくって、いまさらあとへは引けないというわけなんだ。手前勝手なことはわかってるが、ワイフの顔を立ててもらうわけにはいかんだろうか」

「秀彦君のためにも、とりあえずは副部長のほうがよろしいんじゃないでしょうか。社内のおさまりもいいですし、外部の受けもいいと思うんです」

三田は、直截《ちょくせつ》な言いかたをして、梅津のほうをうかがった。

梅津は黙っていた。

林がたまりかねたように口を挟《はさ》んだ。

「わたしも三田常務のご意見に賛成です。前島君に付いて少し勉強していただくのがよろしいかと思います」

「わたしとしてはこの際、宣伝部の上のほうは一新したほうがいいんじゃないかと思ってるんだ。きみら、広岡のことは知らんのかね。林君、きみは宣伝担当だが、わかってないのか」

小林に右手の人差し指を胸に突きつけられて、林は首をひねりながら訊き返した。

「広岡がなにか不都合をしましたか」

小林はにやっと笑って、湯呑みに手を伸ばした。

「わかってないんだねぇ。不都合もいいところだぞ。広宣社に金玉にぎられるようなことをしおって」

林がうわずった声で訊いた。

「なんですって。いったい広岡がなにをしでかしたんですか」

「女を連れて、ヨーロッパ旅行とはやってくれるじゃないか。広宣社の丸抱えということだ。わたしは、あるジャーナリストから、その話を聞いたとき顔から火の出るような思いになった。部下の不始末に気づかなかった前島もなっちゃないな。三田君、人心を一新するにたる不祥事とは思わんかね」

「事実関係を確かめる必要はありませんか。ためにする噂《うわさ》ということも考えられますが……」

三田の堂々たる態度に、林は感動した。

林は動顚《どうてん》のあまり、声も出なかったのである。

「ああ調べたらいいだろう。それは人事部にまかせる。林君は、本件にタッチせんほうがいいな。感情が入ってもなんだろう。ところで三田君……」

小林は、三田を鋭く見据《みす》えた。

「秀彦の宣伝部長はどうかな」

「会長がここまでおっしゃってるんですから」

梅津が小林に加勢した。

三田は咳払《せきばら》いを一つしてから、言った。

「一年と考えてましたが、秀彦君の副部長就任期間を半年に短縮するというのはいかがでしょう。秀彦君は部長職、つまり参事の資格を取得してませんから、資格試験を受けてもらわなければなりません」

「特別のはからいがあってもよろしいんじゃないですか」

梅津が、小林の顔をうかがいながらつづけた。

「そこまで杓子定規《しやくしじようぎ》にやる必要はないと思いますが……」

「いや、課長職の参事補の資格も取ってもらったんですよ。参事の資格をクリアするのはたしかに難しいと思います。年齢的にも無理があります。通常は入社二十年以上二十五年までということになってますが、それこそ特別のはからいで、そしてたとえ形式にせよ試験を受けてもらいましょう。人事本部長の顔を立てていただきたい、とあえて申しあげたいと思います」

三田は、小林から眼を逸《そ》らさず、まっすぐとらえていた。

林は胸をどきどきさせながら、下ばかり見ていた。小林のひきつった顔などまともに見られたものではなかった。オーナー会長とここまで渡り合える三田は立派としか言いようがないが、向こう見ずで書生っぽいと取れないこともない。

「わかった。わたしとワイフの顔も多少は立ててくれたわけだな」

小林の声は思ったよりもやわらかかった。

「ありがとうございます」

三田が一揖《いちゆう》してつづけた。

「広岡のことですが、この場限りにしてわたしにまかせていただけませんか。会長の話が事実としたら、まさしく減点ものですが、広岡と言えば、ずっとAクラスできた男です。腐らせてしまったのでは元も子もありません。せっかくの人材です。仕事で、減点を挽回《ばんかい》させてやりたいと思います」

「いいだろう」

小林がソファから腰を浮かせた。

「わたしの監督不行届きかもしれません。申し訳ありません」

林は、小林に向かって頭を垂れた。

6

二月七日日曜日の午前十時過ぎ、遅い朝食を亜希子と二人で摂《と》っているときに、広岡修平が言った。

「きょうは、林さんのお宅へお邪魔するかな」

「急にどうしたんですか」

「ちょっと考えることがあるんだ。きみもつきあってくれないか」

「どういう風の吹き回しですか。わたしがご挨拶《あいさつ》に伺いましょうかと言ったときに、あなた反対したんですよ。莫迦《ばか》な真似《まね》をするなとかなんとか……」

「言ったかもしれないが、事情が事情だからそうそう恰好《かっこう》ばかりつけていられなくなったんだ。広宣社の招待で、ヨーロッパを旅行したことを覚えているだろう」

「もちろん、覚えてます。あんなに愉《たの》しい思いをしたことはなかったわ。小倉さんにはいまでも感謝感激してます」

亜希子は、食卓に頬杖《ほおづえ》をついて歌うように言った。

広岡は、往時を偲《しの》んでボーッとなっている亜希子に舌打ちしたい思いだった。

「そんな呑気《のんき》なことを言ってられる場合じゃないんだ。ヨーロッパ旅行が問題にされてるんだぞ」

「どうしてですか。会社には関係なかったんじゃないんですか」

「部長の耳には入れておいたんだが、それが裏目に出たというか、悪材料にされたわけだ。確証はないから、されたらしいということになるが、どうやら前島さんに謀《はか》られたようだ」

亜希子は信じられない、と言いたげに頭を振った。

「小倉さんの読みは、多分当たってると思う。広宣社から洩《も》れるわけがない話が、ウチの会長まで知ってたというんだから、ソースは一つしかない。僕がヨーロッパ旅行のことを話した相手は、前島さんただ一人だけだ」

広岡は、若布《わかめ》の味噌汁《みそしる》をずるずるとすすって椀《わん》と箸《はし》を投げ出した。

「もうよろしいの」

「うん」

亜希子が思い出したように、箸を取り直した。

子供たちは、広岡が寝室から降りて来たときは、もう外出していた。まり子は、スポーツクラブへ出かけている。

「広宣社の招待旅行は、そんなにいけないことだったんですかねぇ。こんなによくしていただいていいのかと思ったことはたしかですけれど……」

「ツアーに欠員が出たなんて言われて、軽い気持ちで乗ってしまったが、限度を越えていたかもしれないな。小倉さんが僕にアプローチしてきたのは、多分に下心があったんだろうね。僕は、担当常務の林さんに近いとみられていた。それを承知していたからこそ、まあ、僕に近づいてきたんだろうな。この三年間、きみは誕生日に薔薇《ばら》の花を贈り続けられているし、ヨーロッパ旅行にしても向こうは計算したうえでのことなんだよ」

「あなただって、初めからおわかりになってたんでしょう」

「まあねぇ。僕だって、それほど話のわからんほうじゃないよ。清濁あわせ呑むなんて言えばえらそうに聞こえるが、どこまでゆるされるかが問題なんだろうな」

広岡は考え込むように口をつぐんだ。

三分ほど会話が途切れたが、亜希子が茶を淹《い》れながら言った。

「ゆるされないことだったんでしょうか」

「そうは思いたくないが、脇が少し甘過ぎたことはたしかだな。まさかあんな大名旅行になるとは思ってなかったからねぇ」

「それも夫婦そろってね。わたしがあなたにおねだりしたのが悪かったのよ」

亜希子は唇《くちびる》を噛《か》んでいる。

広岡は、ことさらに明るい顔で返した。

「そんなことはないさ。きみにはなんの落度もないよ。部長の耳に入れておけば免罪符になると考えた僕が莫迦なんだ。サラリーマン根性っていうやつかな。もうちょっと、ずるく立ち回るというか、小倉さんじゃないけれど黙ってればどうってことはなかったんだろうね」

広岡は、煎茶をひと口すすり湯呑みを食卓に戻して、話をつづけた。

「それにしても、前島はゆるせんな。かれがどんな動きかたをしたのか、想像の域を出ないけど、相当卑劣な人なんじゃないかなあ。林さんに会ってそのへんをたしかめたいんだよ」

「会社で話すことはできないの」

「そんなことはないが、この際、きみにも応援してもらいたいんだ」

「わたし林さんと会うのが憂鬱《ゆううつ》になってきたわ」

「ま、そういうな。われわれの実質的な仲人《なこうど》であることを思い出してもらおうじゃないか。林さんに少しは、親身になってもらってもいいだろう。前島さんになにを吹き込まれたかしらんが、僕の話も聞かんで、一方的にやる手はないと思うな」

広岡は、恨めしそうに見つめる亜希子の頰を人差し指で突いた。

「ここは僕の顔を立ててくれよ。黙って坐《すわ》ってるだけで、少しはプレッシャーになるだろう。なんせ、きみの親父《おやじ》は、林さんにとって大恩人であり大先輩なんだから……」

「わたしも連帯責任を負う必要がありますね」

誘われるように亜希子も笑い出した。

広岡夫婦が、横浜・保土《ほど》ケ谷《や》の林宅を訪問したのは午後二時過ぎである。もちろん、電話で林の在宅を確認し、時間を取ってもらったうえで訪ねたのだ。

なにも知らない林夫人の佳乃《よしの》が、亜希子を懐《なつか》しがって、ソファから動かないので、広岡は話の切り出しように苦労したが、せっかちな林らしく催促してくれた。

「きみ、なにか話があるんじゃないの。女子供には、席を外してもらおうか」

「あなた、なんですか」

佳乃に睨《にら》まれて、林は舌を出した。

「奥さんに、聞かれるのは辛《つら》いんですが……」

「あら、亜希子さんはよろしいの」

広岡は口ごもった。

「ええ、まあ……」

「そんなの不公平ですよ」

佳乃は頰をふくらませた。

亜希子が広岡の袖《そで》を引いた。

「あなた、奥さまに聞いていただいてもよろしいじゃありませんか」

「そうだね。どうせ恥をさらすんだから、気取ったって始まらないか」

広岡は照れ笑いを浮かべたが、すぐに表情をひきしめて、林をとらえた。

林はスポーツシャツの上にグレーのセーター、佳乃もスポーツシャツとブルーのカーディガンの普段着である。

広岡は紺のスリーピース、亜希子はベージュのワンピースを着ていた。

広岡にならって、亜希子も居ずまいを正した。

「わたしの後任が小林秀彦さんであることを人事部で聞きました。そのことを知らなかったことで、わたしに対する宣伝部長の不信感の強さを人事部で指摘されましたが、それももっともだと思います。しかし、わたしには何故《なぜ》宣伝部長から不信感をもたれたのか合点《がてん》がいかないのです。お聞き及びと思いますが、二年半ほど前の夏休みに広宣社の招待で、家内と欧州旅行をしたことがあります……」

林の表情が動いた。なにか言いかけたが、広岡は構わず話をつづけた。

「ツアーの欠員が生じたからつきあってほしいと頼まれましたので、部長に話しました。部長ご夫妻でいかがでしょうか、と申しあげたところ、夏休みのスケジュールを変更できないから、きみたちで行くようにと言われました」

「主人から欧州旅行の話を聞きましたときに、ぜひ行きたいと言ったのはわたくしです。わたくしのわがままがいけなかったのです」

亜希子に口を挟まれて、広岡はちょっと厭《いや》な顔をした。

林が眉間《みけん》にしわを寄せて、亜希子を見返した。

「亜希子さん、きみはほんとうに広岡君と、欧州旅行へ出かけたのかね。嘘《うそ》でしょう」

亜希子は、質問の意味がわからず、当惑した顔を広岡のほうへ向けた。

「きみが、僕を庇《かば》っている、と常務はお考えなんじゃないかな」

「あなたを庇う？」

「うん」

広岡は、亜希子に答えてから、林をまっすぐ見た。

「小林会長がさるパーティで、広宣社の社長に、欧州旅行のことを話されたそうですが、そのとき女連れとはけしからんという意味のことを申されたそうです」

「誰から聞いた」

「広宣社の小倉さんです」

「ふーん」

「会長がこのことをどうして知り得たのか不思議です。常務のお耳に入れたのは多分宣伝部長だと思いますが……」

林は、それには答えず、質問した。

「亜希子さんと一緒に出かけた、というのは事実かね」

「事実です。家内も女ですから女連れには違いありませんが……」

広岡が背広の内ポケットからなにやら取り出した。

それは、広岡と亜希子のパスポートだった。

「これをご覧いただければ、おわかりいただけると思います。わたしのパスポートにも、亜希子のパスポートにも、成田空港の税関で出国と帰国のスタンプが押されてます。当然日付けは同じです」

広岡はパスポートの所定の個所をひらいて、林に差し出した。

林がそれを手に取って、確認した。

「はしたない真似をして申し訳ありません。しかし、女連れという点にアクセントがかかってるように思えましたので、常務にはその点だけでも、事実関係を知っていただきたかったのです」

林が「うーん」と小さく唸《うな》って、天井を仰いだ。

亜希子は広岡がパスポートをポケットに忍ばせてきたことを知らなかったが、その意図を察し、なんとも言えない顔で、夫の横顔を見つめていた。

「あなた、広岡さんは、会社でなにか変なことを言われてるんですか」

「そんなことはない」

林は、天井を見上げたまま、うるさそうに佳乃に返した。

「でも、こんなパスポートまで持ち出してお気の毒じゃありませんか」

林の視線が天井から、広岡のほうへ降りてきた。

「欧州旅行が亜希子さんと一緒であったことはよくわかったが、前島を恨むのは筋違いだぞ。三田常務が前島から話を聞いたところ、前島は、きみの欧州旅行を知っていた、と話したそうだ。つまり、きみが前島に相談したことも裏付けられたわけだが、ただ前島は、反対すべきだったのに反対しなかった自分の落度も認めたということだ。言ってみれば、前島にもいさぎよさみたいなものがあるということになる。秀彦君を宣伝部長にどうか、という話があったときに、前島がわたしに会いにきたが、かれは、欧州旅行のことなどおくびにも出さなかった。それで、わたしは会長の前で恥をかいたが、前島がわたしに対してきみを悪く言ったことは一度もない。きみが前島には話さずにわたしに営業へ戻りたい、と言ってきたことについては、水臭いと思ったらしいがね。きみは前島が、欧州旅行の件を誰かにリークしたと思ってるようだが、そんなことはないんじゃないかな。わたしは会長から聞いたのが初めてだが、あんなに肝《きも》を冷やしたことはなかったよ」

広岡は頭の中が混乱してきた。

小倉は、前島の線しか考えられない、と断言していた。それが小倉でないことだけは、かれが大阪支社に飛ばされた事実によって証明されているが、小倉の周辺、すなわち広宣社の内部ということになるのだろうか——。

どうしても夕食をつきあうように佳乃に言われて、断り切れなくなり、亜希子が料理の手伝いをすることになった。

広岡と二人だけになったとき、林が深い吐息を洩《も》らした。

「きみを国内営業本部に部長で戻すことについて、三田常務と話がついてたんだが、欧州旅行のことで会長に先手を打たれてしまって、切り出せなくなってしまった。人事本部付は三田常務とわたしの苦肉の策なんだ。三田常務というひとは、かねが ね肚《はら》のすわった立派なひとだと思っていたが、こんどのことで改めて見直したよ。秀彦君の宣伝部長に反対し切ったのもかれだし、会長、社長の前できみを庇ったのもかれだ。わたしは立場上もきみを庇うわけにはいかなかったが、三田常務は徹底してきみを庇ってくれた。うれしかったねぇ」

広岡は胸が熱くなった。

三日前、エレベーターの前で三田と顔を合せたときのことが思い出される。

あのときは、よそよそしいような、つれないような冷たさを感じたのに、いまは俺《おれ》を思い遣《や》る三田の気持ちがわかるような気がする。

さぞかし三田は、眼の遣り場に困ったに相違ない。

「女連れの事実関係については、わたしから三田常務の耳に入れておくが、きみに油断があったことは紛れもない事実なんだから、反省してもらいたいな。宣伝部というところは、それじゃなくたって痛くもない腹をさぐられるような面があるからな」

「おっしゃることよくわかります。弁解のしようがありません。人事本部で、名誉挽回するように頑張《がんば》ります」

「そう願いたいね。一点減点は仕方がないが、きみは得点も多かったんだから、挽回はそう難しいことじゃないよ」

林は快活に言って、手洗いに立った。

7

二月八日、月曜日の午後四時過ぎに、梅津に小林から呼び出しがかかった。

エコー・エレクトロニクス工業の経営執行権は、会長の小林が掌握している。社長とは名ばかりで、梅津は、株主総会の議長をやらされているに過ぎない。週一度の常務会も月一度の取締役会も小林が取り仕切っている。

もっとも小林は海外出張が多いから、留守中は梅津にまかせることになるが、細かい指示を与えて出かけるし、出先からひんぱんに電話をかけてくるので、まかせたことにはならない。

梅津は株主総会の議長役として、かろうじて対外的な体面を保っているような按《あん》配《ばい》だが、梅津にしてみれば小林は、総会議長という厭な役回りをやらせるために、俺を社長にしたとひがみたくもなってくる。

梅津が会長室に入るなり、小林がデスクから、一枚の書類をひらひらさせながら言った。

「これ、なにかの間違いじゃないのかね」

「なんでしょうか」

梅津は、大股《おおまた》でデスクに近づき、書類を受け取った。

「まあ、坐れよ」

小林がデスクからソファへ移動した。

梅津は書類に眼を落しながら、あとに続いた。

「間違いとおっしゃいますと……」

「広岡修平のところだ」

それは、二月十日付の人事異動のリストを一表にまとめた稟議書《りんぎしょ》だった。わずか十人ほどの小規模な異動である。だからこそ小林の眼に止まったのであろう。

まだぴんときていない梅津に、小林がいらだった声を発した。

「広岡が副部長待遇というのはおかしくないかね。きみも判をついてるが」

皮肉たっぷりに浴びせかけられて、梅津はむすっとした。

小林が、副部長クラスの異動に文句をつけたことは、梅津の記憶にはなかった。もちろん、役員、部長クラスの異動を小林の了承なしに実施することは不可能である。

「信賞必罰は、はっきりやらなければいかんな。広告代理店の誘いに女連れで乗ってしまったような男を不問にしていいという法はなかろう」

梅津は、秀彦を部長にせず副部長にとどめたことに対する腹癒《はらいせ》ではないかと勘ぐらないでもなかった。

「迂闊《うかつ》でした。さっそく三田常務に伝えます」

「降格は仕方がないだろう。部長代理待遇でいいじゃないか」

「そう思います」

「話というのはそれだけだ」

わずか三分で、小林はソファから腰をあげた。

梅津は、社長室に戻って、秘書の女性に三田を呼ぶように言いつけた。

三田は来客中だったが、〝社長が至急お目にかかりたいそうです〟のメモを入れられて十分で切りあげなければならなかった。

梅津は例によって愛想笑いを浮かべながら、三田を迎えた。

「わたくしも迂闊でしたが、会長から広岡君の取り扱いについて注意がありましたよ。副部長待遇はおかしいという意見です」

三田は眉《まゆ》をひそめた。

「どうおかしいんですか」

「会長は広宣社との一件を気にしてるんです」

「もちろん褒《ほ》められた話ではありませんが、降格までしなければいけませんか」

「けじめの問題でしょう。女連れでヨーロッパに旅行するなんて、まったくどうかしてますよ。会社の体面を傷つけたんですから」

三田の顔がはじめて和《なご》んだ。

「女連れといっても、女房ですよ。そこは会長も社長も誤解を解いてやっていただきたいですねぇ」

「あなた、どうしてそんなことがわかるんですか」

「けさ、林君から聞いたんです。きのう、広岡が女房を連れて、林君のところへ釈明にきたそうです」

「女房を言いくるめたんでしょう」

梅津はにやつきながらつづけた。

「亭主がピンチに立たされてるんですから、ちょっと気の利《き》いた女房ならそれくらいの芝居はやるでしょう」

「女房に間違いありません。林君は、二人のパスポートを見て確認したと言ってました」

梅津が怪訝《けげん》そうに首をかしげた。

「パスポート」

「そうです。パスポートです。出入国の際に成田空港の税関でチェックされますでしょう。つまり、広岡君夫婦のパスポートに税関のスタンプが押されてたわけです」

「あなた、そのパスポートを見たんですか」

「わたしは見てません。林君が確認してるんですから、問題ないじゃないですか」

梅津がうすく笑った。

「林常務は、広岡君をひいきにしてる人でしょう。あんまり当てにはなりませんね」

「なんていうことを……」

三田はポケットから煙草《たばこ》を取り出して、口に咥《くわ》えた。

三田は、梅津が嫌煙家《けんえんか》であることを忘れるほど、頭に血をのぼらせていた。

三田が煙草をすぱすぱやりながら言った。

「部下の常務を信用できんのですか。林君は黒を白と言うような男じゃないですよ。

念のために、そのパスポートを会長に見てもらいますか」

梅津は、ゆっくりと手を振った。

「おやめなさい。ひっこみがつかなくなりますよ。あなたも林常務も……」

三田はいくぶん不安な気持ちに駆られたが、顎《あご》を突き出すようにして言った。

「それではわたしが確認します。それはともかく広岡は、参事職の資格をクリアしてるんですよ。この一年ほどの間に部長職に付けなければならん男を二段階も降格することはできません。得点と失点のバランスを考えてください」

「広岡君はそんなに得点してましたかねぇ」

梅津は、大仰に顔をしかめて煙草の煙を手で払いのけた。

三田はかまわず煙草を喫《す》い続けた。

「してます。社長もおわかりのはずですが」

「それにしても今度の失点は大きいですねぇ。三田常務も減点一だとおっしゃいませんでしたか」

「わずか一点です」

梅津が強い調子で言った。

「広岡君を部長代理に降格するようにしてください」

三田はむっとした顔で、煙草を灰皿に投げ捨てた。

「担当常務のわたしにまかせてもらえませんか。パスポートの確認もしてませんし……」

梅津は厭な顔をして、しばらく返事をしなかった。

「会長には、わたしから話しましょうか」

「とにかくパスポートの事実関係を調べたらいいでしょう。時間がないから急いでください」

「十日付ですから、きょうあす中に結論を出します」

三田は、社長室から宣伝部へ回った。

人事部長か、副部長にまかせればよさそうなものなのに、と思わぬでもなかったが、乗りかかった船である。それに、広岡の一件は社内にひろげるべきではないという配慮もあった。

三田は、打ち合せ中の広岡を廊下に呼び出したものの、どう切り出していいか困った。

もじもじしている三田に、広岡が改めて低頭してから、話し出した。

「いろいろご心配をおかけして申し訳ありません。常務には、なんとお礼を申しあげたらいいのかわかりません」

「そんなことはどうでもいいんだ。きみ、すまないが、パスポートをわたしにも見せてもらえないかね。この件は林君から聞いている。かれを疑うわけではないし、他意はないんだが、人事担当として確認しておきたい。ちょっと急いでるんだ」

「承知しました。まだ四時半ですから、家内に持ってこさせましょうか。六時には間に合うと思いますが……」

「あしたの朝でいいよ。じゃあたのむ」

三田は、軽く右手をあげて、広岡に背中を向けたが、万一、パスポートの件がつくり話だったら、梅津ではないけれどそれこそひっこみがつかなくなる——。

三田は、広岡の顔を見て、それはない、と思って安心した。

翌朝、九時前に、三田は広岡からパスポートを受け取った。

「きょう中にお返しするが、大事なものだから預り証でも書こうか」

広岡は、三田に冗談ともつかずに言われたが、もちろん「とんでもない」と答えた。

梅津の時間が取れたのは昼前である。

三田が背広のポケットから取り出した二通のパスポートをセンターテーブルに置いたときの梅津の顔といったらなかった。

「どうぞごらんになってください」

「あなた、本当にこんなことを……」

「念には念を入れよ、です」

三田は、パスポートをひろげて所定の個所を指で示した。

「これで納得していただけますか」

梅津は、ちらっと眼を走らせただけで、それを手に取ろうとはしなかった。

「五十歩百歩ですよ。いずれにしても、広岡君の降格は会長の意向ですから変えられません」

「それはないでしょう。社長から、会長に話してください」

「林常務といい、あなたといい、どうして広岡君のことにそんなにむきになるんですか」

「林君もわたしも、冷静ですよ。失礼ながら会長と社長のほうが感情的になっておられるように思えます。何度も言ってますが、決して褒《ほ》められた話ではないが、広岡は従業員就業規則に反したわけでもない。しかも、広岡は上司の前島に相談した上で広宣社の誘いに乗ったんです」

「いいですか。広岡君が広宣社に対してどっぷり漬《つ》かってしまったことは事実なんです。降格、減俸《げんぽう》は当然じゃないですか。パスポートのどうのこうの、女連れのどうのこうのなんていう次元の問題じゃありません」

梅津は、ひたいに静脈を浮きあがらせて言い募った。

三田は一歩も引かなかった。

「林君も言ってましたが、われわれは知らず知らずのうちに女連れという点にウエートをかけてませんでしたか。そのへんを察知し、あんまり忍びないから、広岡は林君にパスポートの確認を求めたんじゃありませんか。社長がお厭《いや》なら、わたしから会長に報告させていただきます」

梅津が投げやりな口調で返した。

「わたくしがここまで言ってもおわかりいただけないんじゃ、しようがないですね。どうぞご勝手に、と言う以外ありませんな」

梅津は、こんな問題にかかわりたくなかったし、小林に押し返せる自信はなかった。

三田が、会長に話すのは三田の勝手である。いい加減にすればいいものを、莫迦なやつだと梅津は三田に対して思っていた。

小林会長に対する忠誠心だけで社長になったようなイエスマンの梅津に、なにかを期待するほうが無理なのだ、と三田は思い、直接小林に対するべきだったと後悔の念を募らせていた。

一人の人間の将来がかかっている。人事の重みについて改めて思いを致さなければならない、と三田は考えていた。

広岡を降格するには理由が薄弱だし、それによって一人の有為な人材がつぶれてしまうかもしれないのだ。

三田が三度も秘書室に躰《からだ》を運んで、やっと小林をつかまえたのは、二時過ぎである。

小林はパスポートを見ようともしなかった。眉間《みけん》にしわを刻んだ不機嫌な小林を前にしても、三田は臆《おく》することはなかった。

話を聞き終った小林が、三田にじろっとした眼をくれた。

「わかった。いいよ」

それだけだった。

三田は詰めていた息を吐いて、

「どうも」

と、一揖《いちゆう》して引き下がった。

第四章　情事のあと

1

二月十日の午前十時に、広岡は、林の個室に呼ばれ、辞令を受け取った。
管理職の辞令は、当日までの担当部門の責任者から手渡されることになっている。

辞　令

広岡修平

人事本部付を命ず　副部長待遇

昭和六十三年二月十日
エコー・エレクトロニクス工業株式会社
代表取締役社長　　　　　　　梅津進一

縦十五センチ、横二十センチの縁《ふち》に模様をあしらった厚紙にワープロで横に印刷された辞令を広岡に手渡すとき、林は照れくさそうな顔をした。

「まあ、いろいろあったが、気にするほどのことではない。きみにしてみれば忘れろと言われても、なかなかそうもいかんかもしれないが、人事本部に新風を吹き込むつもりで頑張《がんば》ってくれよ」

林はわれながら空疎《くうそ》なせりふを吐いているという思いで、いっそう表情をゆがめた。

「はじめは気が滅入《めい》りましたが、常務や三田常務のお陰で、多少やる気が出てきました。自分は営業向きだと決めてかかる必要もないと思うんです」

広岡は、気持ちをいつわっているつもりはなかった。やる気満々とは言わないまでも、一週間前に林から内示を受けたときにくらべて、はるかに平静を取り戻していた。

「三田常務と言えば、会ったそうだねぇ」

「はい。パスポートをお見せしました。ご自分で確認したいと申されましたので」

「けさ、三田常務から話を聞いたよ。話すべきではないと思うが、三田常務はきみのためにもうひと肌《はだ》脱いでくれたんだ。パスポートの話を会長も社長も信じてくれなかったのできみに提示を求めたわけだ。三田さんが確認したかったからじゃないよ。つまり、きみを庇《かば》って会長と社長に確認させたんだ」

「やはり女連れのことが心証を悪くしていたんでしょうか」

「まあ、そういうことになる。会長は、変にナーバスになっていて、降格ものだと主張したそうだが、三田常務は反対し、会長を説得したんだよ。わたしにはとても真似《まね》ができない。頭が下がるよ」

広岡は粛然とした思いで、頭を垂れた。

「三田常務の下で仕事ができるきみは幸せだぜ」

「はい」

「この話は、聞かなかったことにしてくれ。会長、社長、三田常務とわたしの四人の内緒ばなしで終らせたい、と三田常務が言ってたからね」

広岡は、四人の内緒ばなしで終るだろうか、と思いながら、林のもとを辞した。


その夜、広岡は広宣社の小倉と会った。

小倉は、二月五日付で本社の新聞局第三部長から大阪支社総務局長に転じたが、挨拶《あいさつ》回りやら引き継ぎで、まだ東京から離れられないらしい。大阪に赴任するのは二十日以降になりそうだ、とも電話で話していたが、「今夜どうですか」と言われた瞬間、広岡は長沢純子の顔が眼《め》に浮かんだ。

「けっこうですよ」

「銀座で会いましょうか。それとも、どこかお好きなところでも……」

「〝おこう〟はいかがでしょう」

「そうこなくちゃあ。純子がよろこびますよ」

「そんな意味では……」

広岡は、胸の中をのぞかれてるような気がして、いささかあわてた。

「まああいいじゃないですか」

「いや、気分のいい店だから……」

「そんなに照れなくてもいいですよ。気分はともかく、料金は割合いリーズナブルですよ」

広岡が、昼近くに、小倉とそんなやりとりをしたことを反芻《はんすう》しながら、道玄坂の〝おこう〟にやって来たのは、夜七時二十分過ぎだった。純子に二階の座敷へ案内されたが、小倉はまだ来ていなかった。七時半の約束の時間まで、まだ十分ある。

「小倉さんが広岡さんをお連れしてくださると聞いたときは、飛びあがりそうになりました」

純子は、髪に手をやりながら、あだっぽい眼で広岡を見上げた。

純子のヘアスタイルが変り、ショートカットでウエーブがかかっている。

「僕が〝おこう〟にあらわれると、どうして飛びあがりそうになるんですか」

「うれしいからです」

「恐れ入ります」

広岡は、まじめくさった顔で頭を下げた。

「小倉さん、十分ほど遅れるそうです。その間、しっかりお相手をするように申しつかってますのよ。広岡さんが少し早めに来てくださったから、二十分近くも、二人だけでお話しできるなんて、きょうはほんとうにいい日ですこと」

広岡が、熱いタオルで顔を拭《ふ》きながら返した。

「僕も、きみに会いたかった。小倉さんから一杯やろうって誘われたとき、〝おこう〟がいいと言って、ひやかされましたよ」

「まあ、ほんとうですか、冗談なんでしょう」

「どうして？　飛びあがりそうになったのも冗談ですか」

「事実です。でも……」

「でも、なんですか」

「わたしみたいな女は、広岡さんの趣味じゃないと思います」

地《じ》がひっこみ、声の調子が乱れていた。

「趣味じゃない、なんて言ったのは小倉さんでしょう。僕はそんな失礼なこと言いませんよ。だいいち、きみは好きなタイプの女性です」

「広岡さんから、そんなに言っていただけるなんて夢にも思いませんでした」

「じゃあ、ついでに言っちゃいますが、この前ここへ来て、小倉さんからきみに口を利《き》いてあげようかと言われたとき、もちろん悪い気はしませんでしたよ。いや、胸がときめいたと言ったほうがいいかもしれない」

「なんだか顔が火照《ほて》ってきました。おビールでよろしいですか」

「あと十分かそこらなんですから待ちましょう」

「でも小倉さんから先に始めてるように言われてますから。ほんとうは、わたしがいただきたいんです。喉《のど》がからからなの」

純子が階下へ降りて行った。

広岡は、粉《こな》をかけたつもりはなかった。

純子は、小倉とわけありとみるのが自然であろう。だとすれば、妙な野心は持つべきではない。すこし、いい気になり過ぎたかもしれない、と広岡は後悔した。

純子がビールの用意をして、座敷に戻って来た。

「小倉さん、気を利かしているつもりで、わざと遅刻したんじゃないかしら」

ビールの酌《しゃく》をしながら、純子が言った。

広岡は、視線を外した。とても、まともに見返せなかった。

「考え過ぎでしょう」

「でも、小倉さんは、気を遣う人ですから」

コップを触れさせて、ビールをひと口飲んでから、広岡が言った。

「小倉さんが、僕をけしかけるのは逆に牽制《けんせい》球を放ってるっていうことじゃないのかなあ」

「まあ、ずいぶんですこと。まるで小倉さんが、わたしのなにかみたいに聞こえますわ」

純子はすぐに切り返してきた。

「僕はそういうふうに解釈してましたが、違うんですか」

「ひどい。濡《ぬ》れ衣《ぎぬ》です」

「濡れ衣はないでしょう」

「いいえ、濡れ衣です」

広岡はあいまいなうなずきかたをしてグラスを口へ運んだ。

「小倉さんが、きみのことに莫迦《ばか》に詳しいのはどうしてかなあ」

「根掘り葉掘りお訊《き》きになるので、お答えしたまでです」

「つまり、きみに関心があるってことですね」

「わたしはこのお店にご厄介《やっかい》になってもう五年になりますが、小倉さんは初めからのお客さんなんです。デートをしようとか、食事をしようとか言ってくださいますけれど、一度昼食をご馳走《ちそう》になっただけです」

「一度僕もお誘いしようかなあ」

「当てにしないで待ってます」

広岡は旧《ふる》い名刺に、人事本部の新しい電話番号を書き込んで、純子に渡した。

「会社に電話をかけてよろしいんですか」

「どうぞ。席を外してることが多いと思いますけど。お宅の電話番号を教えてください」

「はい」

「ここに書いていただこうかな」

広岡はワイシャツのポケットから小型の手帳を取り出し、うしろのほうをひらいて、ボールペンと一緒に差し出した。

純子が住所と電話番号をきれいな字で書き終えたとき、階段から足音が聞こえた。

広岡は、急いで手帳とボールペンをポケットに戻した。

純子が、右手の人差し指を立てて、口に当てた。

広岡はこっくりした。

小倉を出し抜くことのうしろめたさと快感のないまざった思いで、脈拍が高くなっている。

「小倉さん、おみえになりました」

若い女の声がして、襖《ふすま》があいた。

「申し訳ありません。安全を見て、三十分ずらしていただいたのに、会議が長びいちゃいまして」

小倉が、コートを脱ぎながら言い訳した。

時計を見ると八時十分前だった。

「先にいただいてます」

「どうも。純ちゃん、料理はどうしたの」

テーブルは、つきだしの小鉢《こばち》だけで、広岡は箸《はし》をつけた形跡がなかった。

「ごめんなさい。すぐご用意します」

純子は、若い仲居を動員して、あっという間にテーブルをいっぱいにした。小倉とあらかじめ連絡してあったとみえ、今夜はふぐではなく会席料理だった。

もっとも、絵皿に貼《は》りつけられた薄切りの鯛《たい》の刺身は、もみじおろしとあさつきを薬味にした酢醤油《すじょうゆ》も、ふぐ刺しと同じつくりである。

「わたしのために、遅刻してくれたんでしょう。小倉ちゃんは見かけによらず優しい人なのかしら」

「そのとおり。純ちゃんが広岡副部長と二人きりになりたがってることは重々承知してたからね。チャンスを与えてあげたんだよ。しかし見かけによらずっていう言いぐさはないだろう」

「そうだと思いました。お陰さまで幸せな気分に浸らせていただきました」

「言ってくれるねぇ」

「だって、ほんとうなんですもの」

「しかし、広岡さんは、そう簡単に落ちやしないぞ」

純子と小倉のやりとりは、至って他愛《たわい》ないものだったが、広岡は顔が赤らむ思いだった。

「小倉さん、それは逆です。純子さんが難攻不落なんですよ」

「いや、広岡さんは愛妻家ですから……。あんな美人で素敵な奥さんがいらしたんじゃ、ほかの女は眼に入らんでしょう」

「こないだの話と、ずいぶん違いますねぇ。焚《た》きつけてみたり、水をかけたり、小倉さんの気持ちも揺れてるんじゃあないですか。やっぱり心配なんでしょう」

広岡は、まぜっかえすような言いかたをしたが、小倉の気持ちを忖度《そんたく》しているつもりだった。

「なにをおっしゃいますか。広岡さんこそ、そんな気もないくせに。純ちゃんに気をもたせるようなことを言っていいんですか。本気にされたら困るでしょう」

「いよいよもって、小倉さんの本音が見えてきました」

「冗談じゃありませんよ。純ちゃんは、わたしの趣味じゃないんです」

「それは建て前でしょう」

純子が小倉の顔をのぞき込んだ。

「本音ですよね」

「もちろん」

「広岡さんを落すように頑張ります。ところで今夜も密談ですか」

「いや」

「うん。三十分席を外してくれ」

広岡と小倉の返事は一致しなかったが、もちろん小倉のほうを取らざるを得ない。

純子が出て行ったあとで、小倉がテーブルに乗り出すようにして、言った。

「ウチもわたしを外し、選手交代してエコーさんとの関係修復におおわらわですが、見通しは暗いようですねぇ。小林会長にすっかり嫌《きら》われちゃったようですから、上のほうも頭を痛めてます」

「修復しなければならないほど、両社の関係が悪化しているとは思えませんが」

「さにあらずです。産光プロモーションにどんどんウエートがかかっていくんじゃないですか」

「前島は産光寄りですが、林はそんな極端なことをする男ではないと思いますよ」

「それならよろしいんですが、小林ジュニアの気持ちをつかむのは大変でしょう。ご存じと思いますが昨夜、ジュニアと前島部長に、ウチの社長と局長が一席設けたんです……」

広岡は、どっちつかずにうなずいたが、それは初耳だった。

まだ、辞令が出る前に宴席を誘うほうも誘うほうなら、つきあうほうもどうかしていると広岡は思う。

「どっちが部長で、どっちが副部長だか、わからなかった、と局長が話してました。ジュニアは、代理店を全面的に洗い直したい、などと凄《すご》みを利かせたそうですよ。前島部長は、ほとんど発言せず、やたらジュニアに気を遣ってたようです。あの勢いでは遠からず社長になるんじゃないか、とウチの社長が局長に言ったそうですが、あり得ないことではないでしょうね」

「おっしゃるとおり、あり得ると思います。しかし、小林会長は、もう少し利口ですよ。いくらなんでもそのことのプラスとマイナスのバランスを考えるでしょう。僕も含めて社員の九九パーセントは、ジュニアを社長にすることには懐疑的です。エコーを取り仕切れるようなうつわじゃありませんよ」

小倉がわずかに首をかしげた。

「資本の論理が働くんじゃないですか」

「小林がオーナー経営者であり、超ワンマンであることもたしかですが、会社を守ろうと考えるんなら、ジュニアを社長にはしないと思います。もっとも、フタをあけてみないことにはわかりませんけどね。ただ、はっきりしてることは、ジュニアはまだ三十二歳で副部長になったばっかりです。ボードにも入っていないということです」

話が途切れ、二人はビールを飲み、肴《さかな》を片づけにかかった。

小倉が思い出したように言った。

「欧州旅行の件は、やはり前島部長のリーク以外に考えられませんね」

「なにか証拠でもありますか」

「証拠はありませんけれど、消去法でやっても前島部長しか残りません」

「前島だとして、その狙《ねら》いはなんでしょう」

「広岡さんの評判がよろしいから、やっかんだんじゃないですか。広岡さんをライバル視してたことは間違いないと思います」

「うがったことを言いますね」

「人間なんてそんなものですよ」

広岡は考える顔になった。

たとえ前島の動機づけを小倉説によったとしても、直接小林会長に伝えるとは考えにくい。それは、あまりにもリスキーである。どういう経路で小林会長の知るところとなったのか、広岡にはまるで見当がつかなかった。

「前島が油断ならぬ男だとは思いますが、僕がかれにライバル視されてたとしたら、光栄ですよ」

「そのうち馬脚をあらわすでしょうが、広岡さんは、前島さんをもっと恨んでもよろしいんじゃないですか」

「それよりも欧州旅行の件を前島に相談したことに問題があったみたいですね。ある種のサラリーマン根性で、内心忸怩《じくじ》たる思いですが、小倉さんに恨まれても仕方がないと思います」

小倉は否定も肯定もしなかったが、そのことがいちばん言いたい、と顔に書いてあった。

「林常務さんに、広岡さんからお口添え願えませんか。広宣社をくれぐれもお忘れなきようお願いします」

小倉が、別れしなに言ったが、広岡は純子に気を取られていてほとんどうわの空だった。

2

その夜、広岡が帰宅したのは零時近かった。

亜希子は、どんなに遅くなろうと、必ず起きて待っている。

「本多さんから二度も電話がありましたよ。九時半と十一時頃《ごろ》だったかしら……」

「ふーん。用件は言ってなかった」

「ええ。こちらから電話させましょうか、って訊いたんですが、またかけるようなことを言ってました」

亜希子が、脱がせたコートを抱えたまま、棚《たな》の置時計に眼を遣《や》ったとき、タイミングよく電話が鳴った。

「きっと本多さんよ」

「うん」

広岡が受話器を取った。

「もしもし、広岡ですが……」

「おう広岡か。ずいぶん遅いじゃないか。もっとも俺《おれ》のほうは、まだ車の中だけどな……」

本多は、帰りのハイヤーの中から電話をかけてきたのだ。道理で、声量が一定せず、雑音もまじって聞きとりにくいはずだ。

本多耕三とは、同期入社組の中でも、比較的気やすくつきあっている間柄《あいだがら》だ。国内営業本部で、課長時代にデスクを並べたこともある。

「人事本部だってなあ。また、つまらんところへ行ったもんだねぇ。いったいなにをやろうってんだ」

酒気をたっぷり含んだ声がうわ調子だった。

「おまえは営業に戻ってくるとばかり思ってたのに、どういうこっちゃ。人事マフイアなんかになりさがりやがって……」

「……」

「おい、広岡！　聞いてるのか」

「うん。聞いてるよ。えらくご機嫌《きげん》じゃないの、景気よく飲んだんだな」

「ああ、ちょっと飲み過ぎたよ。銀座を四軒もはしごしちまった。ほっぺたでもつねったら、酒がジューって出てくるんじゃねぇか」

「車の中でゆっくり休んだらいいよ。電話切るぞ」

「おい、ちょっと待て。まだ用件を話しちゃいねぇぞ」

「………」

「おまえ、自分から手をあげて人事へ行ったのか」

「心ならずも、そういうことになってしまった。めぐりあわせとでも言うしかないよ」

「そうだろうな。本部付ってのは、なんだかわけがわからんが、よもや大崎の下ってことはないだろうな」

「上ってことはない。強《し》いて言えば大崎の下だろう」

「まさか、そんなことはねぇだろう。あいつは、勿体《もったい》ぶった口のききかたをするから気に入らん。厭《いや》なやつだよな」

「そう言うな。けっこういいところもあるんじゃないか」

「太田と二人で、広岡の慰労会をやってやろうということにしたからな。二十四日の水曜日をあけといてくれ」

「せっかく慰労してくれるなら、場所は僕に決めさせてもらおうかな。そのかわり日時はきみらに合せるよ」

広岡は、純子の顔を眼に浮かべながら返した。

「いいだろう。じゃあなぁ」

語尾が不明瞭《ふめいりよう》に濁ったのは、あくびがまじったせいらしかった。

広岡が電話を切るのを待っていたように、背後から、亜希子が言った。

「辞令出ましたの」

「出たよ」

広岡は、背広のポケットから四つに折った辞令を取り出して、センターテーブルに放《ほう》り投げた。

亜希子がそれを拾いあげた。

「まあ、あなたったら。なんですか、こんな」

広岡は、どすんとソファに腰をおろした。

「そんなにありがたがるものでもないだろう」

「辞令をポケットに無造作につっこんでくる人が、ほかにいるでしょうか」

「要するにおもしろくないってことだよ。ただなあ、パスポートのお陰で、降格されずに済んだ」

広岡がめんど臭そうに、経緯を話すと、亜希子が深い溜息《ためいき》をついた。

「そんなことがあったんですか。わたしは、あなたがパスポートなんか持ち出して、やり過ぎたんじゃないかと心配してました」

「そんなことはない。僕の読みは冴《さ》えてたな。危ないところだったが、いちばん説得力があるんじゃないのか。林さんが三田常務にきちっと伝えてくれたことと、三田常務のフォローが功を奏したわけだ。なんの抵抗感もなしにそういうことができる三田常務は、たいした人だな」

「三田さんというかたは存じあげてませんが、あなたにとって、恩人ですよね。それこそわたしが菓子折下げて、お礼に行くべきなんじゃないかしら」

「それはない。逆効果だよ」

広岡は、大きな伸びをしてから、ネクタイをほどきにかかった。

3

「このひとが例の女《ひと》だな」

太田が純子に無遠慮な眼をくれながら本多に訊いた。

本多は、にやにやしながら返した。

「そうらしいな。なるほど、ふるいつきたくなるほど良い女だ」

「うん。広岡が惚《ほ》れただけのことはあるな」

広岡が、太田の袖《そで》を引いた。

「なにを莫迦《ばか》なことを言ってるんだ」

「そういう意味なんですか。瓢簞《ひょうたん》から駒《こま》みたいなことになるとうれしいんですけれど。少しは期待してもよろしいんでしょうか」

「澄まして言うところが憎いねぇ」

太田が、純子の酌《しゃく》を受けながら、つづけた。

「きょうは広岡の奢《おご》りだな。彼女を見せびらかされて、慰労会もへったくれもあるか」

広岡は、ビールを乾《ほ》して、太田と本多をこもごも睨《にら》みつけた。

「いい加減にしろよ。純子さんに失礼じゃないの」

「こいつ、照れてやがらあ」

本多が、広岡目がけて、こぶしを突き出した。

床柱を背にして広岡が一人で坐《すわ》り、テーブルをへだてた向こう側に、本多と太田が並んでいた。

純子がわざとらしく広岡にしなだれかかった。

「広岡さん、皆さんがせっかくおっしゃってくださるんですから、ぜひそうなりましょうよ」

「誰がですの。広岡さんがですか。それとも本多さんと太田さんのお二人がですか」

「決まってるじゃないの。僕がですよ」

広岡は、怒ったような顔をして、グラスを口へ運んだ。

純子が調理場へ行っている間に、太田がしげしげとした眼で広岡をとらえながら訊いた。

「ほんとうのところどうなってるんだ」

「冗談よせよ。どうもなってるわけがないじゃないの」

「実を言うと本多が、広岡の彼女を見せてやるっていうから、愉《たの》しみにしてたんだ。予想以上に良い女だったから、ちょっと妬《や》けるがね」

「そうだとしたら、きみらを〝おこう〟へ誘うわけがないよ。男女関係なんてひそやかであるべきだろう」

「そんなことはないよな」

本多が、太田のほうへ首をねじった。

太田は、咄嗟《とっさ》の返事に窮している。

「こういう唄《うた》があるだろう……」

「本気にしますよ」

本多が唄い始めた。節《ふし》は〝土佐節《とさぶし》〟のつもりらしいが、調子が外れている。

〝噂《うわさ》たちゃあ、それも困るし
そのまま人に、知られないのも
惜しい仲〟

「本多の唄はともかく、唄の文句には感じが出てるよな」

「本多や太田は知らないが、僕には、それを人に知らしめるような悪趣味はないね」

本多が、しらけた顔で返した。

「要するに広岡はむっつり助兵衛《すけべえ》なんだよな。俺は、堂々とやることにしてる。高いカネ出して銀座にかようのは、半分は女が目当てだよ。これっていう女は、必ず落す。三度かよって落せないようじゃ、男がすたるな」

「大きく出たな。本多は、銀座にそんなにたくさん女がいるのか。色男はつらいみたいなことを言うじゃないか」

太田がビールを乾して、広岡に相槌《あいづち》を求めるようにつづけた。

「だいいち、身銭《みぜに》を切ってるわけでもないしな。会社のカネで飲むか、奢ってもらうか、どっちかだろう」

「身銭を切る切らないに関係ないね。そうでもしなければ莫迦莫迦しくて酒なんか飲めんよ。逆に、銀座に限らず、客にモーションをかけられないようじゃ、水商売の女はつとまらんとも言える」

広岡が、げらげら笑い出した。

「本多は強がりを言ってるんだろう。きみは女にはもてると思うが、手あたり次第モーションかけてたら身がもたんだろう」

本多は負けずにやり返した。

「女は活力の源泉だよ。それがわかってないようじゃ話にならんな」

「失礼します」

純子の声がして、襖《ふすま》がひらいた。

「まだ、さっきのつづきですか」

「そのとおり。純子さんとやら、ほんとに広岡の女じゃないんなら、たとえばの話、俺とどう」

「そういうことなら、わたしも立候補したいね」

太田がからっぽのグラスを純子につきつけながら言った。

純子が太田にビールの酌をし、ついでに広岡と本多のグラスも満たした。

「こんなおばんでよろしいんですか。冗談とわかっていてもうれしいです」

本多がぐっとビールを乾して、勇んで言った。

「俺のほうに優先権があるはずだぞ」

「そんなことあるか」

「きょうは俺がスポンサーだぜ。伝票切るのは俺だからな」

広岡があきれ顔で言った。

「本多も太田も、まだたいして飲んでもいないうちから、よくそんな阿呆《あほ》なことが平気で言えるねぇ。こんな柄の悪い連中を誘うんじゃなかった。僕までおかしく見られてしまうよ」

「なにを恰好《かっこう》つけてるんだ。おまえ、心配になってきたんだろう」

太田が、ふんと鼻で笑って広岡を見上げた。

「二人でせいぜい純子さんを張りあったらいいけど、そのためには〝おこう〟をひいきにしてもらわないと」

広岡は、純子の眼とぶつかったとき、思い入れをこめて見つめた。

純子のほうが視線をさまよわせた。

「〝おこう〟をぜひ応援していただきたいと思いますが、わたしは、二月いっぱいでお店を辞めることになりました」

「女将《おかみ》と喧嘩《けんか》でもしたの」

本多に訊かれて、純子は首を左右に振った。そして、居ずまいを正して、話し始めた。

「いいえ。女将さんにも助けていただいて、代々木《よよぎ》でお店を出すことになりましたの。スナックというんですか、汚くて小さなお店ですから、皆さんのようなご立派なかたがたをお誘いするのは、ちょっと気が引けますけれど、ぜひお出《い》でいただきたいと思ってます。よろしくお願いします」

虚を衝《つ》かれて、しばらく三人ともぽかんとしていたが、本多が背広を脱ぎながら言った。

「けっこうな話じゃない。いよいよオーナー経営者っていうわけだ。俺たちサラリーマンとしてはあやかりたいようなものだね」

「開店はいつですか」

「三月十日を考えております」

「おまえ、ほんとうに知らなかったのか。とぼけてるんじゃないだろうな」

広岡は、本多を無視して純子のほうへ身を乗り出した。

「代々木のどのへんですか」

「駅から五分くらいでしょうか。近日中にご案内を差しあげますが、新宿へ向かって右側の改札口を出まして、明治通りに近い××ビルの地下一階です」

「お店の名前は決まりましたか」

「はい。ひら仮名で〝ながさわ〟と書きます」

「そうですか」

広岡は、感慨こめてうなずき返してから、手帳の三月十日欄に、〝ながさわ・開店、代々木〟と書きとめた。

「よし、俺も行くぞ。ご祝儀《しゅうぎ》をはずむかな」

本多が弾んだ声を出した。

太田もテーク・ノートしながら言った。

「それこそ身銭を切れる店なんでしょうね」

「もちろんです」

「広岡と本多に負けないように、わたしも〝ながさわ〟に入れあげるかな」

「俺のほうが先口だぜ。忘れるなよ」

本多が真顔で念を押した。

広岡の〝慰労会〟は、純子を〝励ます会〟に変ってしまった。

本多も太田も、あえてそうしているのか人事異動のことには触れなかった。

事情を知って、惻隠《そくいん》の情に駆られたからなのか——。広岡は、ふと二人に距離をあけられたような思いにとらわれていた。

4

あれほど〝ながさわ〟の開店を心待ちしていたのに、三月十日が近づくにつれて、広岡は気分が重たくなっていた。理由はわかっていた。三月十日付の人事異動で、十一人の新部長が誕生するが、事務系の五人の中に本多耕三と太田哲夫が入っていたことに、こだわっていたのである。

自分が部長に昇格できないことは、初めからわかっていたのに、本多と太田の昇格に拘泥《こうでい》するのは狭量《きょうりょう》ではないか。

本多は、大型テレビの販売拡充で功績を残し、太田は財務部門にあって財テクで手腕を発揮《はっき》したのだから、二人の昇格は当然である。それを祝福してやるべきなのだ。

三月一日に、十日付の大幅な人事異動が社内で発表されたとき、広岡がひとつだけホッとした気持ちになったのは、その中に大崎堅固の名前がなかったことである。

わずか三週間ほどだが、机を並べていて、こんなにうっとうしい男も珍しい、と広岡は思った。

やたら他人《ひと》のことを気にするのだ。永い間人事畑を歩いてきたせいか、人に関心を持つのはいわば商売柄だからゆるせるとしても、大崎の場合、欠点《あら》さがしが過ぎる。

「減点主義もけっこうだが、きみの場合、もっと得点主義を採り入れたほうがよくはないかね」

広岡は、たまりかねて言ったことがある。

「余計な口出しはしないでくれ。おまえは本部長の特命事項を担当してればいいんだ」

大崎はすかさず言い返したが、そんな言われかたをしたことは一度や二度ではなかった。

広岡が、大崎にいちばん頭に血をのぼらせたのは、欧州旅行の件を誰かから聞きつけてきたことだ。

「おまえ、派手にやったらしいな」

「なんのことだ」

「本部長も、ウチの部長もなんにも言ってくれないから、なんで、広岡が人事部に回されて来たのか、わからなかったが、やっと謎《なぞ》が解けたよ」

昼休みに、食堂で大崎が広岡を探して、話しかけてきたのだ。

「ニュース・ソースは前島さんか」

「ソースは言えんが、広岡も隅《すみ》に置けんねぇ」

「わざわざ取材することもなかったのに。訊いてくれれば、なんでも話すよ」

「女と旅行したそうじゃないか」

「前島さんは、そんなふうに言ってたか」

広岡は、頭がカッカしていたが、無理に笑顔をつくった。

「前島氏とは言ってないぜ」

「それともジュニアか」

のっぺり顔がかすかに動いた。

「きみにも、パスポートを見せなければいかんのかな」

「パスポート？」

「どうでもいいや。なんとでも言ってくれ」

広岡はめんどくさそうに言って、食卓を離れた。まだチャーシューメンの半分も食べてなかった。

部長昇格者名簿の中にリストアップされていなかったことは、大崎にとってもショックだったはずだが、上層部は見るところは見ているな、と広岡は思ったものだ。

三月十日の夜、新宿で映画を見て時間をつぶしたあとで十時過ぎに、広岡は雨の中を代々木の〝ながさわ〟に顔を出した。

七時から十時までは、開店祝いの客で混雑しているに相違ないから、十時以降にしようと考えたのだが、あり体《てい》に言えば本多や太田と顔を合せたくなかったのである。

気持ちがスクリーンに集中できず映画のストーリーもろくすっぽ覚えていなかった。映画館を出たとき、広岡はこのまま帰宅しようか、と思ったが、それではあまりにも水臭い。ひょっとして本多のやつ、まだねばってるかもしれないな、と思いながら広岡は、〝小料理ながさわ〟と白地に紺色で染め抜いた暖簾《のれん》をくぐった。

客は二人と三人の二組。L字型のカウンターに十人の椅子《いす》が並べてある。

居抜きで借りて改装したと聞いていたが、壁もカウンターも、棚《たな》も椅子も煙草《たばこ》の脂《やに》や酒の染みついたような感じがあった。変ったのは経営者と暖簾だけかもしれない。元手をかけていない、という印象だが、なにかしら安心できるような気もする。

純子は地味なワンピースでとくに着飾った様子はないが、絣《かすり》の着物を見慣れているせいか、広岡の眼には新鮮に映る。

「広岡さん雨の中をありがとうございます。お忙しいんでしょう。よくいらしてくださいました」

カウンターの中から、純子が甲高《かんだか》い声で歓迎の辞を述べると、左右に従えた若い女が二人深々と頭を下げた。

「ミユキです」

「ヨシエです。よろしくお願いします」

「広岡です。よろしく」

「本多さんと太田さん、いままでいらしたんですよ。広岡さんをお待ちになってたようですが、人事部はいまが書き入れどきだから、残業でもしてるのかな、なんておっしゃりながら、お帰りになりました」

ポリエチレンの袋からおしぼりを取り出して、手渡しながら純子がつづけた。

「こんな辺鄙《へんぴ》で汚い店にわざわざお越しいただいて、ほんとうにありがとうございます」

純子が左右に眼をやった。

「二人ともアルバイトさん。女子大生なんですが、当分手伝っていただけそうよ」

広岡が二人に目礼してから言った。

「僕は、本多や太田と違って、ひまなんです。お店が混んでいるときを外して来ただけのことです。超満員だったんでしょう」

「お陰さまで、やっと少しすいたところです。おビールでよろしいですか」

「お願いします。肴《さかな》は適当に見つくろってください。なんでもいただきます」

ミユキがグラスをカウンターに置くと、ヨシエがビールの栓《せん》を抜く。二人とも気働きのするほうらしい。

純子がヨシエからビールの小瓶《こびん》を受け取って、酌をした。

グラスを持ちあげて、ビールを受けながら広岡が訊いた。

「本多と太田、なにか言ってませんでした」

純子はわずかに首をかしげた。

「あの二人、きょうから部長になったんです」

「まあ、そうなんですか。広岡さんは……」

広岡は、ビールをひと口飲んでから首を左右に振った。

「はしゃいでるかと思ったら、あれで案外、奥ゆかしいのかなあ」

「そんなことはひとことも。ただ……」

純子は言いよどんでいる。

「ただ、なんですか」

広岡に促されて、純子は料理の手を止めた。

「広岡さんのことを心配されてたような気がします。わたしの思いすごしかもしれませんが……」

「そう。同情されるようになっちゃあ、おしまいだな」

広岡は、ビールを一本飲んで、焼酎《しょうちゅう》のお湯割りに変えた。

十一時前に、客は広岡一人だけになった。

「あなたがた、そろそろ帰ってけっこうよ。あとはわたしがやります」

二人が帰ったのは十一時ちょうどだ。

「アルバイトのお嬢さん、なかなか気が利《き》いてて、いいじゃないですか」

「そうなんです。ミユキさんは家政科の三年生で、管理栄養士のタマゴです。ヨシエさんは美大の二年生ですが、二人ともほんとうにいい娘《こ》よ。大学を卒業するまでずっとここへ来たいなんて言ってましたけれど、続いてくれるといいんですが……」

「ママがいい人だから、大丈夫でしょう」

「そう言ってくださるのは、広岡さんだけです」

「問題は、変な客と変なことにならないことでしょう」

「たしかに、その点は心配ですが、これぱっかりは、傍《はた》から口出しするわけにもいきませんし……」

「取り越し苦労しても始まらんかな。それにしても、いまどきの娘にしては出来てますよ。どういうつってですか」

「ええ、ちょっと、知りあいのかたが……」

純子は言葉をにごした。

「いけない。もうこんな時間か」

広岡が腕時計に眼を遣《や》ると、洗いものをしている純子がうつむき加減に返した。

「お店そろそろしまいます。広岡さんに送っていただこうかしら。きょうは特別で四時に開店したのですが、お客さんが多くて疲れました」

「通常は、何時に開店するんですか」

広岡は、胸をときめかせながら、ちぐはぐな質問を発していた。

「五時半です。閉店は十一時を考えてますが、十二時までは覚悟しませんと。いま何時かしら」

純子が棚の置時計をふり返った。

十一時二十分過ぎだった。

「忘れてました。これ、僅少《きんしょう》ですが、ほんの気持ちです」

広岡は、名刺入れに挟《はさ》んでおいた祝儀袋を差し出した。

張り込んで三万円包んだ。開店初日は、招待されて無料だからご祝儀は仕方がない。

「お気を遣っていただきまして、恐縮です」

純子がエプロンで手を拭《ふ》きながら礼を言ったとき、がらっと硝子戸《ガラス》があいた。

本多だった。

「おっ！」

「やあ」

「やっぱり来てたのか。そんな気がしたんだ」

本多は悪びれずに言って、広岡の隣りに腰をおろした。

「広岡、店がはねる頃《ころ》を見はからって来るなんて、まるで抜け駆けじゃねぇか」

「もう二時間近くも前に来てるよ。そろそろ帰ろうと思ってたところだ。きみこそ、二度も顔を出すなんて、魂胆が見えたぞ」

広岡は負けずに言い返した。

「魂胆がないとは言わないが、俺《おれ》はヨシエとミユキの様子を見に来たんだ。俺は二人の保証人だからな」

「保証人ねぇ」

「うん。ママに頼まれて俺があの二人を探してきたんだ。どうだ、いい娘《こ》だろう」

広岡がこっくりしながら、純子を見たとき、眼がぶつかった。

純子はバツが悪そうに、視線を外した。

「本多さん、なにかめしあがりますか」

「うん。ビールを一杯だけもらおうか。あれから、太田と新宿のクラブを覗《のぞ》いたが、つまんない店でねぇ。〝ながさわ〟で口直しをしないことにはおさまらないよ」

「恐れ入ります」

純子は会釈《えしやく》しながら、ちらっと広岡に眼を流した。こんどは、広岡のほうが眼をそらした。

「本多、おめでとう」

広岡が、グラスを触れ合せると、本多は照れくさそうに顔をゆがめた。

「俺も太田も、広岡よりちょっと早く部長になるが、同期入社組で最後に残るのは広岡だよ。さっきも太田と話してたんだが、周りを見回したところ、広岡以外にたいしたやつはいないものな」

「なぐさめてくれて、ありがとう」

「いや、本気だ」

「さて、僕はお先に失礼する。思いがけず本多部長の拝顔の栄に浴したし、きょうはついてたよ」

広岡は、思い切りよく腰をあげた。

「俺も帰るよ。ハイヤーを待たしてるから、送ろうか」

「僕はけっこうだ。ママを送ってあげてよ」

広岡は、本多の肩を押えつけた。

広岡がビルを出て、傘《かさ》を開くと純子が中に入って来た。

「アルバイトさんのこと、なぜか言いそびれちゃってごめんなさい。本多さんのほうから電話でどうですかって言ってきてくださったんです」

「そう。よかったじゃない。あいつは見かけによらず親切だから……」

「どこかでお待ちいただけませんか」

「お気持ちだけいただいておきます。本多に送ってもらってください」

純子がうらめしそうに広岡を見上げた。

「広岡さんの意地悪」

「また来ます」

広岡は軽く右手をあげて、回れ右をした。

「ほんとうよ。お待ちしてます」

広岡はふり返らなかった。むしろ傘をことさらに背中のほうへ倒すようにして、ずんずん歩いた。

〝ながさわ〟の店頭に〝祝開店〟の花輪がいくつか並んでたが、一つは〝おこう〟だった。〝エコー・エレクトロニクス工業株式会社〟もあったが、本多が気を遣ったに違いない。

それにしても、本多は純子を落せるだろうか。

アルバイト嬢のことひとつとっても、本多の思い入れのほどがわかる。保証人を口実に開店日に二度も顔を出す押しの強さには、脱帽するほかはない。単細胞と莫迦《ばか》にしていたが、しつこいほどの熱意こそが、本多をして営業部門の部長にまで押し上げた要因に相違なかった。

純子は、俺に気をもたせるような素ぶりをさかんに見せるが、どこまで本気なのだろう。

今夜、送ってほしいと言ったが、俺が送り狼《おおかみ》になることを覚悟したうえでのせりふなのか。営業用でこっちの考え過ぎとも取れる。

広岡は、そんなことを考えながら歩いていた。ＪＲ代々木駅まで来て、広岡は〝ながさわ〟に引き返したくなった。

あくる日の昼前に、純子から広岡に電話がかかった。

「きのうは、ほんとうにありがとうございました。過分なものを頂戴《ちょうだい》しまして……」

初めのうちこそ他人行儀だったが、すぐに声が艶《つや》っぽくなった。

「うれしかったわ。なかなかお見えにならないので、わたし時計ばかり気にしてましたのよ」

「本多に送ってもらったんですか」

「ええ。もう、振り切るのが大変でした。広岡さんと待ち合せしなくてよかったと思います。六本木のクラブまで、お伴《とも》させられました」

「それじゃあ、夜中の一時二時でしょう」

「はい。家に着いたのは二時を過ぎてました」

「本多は、バイタリティがあるなあ」

「広岡に気があるのか、って訊かれましたから、ありますって正直にお答えしました」

広岡は、受話器を左手に持ち替えた。掌《てのひら》がひどく汗ばんでいる。顔が上気していた。

「今夜、遅い時間にいらしてください。十一時過ぎなら、アルバイトさんも帰ってますから」

「また本多とハチ合せしたら、眼も当てられませんよ」

「いくら本多さんがお元気でも、それはないと思います」

「ところで、きのう訊き忘れましたが、小倉さんは顔を出してくれたんですか」

「いいえ。お電話したんですが、五月の連休まで、東京へ帰れないと言ってました」

「………」

「小倉さんのことが気になるんですか」

「いや……。今夜はともかく、近いうちに顔を出します」

広岡は低い声で話しているが、聞き耳を立てれば聞き取れないことはない。それでなくても、要注意人物としてマークされているのだ。

広岡が受話器を置きながら、あたりに眼を遣ると、あわてて逃げていく眼にぶつかった。

5

三月二十六日、土曜日の夜、広岡は初めて長沢純子とデートした。

大学時代の友人と湘南《しょうなん》のゴルフコースに出かけ、夜七時までに東京へ戻ってくる計画を立てたのである。

電話で打ち合せたとき、純子はずけっと言った。

「わたし、泊まるつもりで出て行きます」

「そうですか。ええ、まあ」

広岡はしどろもどろに答えたが、女からそこまで言われたら、引き下がれない。

亜希子には、ゴルフのあとマージャンをするので、土曜日は友人宅に泊まると言ってある。

女房に嘘《うそ》をつくのはつらいが、正直に企てを告白する莫迦はいない。

広岡は、六時四十分に白金台《しろがねだい》のMホテルに着いた。ツインのベッドルームを予約してある。

宣伝部時代に一度だけ大手広告会社の賀詞交換会で、このホテルに来たことがあるが、都心から離れているので知った顔に出会う確率は少ない、と踏んだのだ。

キャディバッグは、ゴルフクラブのロッカーに入れっぱなしにしてある。義父の死後、受け継いだ名門コースだが、比較的利用することが多かった。

都合のいいことに、ゴルフバッグをぶら下げているから、フロントでチェックインするときに変な眼で見られることもない。氏名、住所、電話番号、勤務先をカードに記入するとき、一瞬たじろぐものがあった。ごく当然のことなのに不意を衝《つ》かれて、うろたえているような按配《あんばい》だった。

広岡は、電話で宿泊の予約をしたとき、連絡先の電話番号を訊かれたことを思い出した。不用意に自宅の電話を伝えたはずだから、それに合せるしかない。

氏名、住所、勤務先とも、事実を書き込んだ。さいわい同伴者の記入を強《し》いられることはなかった。

ボーイの案内で、七階のベッドルームに案内され、チップとひきかえにキイを受け取った。

広岡は七時五分前に一階のラウンジへ降りて行った。

ウエートレスにミルクティーをオーダーして、回転ドアのほうを気にしていると、すーっと純子が眼の前にあらわれた。

広岡は、あわててソファから起《た》ち上がった。

「そこにおりましたのに、気がつきませんでした？　広岡さん、わたしのほうを見ましたのよ」

「失礼しました。ヘアスタイルが変ったでしょう」

「きょう美容院に行ったんです」

純子が髪を撫《な》でつけながら、ソファに腰をおろしたので、広岡も坐《すわ》り直した。

ウエーブのかかった短い髪を真ん中から左右に分けている。黒とグレーのチェックのブレザーに黒のスラックス、えんじのブラウスは襟《えり》もとがリボン状になっていて、大きな蝶《ちょう》ネクタイのように結んであった。

化粧は薄めで、イヤリングもネックレスもつけていない。

地味な服装なのに、華やかな雰囲気《ふんいき》をただよわせている不思議な女だった。

純子がウエートレスを手招きした。

「コーヒーをお願いしてますが、ここへ運んでください」

ウエートレスが去ったあとで、純子が下を向いた姿勢で言った。

「きのうは眠れませんでした」

「それはお互いさまでしょう」

「電話で、あなたを困らせるようなことを言いましたが、撤回してもよろしいのよ。泊まるつもりだなんて、わたしどんな顔して言ったのかしら。電話では顔が見えないからって、あばずれ女もいいところね」

「……」

「本多さんがいけないんです。いくら広岡を追いかけ回してもムダだ、なんてわたしを焚《た》きつけるんですもの。意地になって……」

「どうしてムダなんですかねぇ」

「奥さまが素晴らしいかただからです」

「本多は、僕が妻ノロだって言いたいんですよ。ところがさにあらず。僕はそんな朴念仁《ぼくねんじん》じゃないですよ」

「ほんとうによろしいの」

純子が面《おもて》をあげて、上眼遣いに広岡をとらえた。

「ええ。このホテルを予約しました」

広岡は、ベッドルームのキイをちらっと見せた。

「それともきみのほうが具合い悪いのかな」

「いいえ」

純子が勢いよくかぶりを振ったとき、コーヒーとミルクティーが運ばれてきた。

ミルクティーをすすりながら広岡が言った。

「僕は開店日に顔を出しただけで、サボッてますけど、本多と太田の出席率はどうですか」

「お二人とも優等生です。とくに本多さんには感謝してますわ。ずいぶんお客さまを紹介してくださいました」

「開店二日目はどうでした」

「見えました。遅い時間に」

「それは凄《すご》い。いい根性してるなぁ。僕もその気はあったんですが、やっぱり行かなくてよかった。それで、まだ落城しないんですか」

「もちろんです」

「本多がちょっと可哀想《かわいそう》になってきました」

「わたしも、ちょっぴりつらい気持ちです」

「食事はルームサービスにしましょう」

広岡が伝票にサインしながら唐突に言った。

ラウンジからエレベーターホールへ向かって歩いているときも、エレベーターを待っている間も、純子は、広岡から二メートルほど距離を取っていたが、ベッドルームに入るなり、ショルダーバッグを投げ出して、広岡にむしゃぶりついてきた。ベッドに押し倒されたのも広岡のほうだった。広岡は終始、純子にリードされっぱなしで、躰《からだ》をあずけていればよかった。躰の芯《しん》がいつまでも火照《ほて》っていた。

翌朝、広岡は六時に眼が覚めた。寝不足と深酒で頭が重い。缶《かん》ビール三本と白ワインのフルボトルを二本あけたあとで、シャワーを浴びたのは二時前だった。三時過ぎまでベッドの中で揉《も》み合っていたのだから、三時間も寝ていなかったことになる。

広岡は、ベッドに腰かけて水を飲みながら、純子の寝顔を見ていた。歯をくいしばって声を洩《も》らすまいとする風情《ふぜい》がなんとも言えなかった。

女の経験は、学生時代から数えれば十指に余るはずだが、純子ほどいい女にめぐりあえたことはなかったような気がする。

「いい女だ」

広岡は思わずつぶやいてから、腰をあげバスルームへ入って、湯を入れた。

ふと、亜希子の顔が眼に浮かんだ。

「あぶないな。これっきりにしなければ……」

広岡はまたひとりごちた。

純子にのめり込むには、亜希子がよすぎる。亜希子の存在が歯止めになるとは思っても、危険な予感があった。

広岡がバスタオルを腰に巻きつけてバスルームから出ると、ベッドの中から純子が声をかけてきた。

「おはようございます」

「おはよう」

「お早いのね」

「うん。二日酔いらしい。ちょっと頭が痛くてね。風呂《ふろ》に入ればすっきりすると思ったんだが……」

「こんど、いつ逢《あ》ってくださるの」

「……………」

「もうこりごりですか」

「そんなことはないですよ。ウラを返すっていうからねぇ。あと一度はつきあわないといけないかな」

「あと一度ですか」

純子が浴衣《ゆかた》の襟をかき合せながら、広岡と向かい合う恰好《かっこう》でベッドに坐った。

「あと一度なんて、わたし厭《いや》です」

広岡は、またしても勃然《ぼつぜん》とした気持ちになった。

「わたし、広岡さんの家庭をこわすような莫迦《ばか》な女ではありませんよ」

「小倉さんもそんなことを話してましたよ」

「あの人、わかったようなことを言ってるわ。典型的なマイホームパパのくせに、女遊びをし尽くしたようなことを言うんです。あなたもマイホームパパなのかしら」

広岡は、純子の誘い込むようなまなざしを見返せず、眼を伏せた。

「僕は、きみが家庭をこわしにかかるとかなんとかよりも、自分自身がこわいんです。破滅的なところがあるらしいからね」

「お上手ねぇ」

純子が、広岡の隣りに位置を変えた。

「ひとは見かけによらないって言うでしょう」

広岡は、気持ちを抑制してベッドからソファに移動し、下着をつけにかかった。

朝七時半にチェックアウトをして、ホテルを出ると外は雨だった。

タクシーの空車がなかった。

ホテルは目黒通りに面しているが、玄関まで相当距離がある。

「少々お待ちください」

ボーイが傘《かさ》をさして、通りまでタクシーを探しに出て行った。

純子は距離を取って佇《たたず》んでいるが、タクシーを待っているのは二人だけだった。

広岡は顔見知りに出くわさないかと、気が気ではなかった。日曜日のこんな時間では言い訳ができない。

ボーイがタクシーを呼び込むまで、十五分ほどかかったが、さいわい誰とも出会わなかった。

第五章　人事マフィア

1

四月十九日、火曜日の朝、広岡は秘書を通じて三田から呼びつけられた。

「村山のことは聞いてるかね」

ソファに向かい合って、煙草《たばこ》に火をつけながら三田が切り出した。

「いいえ」

「なんだ、聞いてないのか。大崎に、きみの意見を聞くように言っておいたんだが……」

三田は眉間《みけん》にたてじわを刻んで、煙草の煙を吐き出した。

広岡は、デイリーワークで大崎から相談を受けたことは一度もないことをよっぽど言ってしまおうかと思ったが、唾液《だえき》と一緒に喉《のど》もとへ押し戻した。

おそらく、それは三田の心証を悪くするだけだ。迂闊《うかつ》に他人の悪口雑言《ぞうごん》を口にすべきではない。特に、三田のような男の場合はマイナスの効果をもたらすだけだ。

「聞いていない」のひとことで、充分だと広岡は思った。

「村山は、ついきのうまできみの部下だったが、鬱病《うつびょう》っていうのか、ノイローゼっていうのか知らんが、通常の勤務に耐えられそうもないらしいんだ。一緒に仕事をしていて、そんな気配はなかったかね」

「とても信じられません。仕事は、レベル以上ですし、変なくせもなく、気分のいい男で、とくに部下の面倒みは抜群です。村山君がノイローゼなんて、あり得ないと思います」

「ところが、村山が睡眠薬を常用していることは事実だぞ。医者から人事部に報告があった」

「医者って、どこの医者ですか」

「ウチの嘱託医だ。内科の加藤《かとう》先生を知ってるだろう」

「話したことはありませんが、顔は存じてます。嘱託医は、そんな余計な報告をしてくるんですか」

広岡は、眼《め》を剝《む》いた。

三田が微苦笑を洩《も》らした。

「そういきり立つな。人事部は、社員の健康状態をフォローするぐらいのことはするさ。異常を見つければ、会社に報告するのは医者の義務だよ」

「………」

「大崎が、宣伝部長と副部長にそれとなく相談したところ、少し休ませるか、環境を変えるために、地方へ転勤させたらどうかという意見だったらしい。宣伝部でも、もてあましてるようだ」

「人事部の結論は出てしまってるんでしょうか」

「わたしの判断を求めてきてるが、まだだ。星野と大崎は、九州の営業所に転勤させたらどうか、と言っている」

「結論を出す前に、わたしに村山君と話をさせていただけませんか。それと僭越《せんえつ》ながら、加藤医師の話も聞いてみたいと思います」

三田は思案顔で煙草を喫《す》っていたが、煙草を灰皿に捨てて言った。

「いいだろう」

「ありがとうございます。さっそく、アプローチします」

広岡は、人事部に移ってから仕事らしい仕事をしていなかったので、久しぶりに気持ちが高揚した。

もっとも仕事をしていない、と言っても、仕事を干されるほど軟弱《やわ》ではなかった。

どんなに大崎から袖《そで》にされようが、言いたいことは言ってきたし、新年度の採用計画の立案や人材開発計画、プロジェクトチームの編成などで、広岡はそれなりに存在意義を示したつもりだった。ただ、人事本部長からの特命事項が、ついぞなかっただけのことだ。

人事本部長特命事項にしてはスケールが小さ過ぎると思うが、広岡は、村山の問題を特命事項と受けとめて、張り切ったのである。

広岡が自席に戻ると、大崎が椅子を寄せてきた。

「本部長、なんだったの」

「うん。ちょっとね」

「ちょっと、なんだ」

大崎はたたみかけてきた。

「大副部長が気にするほどの問題ではないよ」

「おまえ、俺《おれ》をおちょくるのか」

「別に。そんなに気になるか」

広岡は、思わせぶるつもりはなかったが、大崎に対していると、つい揶揄《やゆ》的な気持ちが出てしまう。

「そのうち報告するよ。なんせ上席副部長だからな」

「勿体《もったい》をつけずに話せよ」

「いま話すのはやめておこう」

広岡は、医務室に電話をかけようと思っていたが、気が変った。

「ちょっと失礼する」

「どこへ行くんだ」

「トイレだよ」

広岡は、きつい大崎の眼にやわらかい眼を返して、廊下へ出た。

加藤医師は毎日、勤務しているわけではなかった。週二日、それも火曜日は午前九時から午後一時まで、木曜日は午後一時から午後五時までである。五人の医師が交代で二人ずつ詰めているらしい。

この日は偶然、出勤日だった。加藤は、さほど忙しくもないらしく、三十分ほど時間を割いてくれた。不惑《ふわく》前後の内科医である。

「村山君は、かつての部下ですが、身びいきするわけではないのですけれど、通常の勤務に耐えられないほどの状態なんでしょうか」

「いえ、そんなことはありませんよ」

「しかし、先生は人事にそのように報告されたのではないんですか」

「報告書をご覧になりませんでした」

広岡は、痛いところを衝《つ》かれて、間《ま》を取るように、看護婦が淹《い》れてくれた緑茶を口へ運んだ。報告書を見ていれば、質問の仕方も変っていたはずだった。

「実はまだ拝見してません。必ずしもわたしの担当ではないのですが、たったいま担当常務から意見を求められて、あわてて飛んできた次第です。人事部の中に、通常の勤務に耐えられない、と判断する向きもあるものですから……」

加藤は得心がいったのか、表情をゆるめた。

「それは過剰反応というか、気の回し過ぎです。観察の要ありとは書きましたが、そんな過激なことは書いてません」

「村山君が睡眠薬を服《の》むようになったのは、いつごろからですか」

「ごく最近です」

加藤は、女性事務員に村山のカルテを取り出すように指示した。

ほどなくカルテが、加藤の手もとに届いた。

「初診は三月十七日です。食欲の不振と不眠を訴えてました。血圧は下がやや高いが、ま、気にするほどのことはありませんね」

加藤が、カルテから眼を上げて話をつづけた。

「〝ハルシオン〟を十日分出してます。〝ハルシオン〟は、睡眠薬の一種ですが、〇・二五ミリのマイルドなものです。それでも、強い薬だから、一錠の半分にしなさい、と言って渡しました。村山さんは、いままでそうした薬を服んだことはないと言ってましたから……」

「村山君に睡眠薬を投与したのは十日分、つまり五錠だけですか」

「いや、そのあと三月二十九日に二週間分出しました。本人から一か月分まとめてもらえないか、と言ってきたんですが、規則で二週間分以上は出せません」

「それにしても三月十七日から本日までまだ一か月ほどですから、睡眠薬を常用してることにはなりませんね。しかも、二週間分の薬は、まだ服み尽くしていないとも考えられます」

「そのとおりです」

「村山君の不眠症は一過性のものと解釈してよろしいんじゃないですか」

「そうですねぇ。即断するのはちょっとどうかと思いますが、どっちにしてもたいしたことはないですよ。仮に〝ハルシオン〟を常用したところで、命にかかわるなんてことはありません」

「村山君の健康状態は通常の勤務にさしつかえると、お考えですか」

「そんなことはないと思います」

それなら、なぜ不用意な報告書を人事部に提出したのか、と詰問《きつもん》したかったが、広岡は皮肉をこめるにとどめた。

「それを聞いて安心しました。村山君は多少ナーバスというか生《き》まじめなところはありますが、そんなに弱い男ではないはずなんです」

「村山さんがどうかされたんですか」

「先生の報告書を過剰に受けとめて、やれ休養させろの、環境を変えるために地方へ転勤させろの、と言い出す者がいないでもないものですから」

広岡の口調がいっそう皮肉っぽくなった。

加藤は気まずそうに眉《まゆ》をひそめた。

「人事部から義務づけられてるんでねぇ。メモを出したのは十日ほど前ですけど、人騒がせなことをしたと思われてるようですが、わたしは針小棒大に報告したつもりはありません」

「よくわかりました。お忙しい中をお手数をおかけして、申し訳ありません」

広岡は、医務室から宣伝部に回るつもりでエレベーターのボタンを押したが、エレベーターが十階で止まったとき、気が変り、ボタンを十二階に押し直した。前島や岡本と顔を合せたくないという気持ちもあったが、村山に対して配慮がなさ過ぎる。それこそ不用意ではないか、と思ったのである。

大崎が席を外していたので、受話器を取った。村山は在席していた。

「広岡です。たまにはゆっくり会いたいな」

「どういう風の吹き回しなんでしょう。わたしなんかに会っていただけるんですか」

村山の絡《から》んだ言いかたに、広岡はむっとしたが、ぐっと気持ちを抑制した。

「きみは酒をやらんから、一杯やろうと誘うわけにはいかんが、めしでも食おうよ。今晩どう。僕はあいてるけど」

返事がなかった。

「あしたは予定が入ってるから、なんならあさってでもいいが……」

「いや、今晩あけますよ。人事部の副部長さんから声をかけられたら、断れませんよ」

「そんなに無理しなくてもいいんだぜ」

「どこへ行けばいいんですか」

「それではと……」

広岡の眼に、長沢純子の顔が浮かんだ。

しかし、〝ながさわ〟で込み入った話はできない。だいいち、体質的にアルコールを受けつけない村山を連れて行く店ではなかった。

「白金台のMホテルはわかるかなあ」

「知ってますよ……」

広岡はどきっとした。

「どこの代理店でしたかねぇ。おととしの賀詞交換会に広岡さんと一緒に出かけたじゃなかったですか」

「ああ、そうだったね。それでは、とりあえずMホテルのラウンジで会おうか。時間は七時でいいかな」

「けっこうです」

「じゃ、あとで」

広岡は電話を切りながら、少しく後悔していた。

2

広岡がMホテルに着いたのは七時五分前だが、村山は先に来ていた。

「広岡さん」

村山から声をかけられて、広岡はぎくっとした。偶然とはいえ、純子と逢《あ》ったときと同じドアに近い隅《すみ》のシートに村山が坐っていたのだ。かなり広いラウンジだし、ほかにいくらでも席が空いているのに。

近づいてきたウエーターが意味ありげににやついているような気さえしてくる。

広岡は、照れ隠しでむすっとした顔でレモンスカッシュをオーダーした。

「わたしも、いま来たばかりです」

それにしては、ティーカップにレモンティーの残りが少なかった。

「少し躰《からだ》が締まったかな」

村山は、しばらく会わない間に童顔からまるみが失われ、ぎすぎすしている印象を与えた。

「このひと月の間に三キロ痩《や》せました。ダイエットしてるわけでもないんですけど……」

「羨《うらや》ましいねぇ。僕は下腹に贅肉《ぜいにく》がついてきて往生してるよ」

「広岡さんは充分スリムじゃないですか」

「そう見えるとしたら、着痩せするほうなのかな」

広岡は、ゆるめた表情をひきしめながら、訊《き》いた。

「宣伝部、少しは変った」

「変ったなんていう程度じゃありませんよ。ジュニアは、エコー・グループ全体の宣伝部門を一本化して、別会社にする考えらしいんです。王国を構築するつもりなんじゃないですか」

村山は厭《いや》なことでも話すように、顔をしかめた。

「広告代理業までやろうっていうことかね」

「そうらしいですね」

「そうらしいって、きみは総括課長としてジュニアのお守《もり》をしてるんだろう」

広岡は、村山の仏頂面《ぶっちょうづら》を見つめながら、白々《しらじら》しい質問をしたと思わざるを得なかった。

前島や小林との関係は察して余りある。村山は、宣伝部の中で浮きあがった存在になっているとも考えられる。

「広岡さんは、わたしが宣伝部の中で仕事を干されたような状態になっていることをご存じなんでしょう」

上眼遣いに広岡をとらえる村山の顔は、ほとんどひきつっていた。

広岡は、村山から視線を外した。

ウエーターがレモンスカッシュを運んできたので救われた思いでグラスに手を伸ばした。

「多少のことはあると思っていたが、そんなにひどい状態になっているとは知らなかった」

「広岡さんがいなくなってから、前島さんと岡本さんに意地悪をされっぱなしです。岡本さんは陰険な人ですね。わたしが広岡さんの異動を事前に前島さんから聞いていたことを広岡さんに洩《も》らしたでしょう。そのことをねちねちやるんですから、まいりますよ」

「……」

「あんなにお願いしておいたのに、広岡さんはなぜ、わたしから聞いたなんて言うんですか。わたしに恨みでもあるんですか」

村山の眼に怒りが籠《こ》もった。

「ちょっと待ってくれ。それはどういう意味だ」

「岡本さんから聞きましたよ」

「なにを」

「村山から聞いたがきみも知ってたんだろう、って岡本さんに言ったそうじゃないですか。夜中に電話をかけられてひどい目にあったと叱《しか》られました」

「岡本につまらん電話をかけたことは事実だが、きみから聞いたなどとは言っていない。きみも岡本も水臭いとは言ったかもしれないが、きみは岡本にひっかけられたんじゃないのか」

村山は口惜《くや》しそうに唇《くちびる》を嚙《か》んだ。

広岡は冗談めかして言った。

「それで、きみは僕を恨んでたわけだな」

「口の軽い人だと思ってました」

「しかし、そんなくだらんことでいつまでも根に持つものだろうか」

「二人とも相当しつこいですよ」

「宣伝部はジュニアを中心に動いてるんだろう。前島さんや岡本あたりに、多少つれなくされたからって、どうってことはないんじゃないのかね。ジュニアの気持ちさえつかんでおけば、いいわけだ」

「わたしも、人の子ですから……」

村山は苦笑をにじませて、残りのレモンティーをすすった。

「お察しのとおりジュニアにすり寄って行きましたよ。しかし、上には上がいるんです。まるで、宣伝部中がゴマ擦り競争に明け暮れてるようなものです。前島さんなんかひどいもんですよ。あんまり莫迦莫迦《ばかばか》しくって、やってられなくなりました」

「ゴマ擦り競争から脱落したっていうわけか」

「まあ、そういうことなんでしょうね」

村山が口の端をゆがめながらティーカップをセンターテーブルに戻した。

「ジュニアとは仕事を一緒にしたことはないが、そんなにゴマ擦りに弱い男なのかね」

「人間なんてそんなものでしょう。わたしのひが目かもしれませんけれど、最近急にわたしに対する態度が変ったような気がします」

「最近っていつ頃《ごろ》から」

「一週間とか十日とか、そんなところだと思います」

「きみにつらく当たるのかい」

村山は黙ってうなずいた。

広岡は、レモンスカッシュを飲みながら、考える顔になった。

人事部の大崎が前島とジュニアに接触したことが、ジュニアの心証になんらかの影響を与えたと推測できる。村山は無難に仕事をこなす男だが、睡眠薬を常用していると聞いただけでも、村山に対する見方がゆがんでくることは充分あり得る――。

「誤解を恐れずに率直に言わせてもらうが、きみは会社の医務室で不眠を訴えたそうだね。実は、そのことを問題にした者が人事部にいる。睡眠薬を常用しているとオーバーにとらえているらしいんだ」

村山の表情が険しく尖《とが》っていくのを見ながら、広岡はかまわず話をつづけた。

「ジュニアは、きみが睡眠薬を服用していることを人事の者から聞いている。きみに対する見方を変えたとすれば、そのことと無関係ではないと思う」

「どうしてそんなことが人事部に伝わるんですか。そんなことがゆるされるんですか」

村山はうめくように声をしぼり出した。

「嘱託医が報告したからだよ。ためにするとか、きみを陥《おとしい》れるとか、そういうことではなく、人事部が義務づけているらしい。社員の健康管理に気を配っていると言えば聞こえはいいが、たしかにやり過ぎだ。こんなことなら会社の医務室などに行かずに、病院か町医者に診てもらえばよかったな」

「ひどい話ですね」

「まったくだ」

「人事部でオーバーに騒ぎたてたのは広岡さんじゃないですか」

村山の眼に憎しみが宿った。

広岡は、村山をじっと見返した。

「そう思われたとしたら、不徳の致すところとしか言いようがないね」

「じゃあ、誰が騒ぎたててるんですか」

広岡は、村山の質問に答えなかった。

「僕は、きょう三田常務から、きみの話を聞いたばかりだ。人事部が、きみを地方へ転勤させて、気分転換を図ったほうがいいと、三田常務に進言してきたそうだ。その前に、前島さんとジュニアには相談したんだろうな。二人とも、きみを宣伝部から外すことに賛成した……」

広岡は、レモンスカッシュをひと口飲んで、話をすすめた。

「これは、三田常務が僕に言ったことをそのまま話してるんだが、かれは僕の意見を聞くように人事部に指示したそうだ。村山のことを聞いてるか、と訊かれたので、聞いていないと答えたら、ぶすっとした顔をしていたよ。僕がきょう加藤医師に会ったのも、こうしてきみと話してるのも、三田常務のＯＫを取ったうえでのことなんだ」

「広岡さんから電話がかかったとき、なんだか厭な予感がしたんですよね」

村山が、口に運びかけたからのティーカップをテーブルに戻し、グラスと替えて、残り少ない水をひと息で飲み乾《ほ》した。

「腹が減ったな。席を変えようか」

「けっこうです」

村山はにべもなく言って、ほとんど睨《にら》みつけるように広岡をとらえた。

「要するに広岡さんは、わたしになにが言いたいんですか。転勤のことですか。どこへでも行きますよ。たとえ北海道でも九州でも、宣伝部なんかにいるよりはよっぽどましですよ」

広岡は、ささくれだった村山の気持ちをどうほぐそうか思案をめぐらした。

「三田常務のお陰で僕が降格を免《まぬか》れたから言うわけではないが、三田常務という人は実に公平かつ慎重な人だと思う。きみに対する人事部のやりかたが慎重さを欠いていると判断したからこそ、僕に意見を求めてきたんだ。きみのポストについて、まだ結論は出ていない。僕の意見がどこまで反映されるか心もとないが、きみがやる気をなくすような配置転換だけはしたくないと思ってるよ」

広岡は、村山が冷笑を浮かべたのを見のがさなかった。

「宣伝部の落第生がなにをぬかすか、ときみの顔に書いてあるが、僕が宣伝部を外された理由はもちろん知ってるんだろう」

「知ってます」

村山は、挑《いど》むように顎《あご》をしゃくりあげた。

「広宣社の誘いに乗って、女連れで欧州旅行をしたっていうことか」

「事実なんでしょう」

「事実だ。弁解の余地はないよ。いまや社内では有名人だな」

「少なくとも宣伝部で知らない者は一人もいないでしょうね」

「前島さんが吹聴《ふいちょう》してるってわけだな」

「わたしはジュニアから聞きました。最低の男だとか、乞食《こじき》みたいな奴《やつ》だとか言ってましたが、わたしはそこまでは言いませんけどね」

広岡は、たぎり立つ気持ちを制御しかねた。

ふるえる膝頭《ひざがしら》を両手で抑えつけ、数秒間、眼を瞑《つむ》ってじっとしていた。

「きみなら、なんて言うんだい」

「広岡さんも顔に似合わず隅《すみ》に置けない人だって思っただけです。よくありがちな話ですから」

「寛大なんだな。ただ、ひとつだけエクスキューズを言わせてもらうが、女連れは事実だけれど、その女は、ワイフだよ」

信じられないと言いたげに、村山は首をかしげた。

「パスポートを三田常務と林常務に見てもらった。三田常務は、ご丁寧にも会長と社長にも見せたようだ。それから、これは前島さんに確認してもらえばわかることだが、広宣社の話を受ける前に、前島さんに相談したよ」

「前島さんは、そんなふうには言ってないみたいですよ」

「かれは、三田常務には僕から相談を受けたことは認めてるんだけどね。しかも反対し切れなくて申し訳なかったとも言っている。ま、すべては僕の不徳の致すところで、なにを言われても、どう思われても仕方がないがね。いちいち社内を言い訳して歩くわけにもいかんからなあ」

広岡は、どうやら平静を取り戻したとみえ、声の調子がなめらかになっている。

「三田常務に庇《かば》ってもらえなかったら、僕も相当世をはかなんでたかもしれない。そんなことはどうでもいいが、三田常務がきみのことを心配していると伝えたかったんだ。ラインから外れている僕を立ててくれて、きみのことで意見を聞いてくれた。この一事を以《もっ》てしても、三田常務の人柄《ひとがら》が偲《しの》ばれるとは思わないか」

「思います」

村山は、ぽつっと答えた。

広岡がにこっと笑いかけた。

「お互い気持ちがほぐれたみたいだな」

「ええ」

村山が微笑《ほほえ》み返した。

「では、話を本題に戻そうか……」

広岡が腕時計に眼を遣《や》った。八時を五分過ぎている。

「食事をしながら話さないか」

「すみません。きょうは家で食事をする約束なんです。下の子供の誕生日で……」

「そうか。それは悪いことをしたね。お子さんは、たしか小五と小三だったね。二人とも男の子……」

「はい。きかなくて困ります」

「それじゃあ、おやつにケーキでも食べようか」

村山はどっちつかずにうなずいた。

広岡が右手をあげると、ウエーターが小走りに近づいてきた。

チーズケーキとミルクティーをオーダーしたあとで、広岡が背筋を伸ばしながら言った。

「加藤医師は悪気はなかったと思うが、それにしても不用意だよねぇ」

「よく考えてみると、背筋が寒くなるような話ですね。それが、他人事《ひとごと》ではなくて、まさかわが身にかかわることとは夢にも思いませんでした。サラリーマンなんて、四六時中そんなふうに監視されてるんですかねぇ。まったくやりきれませんよ」

村山は深刻な顔でつづけた。

「人事部なんて、他人のあら探しが仕事みたいなものなんですね。嘱託医まで手なずけているとは知りませんでした。人事マフィアなどと言われるわけですよ」

「人事マフィアねぇ」

広岡の表情もこわばっている。

「たしかにそういう面はあるかもしれない。競争社会で社員をセレクトしなければならない関係上、とかく減点主義に陥りがちになる。得点は当然とする考えかたもあるようだ。しかし、ウチの人事を見ていると減点主義が過ぎるような気がしてならないな」

ウエーターがやって来たので話が途切れた。

広岡は、さっそくチーズケーキに取りかかったが、村山はフォークを取ろうとしなかった。

「けっこういけるぜ」

「よろしかったらどうぞ。わたしはけっこうです」

「二つは多過ぎるよ」

村山は仕方なさそうにフォークを持ったがほんの申し訳程度にひと口食べただけだった。

広岡がペーパーナプキンで口のまわりを拭《ふ》きながら訊いた。

「クスリは服《の》んでるの」

村山はきょとんとした顔をした。

「〝ハルシオン〟とかいう睡眠薬……」

「いち時服みましたが、いまは服んでません。まだ十日分残ってますよ」

「つまり依存症ではないわけだ。もっとも、マイルドなクスリらしいから、常用したからって、どうってことはないそうだよ」

「睡眠薬というのか、睡眠導入剤っていうのか知りませんが、医務室であのクスリを投与されたのはわたしだけじゃないと思うんですけど、皆んな人事部にマークされてるんですかねぇ」

「うーん。どうなのかねぇ。それよりきみ、宣伝部にいるより地方に転勤したほうがましだと言ったが、本気なのか。それともいち時の感情で口がすべったのかい」

村山は眉根《まゆね》を寄せて、テーブルの一点を見つめていたが、思い切ったように面《おもて》をあげた。

「わたしにとって宣伝部は、居心地が悪いというか雰囲気《ふんいき》がよくないことは事実です。しかし、宣伝部の垢《あか》が染《し》みついてますから、ほかのポストで通用するのかどうか自信がありません」

「きみは、宣伝部で貴重な人材じゃないか。もっと自信を持っていいんじゃないかな。前島さん、ジュニア、岡本君と協調してやっていく気があるんなら、なんとでもなると思うんだが……」

「わたしの配置替えは、上のほうで決まってるんじゃないんですか」

「決まってないと思うな。古参の課長を動かすとなれば、部門長である林常務の了解が必要だろう。三田常務と林常務が本件で話し合った形跡はない。それに副部長が替ったばかりだから、すぐに総括課長を動かすのはどうかと思うし、三月の大異動期を外してやるのも不自然じゃないの。それ以上に、ジュニアの大構想がどんなかたちで進展するのか分からんが、どっちにしてもきみは宣伝部に温存しておくべきだよ」

村山は、思い出したように、温《ぬる》くなったミルクティーを飲んだ。

「宣伝部で味噌《みそ》をつけた男があまりえらそうなことも言えないが、三田常務から林常務に話して、前島さんとジュニアをうまくとりなすようにしてもらうぐらいはできると思うが……」

「子供じゃありませんから、宣伝部に置いてもらえるんなら自分で融和するように努力します。結局、努力が足りないんですよ」

村山は殊勝なところを見せたが、やはり不安感がぬぐえないらしく、ぼそぼそした口調でつづけた。

「宣伝部を外されるのは仕方がないと思いますが、東京から離れるのはちょっと……」

「わかった。お役に立てるかどうかわからんが、とにかく最善を尽くすよ。人事マフィアの一員に成り下がった、などと言われないように、僕もせいぜい頑張《がんば》らなければな。念のために申し添えるけど、宣伝部で僕を庇うようなことは言わないほうがいいと思う」

広岡は、冗談ともつかずに言って、ソファから腰をあげた。

〝ながさわ〟に気持ちが向かわないでもなかったが、広岡はまっすぐ帰宅した。

食事はいらない、と電話を入れてあったが、亜希子の臨機応変ぶりは間然《かんぜん》するところがなく、茶漬《ちゃづ》け一杯でお茶を濁すような扱いはされずに済んだ。

3

広岡は、翌朝、一番で三田常務付の女性秘書に電話をかけて、アポイントメントを取ってもらった。

約束の午後一時に顔を出すと、三田は部屋でざる蕎麦《そば》を食べていた。

「時間がないから、失礼して食べながら聞こうか」

「恐縮です」

広岡は、ソファに腰をおろした。

「村山のことだな」

「はい。きのう、加藤医師と村山に会いました。結論を申しますと、村山は心身共に至って正常です」

「睡眠薬を服《の》んでるという話はどうなんだ」

口の中の蕎麦を始末し切らないうちに話すので、語尾が不鮮明だった。

「このひと月ほどの間に数日間服用したようですが、いまは服んでません。〝ハルシオン〟というクスリですが、加藤医師の話でもマイルドな睡眠導入剤ということですし、取るに足らないことだと思います」

「それにしては、人騒がせな医者だな」

「念のため人事部へ報告してきたまでで、他意はないようです」

三田が残りの蕎麦をすすりあげた。

「星野と大崎のフライングということになるのかね」

「必ずしもそうは思いませんが、職務に忠実過ぎたあまり事実誤認があったと思われます」

「そのことを二人に話したのかね」

「いいえ」

「遠慮せずに話したらどうなんだ」

「わたしが出過ぎるのもなんですから……」

「きみの意見を聞くように言っておいたのに、それもせんで、出過ぎるもくそもないだろう」

「村山が宣伝部で、多少浮きあがった存在になっているとすれば、部内でわたしを庇うような発言をしたためと考えられます。わたしが出て行きますと、村山の立場をいっそう悪くしかねません」

三田が、じろっとした眼をくれた。

「きみは、村山を宣伝部から外さんほうがいいと思っているのか」

「はい。村山なら、前島部長やジュニアとの関係を自身で修復できると思います。ご存じと思いますが、ジュニアは、エコー・グループの宣伝活動を一つに集約して、別会社にする構想をお持ちのようです。だとしたら、村山は欠かせない戦力になるはずです」

三田が、ぐっと身を乗り出してきた。

「そんな話、聞いてないぞ」

広岡は、内心にやりとした。

昨夜、ベッドの中で考えたことだが、村山を宣伝部に定着させるには、〝ジュニア構想〟で三田をたぐり込むしかない、という結論に到達したのである。

広岡は、われながら演技していると思いながら、大仰に首をかしげた。

「常務会の議題になってませんか」

「ないね」

「だとすると、ジュニアが酒でも飲んで大言壮語したんでしょうか」

三田は仏頂面《ぶっちょうづら》で口をつぐんでいる。

広岡は、話の接《つ》ぎ穂《ほ》に当惑した。

秘書が煎茶《せんちゃ》を淹《い》れてきてくれたので、ホッとした思いで湯呑《ゆの》みに手を伸ばした。

広岡は湯呑みをセンターテーブルに戻して居ずまいを正した。

「エコー・グループの宣伝部門を一体化して別会社方式で運営する構想がどうあれ、ジュニアが宣伝部を取り仕切ることになるのは時間の問題だと思います。村山はジュニアにとって頼りになる男です。いや、宣伝部にとっても必要な人材です」

広岡は、不味《まず》そうに煎茶をすすっている三田をまっすぐ見ながら話をつづけた。

「林常務が、村山の一件についてどう判断されているのか存じませんが、三田常務から林常務に話していただいて、前島さんとジュニアに、取りなすようにしたらいかがでしょう。人事部長と副部長がたとえ打診にせよ動いてしまってますから、それを撤回するには、三田常務に出馬していただく以外にないと思います」

「きみから星野に話したらいいだろう」

「わたしは人事部に移ってまだ二か月ちょっとですし、執行猶予《ゆうよ》の身ですから、出過ぎたことをすれば部内で反感を買うだけです。ジュニアは、わたしのことをエコーの面汚《つらよご》しだと見ているようですから、わたしがうろちょろしていると聞けば、感情的にも反発するんじゃないでしょうか」

「執行猶予などと弱気になる必要はないな」

「しかし、まだほとぼりもさめてませんから、しばらくは静かにしてませんと……。わたしは関与しないほうがベターです」

「……」

「常務は、わたしのためにエネルギーを使ってくださいました。パスポートのことにしましても、常務ほどのかたにあんなにやっていただけるとは思いませんでした。わたしは感動しました。やる気をなくしかけていたのですが、やる気が出てきました。わたしに示してくださったエネルギーの十分の一でけっこうですから村山のために出していただきたいのです」

　三田は、広岡の視線を外して、渋面をあらぬほうへ向けたまま訊いた。

「加藤医師から、きみと会ったことが星野と大崎に伝わることはないのか」

「あしたが加藤医師の担当日ですから、よく話しておきます。常務自身が加藤医師に電話で確認したことにしたらいかがでしょう。なんでしたら、一度電話をかけていただいてもよろしいと思います」

「そうしよう」

「ありがとうございます」

　広岡は低く頭を垂れた。

「きょうあしたのうちに、林君に話しておく。小林秀彦君がなにを考えてるのかしらんが、気にならんでもないからな」

三田が中腰になったとき、ノックの音が聞こえ、秘書が来客を伝えに顔を出した。

4

翌日の午後一番で、広岡は医務室へ立ち寄った。寒暖の差が激しいせいか風邪気味だったので、喉《のど》にルゴール液を塗ってもらい、嗽《うがい》ぐすりと風邪ぐすりを三日分投与してもらった。

会社の医務室で、診察を受けたのは初めてである。だいたい広岡は発熱しやすい体質ではなかったから、風邪は自然治癒《ちゆ》に限ると思っていた。

目的は加藤医師に会うことだった。

「村山と話しました。〝ハルシオン〟は十日分残してるそうです。つまり二週間服んだことになりますが、村山の不眠症はたいしたことはなかったようです」

「それはけっこうでした。わたしも気になってたんです」

「村山は、宣伝の仕事を続けたいと言ってます。わたしは二か月ほど前まで宣伝部におりましたが、村山の希望を叶《かな》えてやることが宣伝部にとってもベターだと思うんです。ところが人事部としてはひっこみがつかないような面もありますので、三田常務に動いてもらうことにしました。先生は三田をご存じですか」

「ええ。よく知ってます。二、三度ご馳走《ちそう》になったことがあります」

「三田から、先生に村山のことで電話があると思いますが、わたしに話してくださったことを確認していただければありがたいのですが……」

「けっこうです」

「それと、わたしは三田から村山のことで相談を受けましたが、わたしが先生にお会いしたり、三田と直接話していることを知ったら、感情的になったり傷つく者がいないとも限りません。ですから、一切伏せておいていただきたいのです。三田にはその旨《むね》了解を取っております」

「よくわかりました。人間関係もなかなか難しいものですね」

加藤は、話のわからない男ではなさそうだった。広岡としては人事担当常務の威光を笠《かさ》に着ていないでもないので、多少気が差すが、この際やむを得ない。

三田が林と話したのは、その日午後二時過ぎのことだ。三田は、電話で林の都合を聞いて、自分のほうから出向いて行った。

取締役になったのも、常務に昇格したのも、三田のほうが四年早いし、年齢差は五歳だった。

「大先輩にわざわざご足労願うなんて、恐縮です」

林がソファをすすめながら言うと、三田はにこりともせずに返した。

「きみを呼びつけるほど俺《おれ》はえらくないよ」

「コーヒーにしますか」

「いただこう」

林は、秘書にコーヒーを淹《い》れるよう命じてから、三田の前に腰をおろした。

「エコー・グループの宣伝部門を一本化して別会社にする構想があるらしいね」

あっけにとられている林に、三田は真顔で浴びせかけた。

「担当常務のきみが知らんのか」

「知りませんねぇ。なんですか、それは」

「小林秀彦君が言い出したらしいが、きみの耳に入っていないとすると、たいした話じゃないな。ほんの思いつきっていうところか」

「しかし、問題は会長がどう受けとめるかでしょう。トップダウンでくるかもしれませんよ」

「広告代理店業務までやりたいと考えてるらしいぞ」

「それは大ごとです。広告業界でふくろ叩《だた》きにあいますよ」

「秀彦君は九月に部長にしなければならんが、部長どころかいきなり社長になりたいってわけだな」

「秀彦君は会長に話をしてるんでしょうか」

林は深刻な顔になっている。担当常務の立場に思いを致せば、顔をつぶされたと腹を立ててもよさそうなものなのに、人のよい林らしく、そういう考えかたはしていないらしい。

「話は変るが、人事部のフライングで村山を宣伝部から外そうという話が出てるけど、なかったことにしてもらいたいんだ」

「その話も初耳です。村山がどうしたんですか」

三田は、広岡の動きも含めて、村山の一件を詳しく話した。

「広岡は、村山を宣伝部に温存すべきという意見だった。秀彦君は肩に力が入り過ぎてるな。村山をはじき出すようなことはせんほうがいいと思う」

「同感です」

「広岡の名前は出さんようにして、宣伝部のほうをうまくおさめてもらえると助かるな。きみに借りをつくってしまうが、人事部のほうはわたしがなんとかする」

林は、三田がコーヒーを喫《の》んで引き取ったあと、ソファからデスクに移って、しばらく考え込んでいた。だんだん肚《はら》が立ってくる。

林は、ともかく前島を呼んで事実関係をたしかめることにし、宣伝部長席のダイヤルを回した。三度目の呼び出し音で出てきたのは女性部員だった。

「林だが、前島君は……」

「外出しております。四時に帰社する予定ですが……」

「副部長は席にいるの」

「はい、おられます」

「すぐわたしの部屋に来るように言ってくれ」

「かしこまりました」

五分ほどで、小林秀彦がやってきた。貴公子然とした顔をしている。上背《うわぜい》もあるが、色白で、いくぶんにやけた感じを与える。

「エコー・グループの宣伝部門をまとめて別会社にする構想があるらしいねぇ」

「なんだ、もう話しちゃったんですか。会長も口が軽いなあ」

「会長から聞いたわけじゃないが、わたしは宣伝部を担当してるんだから、聞いてないほうがおかしくないかね」

秀彦は、眉《まゆ》をひそめた。

「そのうち相談しようと思ってたんですけど、まだ宣伝部の中でも詰めてませんから、常務に話すのもどうかと思いまして……」

「会長には話したんだろう」

「雑談程度の話ですよ」

「別会社に広告代理店の機能も持たせようとしているようだが、そう簡単にはいかんぞ。グループの宣伝部門を合理化する余地はおおいにあると思うが、わたしは別会社にすることには反対だな」

「会長もまったく同じようなことを言ってましたよ。しかし、おふくろは大賛成でした。林さんも応援してくださいよ」

なれなれしい口をきくな、と怒鳴りつけたいのを林は我慢した。こんな若造に気を遣わなければならないとは、なんともいまいましかった。

「宣伝部を拡充強化するのはけっこうだ。そうなると、どっちにしても人材を大切にしなければいかんな。村山なんか総括課長としてよくやってるほうだろう。隅々《すみずみ》まで眼を配る村山のような男は、大事にしたほうがいいんじゃないかね」

「なにが言いたいのか知りませんけど、わたしは、村山のことなんかなんとも思ってないんですけどねぇ。人事部が変なことを言ってきたから、それならそれでいいと答えたまでです」

「人事部の勇み足だな。三田常務がわたしに頭を下げてきた。村山は、きみの補佐役としてうってつけだよ。ひとつおおいに引き回してやってくれ。この点は、前島にも話しておく」

「いいですよ。村山は、広岡みたいに悪いことができるような男じゃないから……」

林は、広岡のためにひとこと弁解しておこうと考えないでもなかったが、思いとどまった。センシティブなところがなさ過ぎる。こんな男が、次代の経営トップとして、エコー・グループを率いるのかと思うと憂鬱《ゆううつ》になる。

三田は、林の部屋から、直接人事部へ回り、星野、大崎、広岡の三人を会議室に集めた。

「いま、林君と話してきたが、宣伝部の村山は、動かさないことにしたぞ」

「なんですって」

星野が、大崎に眼を流しながらつづけた。

「宣伝部長も、副部長も、村山を動かすことに積極的に賛成してましたが……」

「きみらが変なサジェッションをするから、反対しなかっただけのことだろう。睡眠薬のことにしても、きみらは村山がまるで心身症にでもなったようなことを言うが、事実関係も違うようだな」

大崎が頬《ほお》をふくらませて言った。

「お言葉ですが、加藤医師から特に報告があったくらいですから、村山が重度の不眠症に悩んでたことは事実です」

「なにが重度の不眠症だ」

「加藤医師は二十四日分の睡眠薬を投与してるんですよ」

三田が大崎をじろっと見た。

「わたしは加藤先生に電話で確認したが、たいしたことはないと言っていた。休養とか気分転換とか、大仰に騒ぎ立て過ぎないか。広岡も村山の異動に賛成したのかね」

広岡は、かすかに首をかしげた。

「星野と大崎に、きみの意見を聞くように言っておいたが、聞いてないのかね」

大崎がバツが悪そうに顔をゆがめて言った。

「宣伝部長と副部長と話してますから、屋上屋をかさねるようなものですから……」

「そんな言いぐさがあるか！」

三田にカミナリを落されて、大崎はちぢみあがった。

「きみら、思い遣《や》りのある人事とか、きめ細かい人事とか日ごろえらそうなことを言ってるわりには、今回はちょっとあらっぽかったな。とにかく林君に一つ借りをつくったようなことになってしまったが、村山は宣伝部から外せないと林君も言っていた」

三田は、星野と大崎を睨《ね》めつけ、音を立てて椅子《いす》から起《た》ちあがった。

三田が退室したあとで、星野がぼやいた。

「いきなり林常務と話をつけてくるとは恐れ入ったなあ」

「加藤医師も、いい加減ですねぇ。あんな報告をしておきながら、たいしたことない、はないでしょう」

「大崎君、加藤医師の報告書を見せてくれないか」

「はい。実は、わたしも河上《かわかみ》から報告を聞いただけで、報告書は見てないんです」

大崎はこともなげに言ったが、星野がにがり切った顔で言った。

「なんだ、きみも見ておらんのか。それはまずいなあ」

大崎が会議室から出て行った。

河上は、人事部の課長代理で、嘱託医との窓口になっていた。

星野がつぶやくように言った。

「村山は、前島君、ジュニアとの関係がよくないと思ってたんだが……」

「そうだとしますと、原因はわたしにあると思います。きっとわたしを庇《かば》うようなことを言ったんじゃないでしょうか。村山は優しい男ですから」

「ジュニアに嫌《きら》われてまで、宣伝部にとどまるのは考えものじゃないかね」

「ジュニアとの関係は修復できますよ。村山は大人ですから大丈夫です」

ファイルを抱えて会議室に戻って来た大崎が、ファイルから書類を一枚取り出して、星野の前のテーブルにひろげた。

それを黙読していた二人が顔を見合せた。

「河上は〝観察の要あり〟にびっくり仰天しちゃったようだな」

「しかし、それにしてもあのときの前島部長とジュニアの態度は解《げ》せませんね。われわれの話を手ぐすね引いて待ってたみたいでした」

「どうかねぇ。それも、われわれの先入観が強過ぎたせいかもしれないよ」

星野がぶすっとした顔で返した。

大崎が広岡のほうへ首をめぐらして唐突に質問した。

「きみ、おととい三田常務に呼ばれてたようだけど、村山のことじゃなかったの」

不意を衝《つ》かれて、広岡はすぐに返事を返せなかった。そこに気を回すとは、大崎も莫迦《ばか》ではない。

「いや、宣伝部の組織をいじろうっていう話があるらしいんだ。エコー・グループの宣伝部門を一本化するというような……。そのことで質問されたが、初めて聞く話なんで、答えようがなかった。トップシークレットらしいから、その点は含んでおいてもらいたいな」

「ふうん」

大崎がつまらなそうに鼻を鳴らした。

5

手洗いから戻った広岡は、ドアの前で一瞬立ち止まった。

人事部長席前のソファに坐ろうとしている三田の姿が眼に映ったのである。

星野が背広の袖《そで》に腕を通しながら部長席を離れて、三田と向かい合った。

五月二日月曜日の昼前のことだ。

連休の谷間だが、人事本部で休暇を取っている社員は少ない。とくに管理職は全員カレンダーどおりに出勤している。

この日、朝九時から常務会が開かれた。毎週水曜日が定例だが、三日から三連休になるので、急遽《きゅうきょ》開催されたのである。

三田が背広姿なのは、常務会終了後個室へ戻らずに、直接人事本部へあらわれたためかもしれない。

三田は予告なしにぶらっと顔を出すことがある。とくに常務会のあとは、あぶない。常務会は午前中に終ることが多いから、人事本部の管理職は水曜日の昼前はうっかり席を外せなかった。

極秘事項はともかく、三田は折にふれて常務会の様子を管理職に流してくれるのだが、それは常務会の当日であることが多い。広岡は、常務会が変則的にきょうの月曜日になったことを知らなかった。

広岡が自席に着こうとしたとき、三田と視線が合ったので、会釈《えしやく》すると手招きされた。

広岡はワイシャツ姿だったが、バランス上、背広を着けないわけにはいかなかった。

三田が広岡を見上げながら言った。

「広岡にも聞いてもらおうか」

「失礼します」

広岡は、星野に手で示されたので、隣りに腰をおろした。

大崎は外出で席を外していた。在席しているのに三田に呼ばれなかったら、気になって仕方がなかったろう。

「きょうの常務会で例の話が会長から出されたぞ」

「グループの宣伝部門を統括して別会社方式にしようっていう話ですか」

「うん」

三田は、星野に返してから、広岡のほうへ眼を流した。

「林君は、広告業界の反発を買うのは必至だし、人材を集めるのも大変だとネガティブな意見を述べていた。会長もツルの一声で強引にトップダウンでやろう、とまでは考えていないようだ。大変難しいプロジェクトであることは百も承知だが、あっさり否定せずにアプローチしてみる価値があるんじゃないかと話していた」

「社長の意見はどうでした」

星野が瞬《まばた》きしながら訊くと、三田はわずかに顔をしかめた。

「プロジェクトチームを設けて、方向づけに取り組んだらどうか、と例によって会長に迎合的な発言をしていた。林君がもう少し異議を唱えるかと思ってたんだがねえ」

誘われたように広岡も眉をひそめた。

「つまりプロジェクトチームを設置することは決まったわけですね」

「プロジェクトチームというと大袈裟《おおげさ》だが、ま、研究会みたいなものかねえ」

「初めに別会社ありき、と考えるべきなんでしょうか」

広岡の眉間《みけん》の立てじわが深くなっている。

三田が手を振った。

「そんなこともないだろう。会長は可能性を追求してみたらどうか、と言っているに過ぎんのだ。いま二、三分林君と立ち話をしたんだが、別会社はともかく、グループの宣伝部門を一本化する方向でやったらどうか、と言っていた。わたしも、そんなところが適当なんだろうと思う」

星野が小さな咳払《せきばら》いをしてから訊いた。

「プロジェクトチームの話に戻りますが、いつまでにつくればよろしいんですか」

「連休あけ後すぐに、宣伝、販売、総務、経理、人事から部長代理、総括課長クラス七、八人を集めて、チームをつくってもらう。ひと月後の六月十日までに、おおよその方向づけを行なおうっていうわけだ。リーダーは言い出しっ屁《ぺ》の小林秀彦でよかろうということになった」

三田が、星野から広岡に視線を移してつづけた。

「人事から誰を出すかだが、広岡でいいだろう」

広岡はなんとも言えない顔をした。一格下の部長代理クラスの中に入ることが気にならない、と言えば嘘《うそ》になるが、それは仕方がないとしても、ジュニアが広岡を色眼鏡で見ていることがわかっているだけに、胸がふさがる。なんとか回避する方法はないものか、と広岡は思案をめぐらせた。

「佐々木《ささき》君あたりが無難じゃないでしょうか。宣伝部で味噌《みそ》をつけたわたしがチームの中に入るのは、刺激的です」

広岡は援《たす》けを求めるように星野の横顔を見た。

星野がかすかに小首をかしげたので、広岡は同調が得られるのかと思ったが、期待外れに終った。

「佐々木は外せないな。新規採用の問題で佐々木はそれどころじゃないよ」

佐々木茂也《しげや》は、人事部総括課長である。

「大崎君はどうですか」

「いや、大崎君も困る。きみ、常務の特命事項と割り切ってやったらいいよ」

「宣伝部で味噌をつけたなんて、いじけるのはおかしいぞ。誰もそんなことは思っておらんのだ」

「ジュニアが厭《いや》がるかもしれませんよ」

「そんなことが、個人的な感情で左右されるはずがない。じゃあ、いいね。きみはいろいろ事情に通じてるんだから、リーダーシップを執るつもりでやってもらいたい。秀彦君は別会社方式へ強引に持っていこうとするかもしれないが、それをチェックするのがきみの役目だ。実は、林君も、きみを恃《たの》みにしてるような口ぶりだった」

人の気も知らないで、と広岡は思ったが、担当常務と部長からここまで言われては、反対し切れなかった。

五月十一日の夕方五時半に、プロジェクトチームの初会合が宣伝部の会議室で行なわれた。

宣伝部から、小林、岡本、村山の三人、販売部門から二人、総務、経理、人事部門から各一人、計八人。

岡本が顔を見るなり皮肉を浴びせてきた。

「人事部から、広岡さんが参加されるとは意外でしたねぇ」

「そう邪険にしないでくれ。なんせ人事部でいちばんひまなんでね」

「お手やわらかにお願いします」

「それはこっちの言うせりふだよ」

村山とは、目礼を交わしただけだが、いくらか生気が戻ったように広岡の眼に映った。

「よろしくお願いします」

広岡は下手に出たが、小林は顎《あご》をしゃくる程度の粗雑な挨拶《あいさつ》を返してきた。

毎週水曜日と金曜日の午後五時半から会合を持つこと、プロジェクトチームの名称を「A計画班」とすること、当分部外秘扱いとすること、などが決められた。

初会合で、小林が別会社を設立して広告業界に打って出ようと意欲を燃やしていることがわかった。

小林というより宣伝部と言いかえるべきかもしれない。岡本は当然として、村山までが小林の意見をフォローした。

　その選択は村山個人にとっては賢明だが、エコー・グループにとってきわめて疑問ではないのか――。

　広岡は、仮に「A計画班」が別会社設立計画案をまとめたとしても、常務会をパスするとは思わなかったが、「A計画班」の段階で、明確に否定する方途はないものか、懸命に無い知恵をしぼり、手始めに総務部総括課長の高木《たかぎ》孝太郎《こうたろう》と経理部部長代理の成田《なりた》健二《けんじ》と個別に会って、意見を交換してみた。

「ジュニアのアイデアはおもしろいですよ。広告代理店が二割ものコミッション・フィーをふんだくるのを黙って見てる手はないと思います。別会社計画に反対する根拠はありませんね」

　高木も成田も示し合せたように同じような意見を吐いた。

「モチはモチ屋なんていう言いかたは旧《ふる》いと思うが、広告代理店の存在意義を否定するようなやりかたは、エコーのイメージを傷つけ、マイナスの効果をまねくことになりかねない。広告代理店の機能を持つ別会社方式は、方法論としてドラスティックに過ぎる。もっとマイルドなありかたを考えるべきだ」

広岡が反論すると、二人とも首をひねるばかりで、高木に至っては「ジュニアに睨《にら》まれたくありませんからね」と言ってのけた。

しかし、販売部門の二人は、さすがに広岡の意見に同調してくれた。

広岡は、国内営業事業部第一部部長代理の安川武《やすかわたけし》と、第四部部長代理の西田弘《にしだひろし》とは、一緒に三人で会った。

「グループの宣伝部門を集約して、事業部制を敷き、宣伝事業部に昇格させることによってトータルコストを引き下げることは可能だと思う。広告代理店の仕事の一部を受け持つぐらいなら、広告業界にも受け容《い》れられるんじゃないかな」

「賛成です。宣伝部で飯を食ってきた広岡さんが言うんですから、間違いないですよ」

「岡本や村山が何故《なぜ》素人《しろうと》のジュニアに引きずられてしまうのか不思議です」

安川と西田は顔を見合せてうなずき合っている。

「きみたちの中のどっちかが、いま僕が言った対案を出してくれないか。僕が切り出すと、ジュニアが感情的に反発する恐れがあるんだ。恥を晒《さら》すと……」

広岡は、人事部へ移った経緯を二人に話さなければならなかった。

「A計画班」の五回目の会合で、西田が宣伝事業部案を持ち出した。

小林は、西田が怖気《おぞけ》をふるうほど露骨に厭な顔をした。

むろん広岡は、西田に加勢した。

安川も賛成した。

別会社案になびいていた成田が、事業部案の賛成に回った。

小林は、別会社案に固執したが、「A計画班」の意見を一本にまとめることはできず、二案併記のレポートを常務会に提出せざるを得なくなった。

常務会が事業部案を採り、九月一日付の機構改革で、宣伝部が宣伝事業本部に格上げされ、本部長に小林秀彦が、副本部長に前島稔が就任した。

第六章　財務部長の犯罪

1

九月上旬のある夜十時過ぎに、広宣社大阪支社の小倉から広岡の自宅へ電話がかかった。

子供たちは自室に引き取り亜希子は台所で洗いものをしていたので、広岡がやむなく受話器を取ると、相手は小倉だった。

「エコーさんには、ウチに限らず皆んな泣かされそうですねぇ。わたしはいいときに担当を外されたことになるんでしょうか。そんな泣きごとを言いたくて電話をかけたわけでもないんですけど……」

「たまにはお会いしたいですね」

「実は、あした本社で会議があるんですが、夜はあいてませんか」

「あいてます。久しぶりに一杯やりましょう」

「うれしいですねぇ。〝ながさわ〟でお会いしませんか」

広岡は、どきっとした。

三月二十六日以来、長沢純子に逢《あ》っていなかった。

あのあと、二か月ほどの間に、四度会社へ電話をかけてきて逢いたいと迫られたが、広岡はおざなりな返事しかしなかった。

四度目の電話で、純子は「ウラを返していただけるんでしょう」と、あけすけなことまで口にした。

「もしもし……」

小倉に呼びかけられて、広岡は受話器を左手に持ち替えながら、ホゾを固めた。

「〝ながさわ〟でけっこうです。何時にしましょうか」

「六時以降なら何時でも……」

「六時半でどうでしょう」

「わかりました。愉《たの》しみにしてます」

広岡は、しばらく電話機の前から動けなかった。小倉と純子の前でどんな顔をすればいいのだろう。

「電話、どなたですか」

背後から声をかけられて、広岡はどぎまぎした。

「たいしたことじゃないんだ」

亜希子が小首をかしげた。

「会社のかたですか」

「広宣社の小倉さん。あした大阪から出てくるそうだ。あしたは小倉さんと一杯やることになったから、帰りは遅いよ」

広岡は、テレビのボリュームをあげてソファに坐《すわ》ったが、画面に気持ちが向かわなかった。

次の日、広岡が六時四十分に〝ながさわ〟に顔を出すと、小倉はカウンターの隅《すみ》っこでビールを飲んでいた。

「どこへも行くところがないから、ここへ六時に来ちゃったんです。お先に失礼してます」

広岡のグラスにビールを注《つ》ぎながら、小倉が言った。

広岡たちを含めて三組七人、時間の割りに客の出足は早い。

カウンターの向こうから、純子が言った。

「いま、小倉さんと話してたところですが、敷居が高いんじゃございませんか」

「そうですってねぇ。すっかりお見限りだって純ちゃんが嘆いてましたよ」

「慣れないポストに悪戦苦闘してまして」

広岡は、言い訳にもならない言い訳を言った。やたら顔が火照《ほて》る。

「てっきり〝ながさわ〟に入りびたりだとばかり思ってたんですが……」

「きっと広岡さんに嫌《きら》われてしまったのよ」

純子が、手際《てぎわ》よく料理を用意して、広岡の前にやってきた。

「そんな莫迦《ばか》な。その逆はあるかもしれないけど」

「お上手ねぇ」

こっちへ流してくる純子の眼《め》が光を放った。それがまぶしくて、広岡は伏眼になった。

小倉が宣伝事業本部のことに話題を変えてくれたので、広岡は救われた思いだった。

「エコーさん、やってくれますねぇ」

「小倉さんだから話しますが、ジュニアは宣伝部門を分離独立させたかったようですよ」

「そうらしいですね」

小倉にあっさり返されて、広岡は拍子抜けした。

「ジュニアはあっちこっちで、別会社計画をぶちまくってたそうですよ。むしろひっこみがつかなくなってるんじゃないですか」

「事業本部でも各方面からこれだけ叱《しか》られてるんですから、別会社にしてたらそれこそ袋だたきに合ってましたね」

小倉の前島批判が延々と続いた。

「ああいう鉄面皮はゆるせませんよ。ジュニアに対する前島の茶坊主《ちゃぼうず》ぶりはすさまじいそうですねぇ。あの男は、平気で人を裏切る男です」

小倉が何杯目かの水割りを乾《ほ》して、

「酒が不味《まず》くなるから前島の話はやめましょう」

と、繰り返したとき、ドアがあいた。

カウンターが奥へ折れた角にいる広岡の位置だと、ふり返らなくても客の出入りが見える。

広岡が、「おっ!」と甲高《かんだか》い声を発した。

第二財務部長の太田哲夫だった。

太田は、立ち尽くした。

「しばらく」

「うん。この店、あんまり来んのだろう」

「それで、さっきから非難ごうごう。それじゃなくても評判悪いから」

「…………」

「ひとり」

「うん」

「どうぞ」

広岡が、隣りの椅子《いす》を引くと、太田はむすっとした顔で腰をおろした。

「こちら広宣社大阪支社の小倉総務局長……。小倉さん、当社の太田財務部長、正確には第二財務部長ですが」

ぽかんとしていた小倉はあわてて、ワイシャツのポケットから名刺入れを取り出した。

名刺を交わしたあとで、太田が言った。

「新宿で飲んでたんだ。相手は銀行のエライさんで、息がつまりそうでねぇ。口直しだか、気分直しだか知らないけど、ここなら気が置けないから。ひょっとしたら広岡に会えるかな、なんて思わないでもなかったし……」

冗談だか本気だかわからなかったが、太田は真顔でつづけた。

「ここだと本多と会えるかもしれないしね。ここのところ本多とも会ってないんだ」

「きみは常連みたいだねぇ」

「そうでもないよ」

太田がカウンターの中へ眼を投げると、思い入れを込めて純子が太田を見返した。

「そうよ。広岡さんも、小倉さんも、いらしてくださらないから、太田さんに応援していただいてるの。ねぇ、そうでしょう」

「そんなこともないけど、浮世の義理っていうこともあるからなあ」

太田は、いちど使った濡《ぬ》れタオルで、ふたたび顔を拭《ふ》き始めた。

「本多の出席率が悪くて、太田のほうがいいとは知らなかったなあ。本多はそれこそ毎日でも押しかけかねない勢いだったけどねぇ」

料理の仕度で、うつむき加減の純子から表情の変化は読めなかったが、本多が大願成就《たいがんじょうじゅ》できなかったことだけは察しがつく。

「広岡さん、そろそろ……」

小倉に言われて時計を見ると、十時に近かった。

広岡たちがねばっている間に、ほかの客は入れ替っていた。


二日後、日曜日の昼下がりに、広岡家の電話が鳴った。

広岡は、リビングルームで雑誌を読んでいた。

亜希子は買物に出かけている。

子供たちも外出していたので、留守番の広岡が電話に出なければならない。日曜日の電話は、子供の友達関係がほとんどで、現に、わずか一時間ほどの間に三回もかかってきた。智子の友達が二回、治は一回。

広岡は呼び出し音を五度聞いた。それであきらめてくれれば助かると思いながら、六度目に受話器を取った。

「はい、広岡です」

とかくぞんざいな声になりがちだ。

「広岡さんね、よかった。わたし長沢純子です。まだ心臓がドキドキしてます。奥さまだったら、黙って切ってしまおうかと思ってました」

「やあ、どうも。お元気ですか」

広岡の声がうわずっている。自宅に電話をかけてくるような女だとは思わなかった。

こういう不意打ちは困る。

亜希子が電話口に出たら、そのままなにも言わずに切るつもりだったとしても、ルール違反ではないか。

「いま、よろしいの。あとで、そちらからかけ直していただきましょうか」

「いいですよ。一人で留守番してるところです。家内は渋谷のデパートへ買い物に行ってるし、子供たちは遊びに出てるから……」

「思い切って電話をかけてよかったわ。ずいぶん迷ったんですけれど」

「……………」

「実は、おととい遅い時間に変なお客さんが見えたんです。エコー・エレクトロニクス工業と取り引き関係があるとかで、名前は佐分利《さぶり》と言ってましたが、名刺は切らしてるとかで、いただけませんでした。目付きの鋭い人で、五十ぐらいかしら、ひとりで閉店までねばってましたが、お店が珍しくひまだったものですから、気持ち悪かったのですが、追い出すわけにもいきませんし……。エコーではどんな人が常連なのかと訊《き》かれましたが、お答えできませんと言ってやりました。ごめんなさい、わたし広岡さんのことを調べに来たんじゃないかっていう気がしたものですから……」

「気を遣っていただいてありがとう。しかし、僕には思い当たることはありません。これが七、八か月前だったら、考えられないでもないんですが、それにしてもちょっとおかしいですね」

「あのう、広岡さんは宣伝部から人事部にお替りになったとき、いろいろおありになりましたんでしょう」

広岡は、頭の中が混乱した。Mホテルで酒を過ごして寝物語にそんな話を純子にしたかもしれない――。

「宣伝部時代の失敗談をあなたにしたかなあ」

「いいえ。でも〝おこう〟で小倉さんとひそひそおやりになってたし、太田さんが……」

「太田がなにか言ってましたか」

「そうではなく……。ごめんなさい、わたしの勘違いです」

純子が何故《なぜ》しどろもどろになったのか、広岡にはわからなかった。

「佐分利といいましたっけ、その男は僕の名前を出したんですか」

「いいえ」

「ほかには？」

「固有名詞は出してなかったと思います。ただ、興信所の人だとぴんときたものですから……」

「それで僕のことを心配してくれたわけですか。しかし、興信所で調べられるような覚えはないんですよねぇ。娘の縁談は相当先だろうし、いったいなにがあるかなあ」

広岡は、胸をざわざわさせながらつづけた。

「たとえばの話、家内があなたと僕の関係を怪しんで調査することはあり得ないとは思いませんが、まあ、不自然ですよねぇ」

「そんなことじゃないと思います。あるとすれば会社の関係ですよ」

純子は、やけに断定的な言いかたをした。

「とにかく、僕の気がつかないことでなにかあるかもしれませんから、よく考えてみます。心配かけて申し訳ありません」

「なんでもなければよろしいんですけど」

「このことを誰かに話しましたか」

「いいえ」

「太田にも本多にも伏せておいてください。かれらにいらぬ心配かけてもなんですから」

「わかりました。お近いうちにぜひいらしてください。お待ちしてます。もう裏を返してなんて申しませんから、安心して来てください。広岡さんがどんなに奥さま思いでいらっしゃるか、よくわかりました」

「まいったなあ」

「それじゃあ、失礼します」

広岡は、頭を搔《か》きながら受話器を戻した。

2

長沢純子からの電話以来、広岡は周囲を気にするようになった。オフィスでも、出勤の往復でも、とき折り立ち止まって背後をふり返ったりする。

人の足音が妙に耳について、尾行《つけ》られてるような錯覚にとらわれることもあった。

九月十一日、日曜日の朝広岡は、長沢純子の電話で起こされた。

電話に出たのは亜希子だった。十時を過ぎた頃《ころ》だから、非常識とも言えない。

「広岡さん、助けてください」

出し抜けに切羽詰まったような声を出されて、広岡は狼狽《ろうばい》した。

「どうしました？」

「太田さんが大変なんです」

「太田って、ウチの太田ですか」

「はい」

「太田がどうしたんですか」

「込み入ってますので、とても電話ではお話しできません。お宅へお邪魔してよろしいでしょうか」

広岡は、どうにも返事のしようがなかった。

「ごめんなさい。取り乱しちゃって。どこかでお会いしていただくわけにはいきませんか」

ほとんど泣き声に近かった。

「いいですよ。渋谷まで出ましょう。道玄坂の〝おこう〟の近くに喫茶店がありましたね」

「はい。〝チルチル〟ですが」

「そんな名前でしたかね。何時にしましょうか」

「一時間後でよろしいですか」

広岡は首をひねりながら電話を切って、直ちに外出の仕度にかかった。

「あなた、一時間で渋谷へ行けるんですか」

「めしはいらない。髭《ひげ》を剃《そ》ったらすぐ出かける」

「長沢さんってどういうかたですか」

「料理屋の女将《おかみ》だよ」

二階級か三階級特進だが、この際そんなことはどうでもよかった。

「日曜日の朝、ひとを呼びつけるなんてずいぶん失礼な人ですね」

亜希子は頰《ほお》をふくらませた。

言われてみればそのとおりだ。しかし、切迫した事態が生じたに違いない。亜希子が電話に出たのに、それを押して俺《おれ》を電話口に呼び出したのだ。しかも、この家まで押しかけることも辞さない勢いだった。よほど動顚《どうてん》しているに相違なかった。

「きみも知ってるだろう。太田哲夫」

「太田さんならよく知ってます。結婚式で司会をしていただいたし、ここへも二、三度見えてます」

「その太田のことで至急相談したいらしいんだ。なんだかわけがわからんが、とにかく話を聞いてみないことには……」

広岡は、新聞を持ってトイレに入ったが、いつもなら二十分以上便座に坐っているのに、しゃがんだ途端に便意をなくし、小水だけで出て来た。

広岡が〝チルチル〟に着いたのは十一時五分過ぎだった。

がらんとした店の奥に、純子が横顔をドアのほうへ向けて坐っていた。

口紅だけ引いてあわてて出て来たらしい。髪の梳《と》かしかたも雑だった。白いブラウスにジーンズで、普段着のままだ。

広岡は、半袖《はんそで》の白いスポーツシャツに、薄手のブレザーを抱えて飛び出して来た。

「やあ。お待たせしました」

純子は、放心していて眼の前で声をかけられるまで、広岡に気づかなかった。

「あら！　わたし、どうしていいかわからなくて……」

広岡は、コーヒーを運んで来たウエートレスに、レモンティーを注文してから、純子をまっすぐ見つめた。

「太田がどうしたんですか。時間はたっぷりありますから、順を追って話してください」

純子は、落着かない様子で、水を飲み、コーヒーを喫《の》み、またグラスを口へ運んだ。

「広岡さんにご相談できるようなことではありません。わたし、どうかしてたんです」

グラスをからにしてから、純子は思い詰めた口調で言った。

広岡は苦笑した。ひとを呼びつけておいて、この期《ご》に及んでそれはない。

「いいですよ。話したくなかったら、話す必要はありません。せっかく渋谷に出て来たんですから、映画でも見ましょうか」

われながら無理してるな、と思いながら広岡は、ゆったりした言いかたでつづけた。

「きょうは夕方までつきあいますよ。映画のあとで、めしを食いましょうか」

純子が、ぽろっと涙をこぼした。

「けさ、マンションを出てタクシーを待っているところを写真に撮られてしまったんです。太田さんは、そのことを知らずに帰りましたが、タクシーを見送ってマンションに戻ろうとしたとき、またカメラを向けられ……」

純子は、口へ運びかけたコーヒーカップをそのまま受け皿に戻した。

しかし、五秒、十秒経《た》っても、先へ進まなかった。

広岡は辛抱づよく待っていたが、三十秒ほど待ってからたまりかねて訊いた。

「〝ながさわ〟で佐分利と名乗った男と同じ男だったの?」

純子は、うつむいたままうなずいた。

「その男が興信所の者だとすれば、ターゲットは、僕ではなくて、太田ということになりますね」

広岡は、先刻の純子からの電話で、そんなことではないか、と見当をつけていた。なにかしらホッとする反面、純子と太田の関係に思いを致すと、気持ちが重たく揺れ動いた。

「あなたのマンションは、たしか亀戸《かめいど》のほうでしたかねぇ」

「いいえ、青山に移りました」

いつだったかアパートと聞いた覚えがあるが、いまはマンションに変っていた。

「いいところですねぇ。亀戸から渋谷まで一時間で来れるとは思ったけれど、なるほどそんな近いところへ引っ越してたんですか」

純子は、またうつむいてしまった。

「太田とは、いつからですか。答えたくなかったら黙秘権を行使してください」

純子は、一瞬きっとした顔を見せたが、ふたたび首を垂れた。

「ふた月ほど前です」

「そう」

広岡は短く返して、がぶっと水を飲んだ。

「なんだか本多が可哀想《かわいそう》だなあ。いつかもそんなことを言ったと思いますが、本多に対して惻隠《そくいん》の情を……」

「ひどいわ。わたしにだって感情があります」

純子におっかぶせるように言われて、広岡は当惑した。

タイミングよくレモンティーが運ばれて来たので、砂糖を入れ、スプーンでレモンを押しつけるようにして、かきまわした。

「それにしても、太田はどうして興信所に調べられなければならんのですかねぇ」

「写真誌っていうことはないでしょうか」

「考え過ぎでしょう。太田は有名人でもないし、ただのサラリーマンですよ」

「でも、一流会社の部長さんですから」

広岡が思案顔で訊いた。

「あなた、佐分利と名乗る男から取材を受けたんですか」

純子はかぶりを振った。

「そうでしょう。写真誌なら、あなたにしつこく取材するはずです。それに、五十歳前後という年齢も、ぴんときません。これはあてずっぽうですが、写真誌の記者ならもっと若いんじゃないですか」

純子は、納得したのか口をつぐんだ。

「興信所っていうのも、なんだか劇画的でぴんとこないなあ」

「……」

「仮にも幹部社員に対して、会社がいきなり興信所を使うような真似《まね》をするなんて考えられんのですよねぇ」

純子は、新たな不安に襲われたのか、いっそう表情を翳《かげ》らせた。

「お嬢さんの縁談かなにか……」

「太田にも年頃《としごろ》の娘はいないはずだがなあ」

「わたしがいけないんです。広岡さん、どうしたら、いいんでしょう」

純子は、涙を溜《た》めた眼を広岡に向けてきた。

「いずれにしても、たいしたことじゃないと思いますよ。ここで気を揉《も》んでも始まらないので、あなたから太田に、佐分利なる男のことを話して、事実関係をたしかめてもらうしかないですね」

突き放されたように聞こえたのか、純子はハンカチで眼をこすりながら恨みがましく広岡を見上げた。

「わたしは広岡さんだとばかり思ってました」

「何者だかはわからないが、狙《ねら》われているのが僕じゃなくて、残念みたいな口ぶりですね。ま、あなたがそういう感情になるのも仕方がないですけどね」

「わたし、広岡さんのことをずいぶん心配したんです」

「ありがとう」

広岡は、不意に純子に対するいとおしさが胸の中にひろがるのを覚えた。水商売に憂《う》き身《み》をやつす女にもいろいろいるが、純子ほど良質な女がいるのが不思議に思えてくる。いま、この女は、心底から太田の身の上を案じているのだ。

「太田さんに、広岡さんから訊いていただくわけにはいきませんでしょうか」

純子に、すがりつくようなまなざしを向けられて、広岡はやさしく見返した。

「太田は誇り高き男ですから、あなたとのことを僕に知られるのは切ないんじゃないですか。一週間ほど前に〝ながさわ〟で会ったときも、困ったような顔をしてましたよ」

「でも、あのかたは、広岡さんのことを会社の中では一番の親友だと言ってました。広岡はつまらんことで割りを食ったが、必ず巻き返すだろうとも……。太田さんは、広岡さんのことを信頼してるんです」

太田は、いまや俺に水をあけて、悠々《ゆうゆう》たるものだ。純子に、そんな言いかたをしたとすれば、優越感以外のなにものでもない。

「太田は、あなたと僕のことを知ってるんですか」

「半信半疑なのかもしれませんが、わたしは、広岡さんとは一度もそんなことはない、とシラを切りました。事実、わたしの片思いで、広岡さんは一度だけわたしをあわれんでくださったんだと解釈してます」

純子は気丈にも、広岡をじっと見つめた。

「あなたの気持ちが、いまひとつよくわからんのですよねぇ」

広岡はレモンティーをすすりながら話をつづけた。

「僕の家に電話をするよりも、太田に直接訊いたほうが手っ取り早いと思うんです。真っ先に電話をかけた相手が僕だと聞いたら、太田は水臭いやつだって、怒るんじゃないかなあ」

純子は切なそうに眉宇《びう》をひそめて、抑揚のない声で言った。

「広岡さんがご迷惑なことはよくわかりますが、会社のことはわたしにはさっぱりわかりませんし、会社のことでかれがピンチに立たされてるとしたら、それを助けてあげられるのは広岡さんしかいらっしゃらないんじゃないかと思ったものですから……」

かれ、という言いかたに、太田への愛情が込められているような気がして、広岡は嫉妬《しっと》めいた感情にとらわれた。

「僕にそんな力はありませんよ。あなたもご存じのとおり駄目《だめ》社員ですから……」

広岡の自嘲《じちょう》的な笑いを眼の端にとらえて、純子はかすかに目を和ませた。

「でも、実力者の常務さんが広岡さんを応援してくださってるんでしょう？　その常務さんが人事担当だから、広岡さんは大変ハッピー……」

「そんなことも太田はあなたに話してるんですか。寝物語になんでもかんでも話しちゃうんだ。太田がそんなに口の軽い男だとは知らなかった」

広岡が不快感をあらわにすると、純子はきっとした顔になった。

「寝物語なんて、ひどいわ」

「気にさわったらごめんなさい」

広岡は投げやりに言って、またティーカップに手を伸ばした。

「広岡さんの話を聞いたのは、わたしと太田さんがこんなふうになる前です……」

純子は伏眼がちにつづけた。

「わたしがあなたのことばかり話すものですから、あなたのことをくさしたのかもしれません。わたしがいくらあなたを追いかけても、広岡には好きな女がいるから、無駄だと言われました」

「好きな女！」

広岡が調子っぱずれな声を発した。

「そのかたをヨーロッパ旅行に連れて行かれたそうですね」

「太田がそう言ったんですか」

純子は返事をせずに、面《おもて》をあげた。

「それを聞いて、諦《あきら》める気になれました。わたしのようなイモっぽいおばんに追っかけ回されて、さぞご迷惑だったと思います。身のほどをわきまえずこっけいですよね」

「あなたは、さっき僕がどんなに家内を愛してるかわかった、という意味のことを言ったが、あれは皮肉だったんですか。それでも充分皮肉だから、二重に皮肉を込めたわけですね」

純子は、こんどは、はっきりとうなずいてみせた。

広岡は、むすっとした顔で黙りこくった。

太田は、ヨーロッパ旅行の事実関係を承知していて、純子を落すために〝女連れ〟を持ち出したのだろうか――。それとも女連れと誤解しているとも考えられる。むしろ後者のほうが確率が高いと見るべきかもしれない。

そのことで、広岡は太田に釈明したことはなかった。太田にしてそうなのだから、あとは推して知るべしである。社内では〝女連れ欧州旅行〟を既成事実にされてしまったようだ。

そう言えば、村山もそんなふうに話したことがある。

広岡は、憂鬱《ゆううつ》になった。しかし、身から出た錆《さび》で、それが女房の亜希子であっても、亜希子以外の女であっても、所詮《しょせん》五十歩百歩と思わなければいけないのだろうが……。

「あなたに言い訳しても始まらないけど、広宣社の小倉さんの誘いに乗って、僕が女連れで欧州旅行をしたのは事実ですが、相手は家内です。小倉さんに訊いてもらえばわかりますよ。それで、会社の実力常務二人に、いや会長と社長も確認してるはずですが、家内と僕のパスポートをわざわざ見せたんです。なんなら、純子さんにもお見せしますよ」

純子は、息を呑《の》み、一呼吸置いてから残りのコーヒーを喉《のど》へ流し込んだ。

「奥さま以外に、広岡さんから、そんなに愛されてる女性はどんなひとかしらって、わたしずっと見えないひとにジェラシーをいだき続けてました。でも、お話をうかがって、なんだか安心したような、がっかりしたような変な気持ちです」

「僕は、臆病《おくびょう》なんですよ。あなたにのめり込むことが見えてましたからね。家庭を壊すのが怖かっただけのことです」

「……」

「本題に戻りますが、太田が誰かに狙われてるとして、あなたに思い当たるふしはないんですか」

純子は小さなこっくりをしてから、消え入りそうな声で言った。

「わたしのことで、太田さんがピンチに陥ってると思うと、居ても立ってもいられない気持ちです」

「それは考え過ぎです。プライベートなことに、しかも二か月やそこらのつきあいで、会社が興信所を使うとは思えません。あり得るとしたら、太田の奥さんでしょう。しかし、そんなひとじゃないですよ。太田はしばしば外泊するんですか」

「わたしのところは、きのうが初めてです。きのうゴルフの帰りに見えたんですが、わたしが聞きわけのない無理を言ったんです」

「ゴルフの帰りにマージャンですか。参ったなあ」

厭《いや》でも、Mホテルの一夜が思い出される。

純子も思い出したらしい。頬が染まった。

「それなら、なおさら長沢純子さんには関係ありませんね。太田が手当たり次第女に手をつけて、年中外泊してるんならいざ知らず、興信所を使った者がいたとしたら、仕事がらみのことなんじゃないかなあ。たとえば取り引き先の関係とか、いろいろ考えられます」

「……………」

「青山のマンションは、太田と関係がありますか」

「はい。あのかたのマンションをお借りしてます。まだひと月ちょっとですが……」

「太田は青山のマンションのオーナーですか。そんなリッチ男とは知らなかった」

「四年ほど前に、いまでは信じられないくらい安い価格で入手できたそうです」

「あなたが入居する前は、どうなってたのかしら」

「不動産屋さんを通じて、どなたかにお貸ししてたようなことを言ってました」

「太田は、大変な遣り手《やりて》なんですよ。資産運用で、会社に膨大な利益をもたらしてます。主に株の売買ですが、それこそインサイダー情報で、財務部門にいれば、証券会社などからいろんな情報が入ってくるでしょうから、個人的にも株で儲《もう》けるぐらいは朝めし前かもしれませんね。そんなことで誰かに恨みを買ってるのかなあ」

広岡は腕組みして考える顔になった。

「太田は、僕のことをあなたにぺらぺらしゃべるくらいだから、会社のことをなにか話してませんか」

そのことをまだ根に持っているしつこさに、自らをかえりみて広岡は顔をしかめた。

「さっきから、ずっと考えてるんですが、なんにもないんです」

「太田の家の電話番号は知ってますか」

「いいえ」

「アドレスを忘れてきちゃったんで……。僕が、あなたと会ったことを太田に話してよろしいですか」

「かまいません」

純子は、驚くほどあっさり答えた。

「あなたと僕のことで変に気を回されますよ」

「仕方がありません。そのことは何度も念を押されました。でも、さっきも申しましたが、片思いで通してます」

「正解でしょうね。さて、きょう中に太田に会うようにやってみましょうか。ちょっと心配になってきました」

「お願いします」

純子の潤《うる》んだ眼から逃がれるように、広岡はつと席を立った。

昼近くなって店内は、いつの間にか満席になっていた。

広岡は、店内のピンク色の電話から自宅に電話をかけた。

「僕だよ。すまんが、サイドボードの上に定期入れや名刺入れと一緒に小型のアドレスが乗ってると思うが、持ってきてくれないか」

「ちょっと待ってください」

五秒ほどで、亜希子が電話口に戻って来た。

「太田の自宅の電話番号が控えてあるはずだが……」

「太田さんね……はい、ありました。いいですか、言いますよ……」

広岡は、それをメモに取った。

「ありがとう。これから太田と会うが、晩めしまでには帰れると思う。じゃあな」

亜希子に愚図愚図言われないうちに、広岡は急いで電話を切った。

「太田の家は船橋《ふなばし》ですが、青山を出たのは何時ですか」

「八時頃です」

「そんなに早かったの。じゃあ、もうとっくに帰宅してますね。いま頃昼寝でもしてるんでしょう」

濃いアイシャドゥで眼のふちを隈取《くまど》っている若いウエートレスが広岡たちの席にやって来るなり、ものも言わずにテーブルの上を片づけ始めた。広岡は、その粗っぽい挙措に顔をしかめながらも、レモンティー一杯でねばっているひけ目を感じないわけにはいかなかった。

「お腹すいてませんか」

「はい」

「朝ご飯食べました？」

「ええ」

太田と純子が食卓に向かっている場面が、広岡の眼に浮かんだ。

「僕はミルク一杯で家を飛び出して来たので、サンドイッチでも食べようかな。あなたもなにかどうですか」

「コーヒーをいただきます」

広岡は、ウエートレスを手招きして、グレープフルーツジュース、コーヒー、野菜とベーコンのサンドイッチをオーダーした。

「腹ごしらえをしたら、太田に電話をかけますが、ほんとうにいいんですか」

「はい。お願いします。広岡さんに力になっていただきたいんです」

「お役に立てるかどうかわかりませんが、太田は親友ですから、できるだけのことはします。それは建て前かな。本音を言えば、覗《のぞ》き趣味みたいなものもあるでしょうし、あなたの情にほだされた面もあります」

「ありがとうございます」

「三人で一緒に会うことは考えられませんか」

「ええ」

純子がうつむき加減の横顔を見せて訊いた。

「太田さんの奥さまをご存じですか」

「二、三度会ってます。感じのいい人ですよ」

「わたしのこと、奥さまに知られてないでしょうか」

「太田はそんなドジじゃないですよ。隅《すみ》に置けない男です」

どこかで聞いたことのあるせりふである。そうか、村山から言われたんだ――。

それを思い出して、広岡は顔をゆがめた。

「それにしても切り出しかたが難しいなあ。朝帰りじゃあ、家を出にくいだろうから、不意打ちみたいで気がひけるが、太田の家に押しかけざるを得ないでしょうねえ」

皮肉のつもりはなかったが、純子のほうはそう取った。

「ごめんなさい。わたしが悪いんです。きのう帰してあげなければいけなかったんです」

「それは関係ありませんよ。どっちにしても興信所は太田の身辺を調べてるわけだから、夜でも朝でも結果は同じでしょう。問題は、興信所を使うことの狙いです。なんにしても興信所に嗅《か》ぎ回られるなんて、ひとごとながら不愉快ですよ」

しょげ返っている純子を前にして、〝朝帰り〟は言わずもがなであったと、広岡は反省していた。

「太田の自宅は、総武線の下総中山《しもうさなかやま》駅から五分足らずのところですから、駅に着いたら電話します。近くまで来たから、ちょっと寄せてもらったということにします。お互い忙しくて、滅多に会社で顔を合せる機会はないし、あなたも心配でしょうから、早いほうがいいでしょう」

「よろしくお願いします。なんですか胸騒ぎがして仕方がないんです」

「今夜、お宅に電話をかけましょうか」

「お願いできますか」

「いいですよ。電話番号を教えてください」

広岡は、太田宅の電話番号をメモした紙切れに、マンションの電話番号を並べて書き取った。

3

広岡が、渋谷のデパートで買った菓子折を下げて千葉県船橋市の太田宅を訪ねたのは午後二時過ぎである。

太田は在宅していた。

広岡を迎えたとき、太田はあくびまじりに言ったものだ。

「きのう徹夜マージャンになっちゃってねぇ。莫迦《ばか》なことをしちゃったよ」

広岡は笑うわけにもいかず、無理に表情をひきしめた。

太田夫人が茶の仕度で、席を外した隙《すき》をとらえて、広岡は急いで言った。

「外へ出られないか。奥さんの前では話せないことなんだ。駅まで送ってもらおうか」

「話はおまえのことか」

「いや、きみのことだ」

太田の表情が動いた。思い当たるふしがあるな、と広岡は咄嗟《とっさ》に思った。

「人事部副部長の立場で来たのか」

「ちがう。友達としてだ」

「わかった。じゃあ出ようか」

太田はすっかり落着きをなくしている。

「お茶を一杯ご馳走《ちそう》になってから、おいとましようか。いまお邪魔したばかりなのに、あんまりあわただしいだろう」

「うん」

太田が、台所のほうへうわずった声を放った。

「おーい。広岡、急いでるらしいから、早く茶を出してくれ」

女房が、紅茶とカステラを運んできた。

「まあ、久しぶりにお見えいただきましたのに……。ゆっくりなさっていただいて、お食事でも……」

少しまどろっこしいくらいゆったりした口のききかたをする女だった。

「近くまできて、素通りするのもなんだと思いまして、ちょっとお寄りしただけなんです」

「あなた、おひきとめしてください」

「しょうがないじゃないか。用があるっていうんだから」

太田は尖《とが》った声で返した。

遠慮をしているのではないかと太田夫人が気を遣っていることがわかるだけに、

広岡は、太田の態度にひっかかった。

「お気遣いいただいて恐縮です。こんどゆっくり寄せていただきます」

「広岡を駅まで送ってくる。帰りに本屋へ寄るからな」

太田はぶっきらぼうに言って、ソファから腰を浮かした。

駅前ビルの二階にあるティールームの窓際《まどぎわ》のテーブルで、広岡と太田は向かい合った。

「話って、どういうこと」

煙草《たばこ》を持つ太田の手がふるえている。

「きみは興信所に身辺を調べられてるらしいが、どうしてだかわかってるのか」

太田はいらだたしげにすぱすぱやっていた煙草を灰皿にこすりつけた。

「檜垣《ひがき》からなにか聞いてるのか」

「檜垣？」

「あいつ、三月の異動で財務から経理へ回ったが、俺に含むところがあるらしいんだ。俺が使った交際費を洗い直したようだ」

檜垣淳一《じゆんいち》は、小林保の女婿《じよせい》である。小林保は、小林明会長の実弟で、代表権を持つ副社長だ。いわば檜垣は小林ファミリーの一員ということができる。三月十日付で第二財務部総括課長から、二階級特進して経理部副部長に昇格したのは、小林秀彦とのバランスが考慮されたためだと、社内ではもっぱらの噂《うわさ》である。年齢は三十七歳。

「それはよくよくのことだぞ。身に覚えはあるのか」

「交際費を多少流用したが、俺の稼《かせ》ぎにくらべれば高が知れてるよ」

「太田、ふてくされてる場合じゃないぞ。いったいどういうことなんだ。詳しく話してくれ」

広岡は顔色を変えた。

檜垣が個人的に興信所を使って、太田の身辺を調査するとは考えにくい。総務部も含めて組織的に対応しているはずだ。

広岡の知る限り人事部はまだ埒外《らちがい》に置かれているが、いずれ巻き込まれるだろう。ひょっとすると、大崎あたりが相談に乗っている可能性もないではない。

「おまえ、多少のことは聞いてるんだろう」

「聞いていない。僕の耳に入ってきたのはきょうの十時頃だ……」

広岡は、長沢純子から自宅に電話がかかったこと、渋谷の喫茶店で会ったことなどをかいつまんで話した。

広岡がことの経緯を話している十分足らずの間に、太田は煙草を三本も喫《す》った。長い吸い殻《がら》が四本、灰皿にねじり曲って捨てられてある。

「純子さんを恨むのは筋違いだぞ。彼女は、きみのことが心配でならんから、僕に援《たす》けを求めてきたんだ」

広岡は、険しく顔をひきつらせている太田に釘《くぎ》を差したが、果たして太田は猛《たけ》り立った。

「純子は、なんで広岡なんかに相談しなければならんのだ。おまえに相談する前に、俺に話すべきじゃないか」

「それは、純子さんに聞いてくれ。僕には、彼女の心理状態がわからんでもないけどね」

太田がまた新しい煙草に火をつけた。

「要するに、おまえと純子は出来てたんだ。俺はおまえのお古を押しつけられたっていうわけだな」

「そういう品性を疑わせるようなことは言わんほうがいいな。僕に対しても、純子さんに対しても失礼じゃないか」

広岡は、ほかの客がこっちを見ているのを承知でことさらに語調を強めた。

太田は煙草の煙を天井に向けて吐き出した。

「そんなことより、交際費を流用したと言ったが、相当な額なのか」

「たいしたことはないよ。仕事をしてれば、多少のことはあるさ。許容範囲だよ。

少しは俺の功績を考えてもらいたいよ」

うそぶくような太田の言いかたに、広岡は厭《いや》な感じになった。

「きみが財テクで会社にもたらした利益は、何十億だか何百億か知らんが、経理部が興信所を使ってまで、きみの身辺を洗っていることの重大性を甘く見ないほうがいいんじゃないのか」

「檜垣の個人プレーに過ぎんよ」

「檜垣がどんな男か知らんが、個人プレーで興信所を使うとは思えないねぇ」

「あいつは女の腐ったみたいなやつだよ。モノマニアと言ってもいい。酒が飲めないせいもあるらしいが、まったく社内のつきあいはしないし、仕事はまるっきりできないときている。そのくせ、僻《ひが》みっぽくて、とにかく始末の悪い男だよ」

「財務には一年ほどしかいなかったんじゃなかったかな」

「自分で経理部へ行きたいって手を挙げたんだろう。そしてやったことは俺の伝票のチェックってわけだ。よっぽど俺を恨んでるんだろうな」

「どうして、檜垣の恨みを買うようなことになったのかね。きみが檜垣を無視し過ぎたからなのか」

「だいたい、あんなの目じゃないし、こっちはそんなつもりはなかったが、向こうは袖《そで》にされてるぐらいに思ってたのかねぇ」

太田は、力まかせに吸い差しの煙草を灰皿にねじりつけた。

「仮にもファミリーの一員なんだから、そのプライドを傷つけないつきあいかたはあったと思うがなあ」

「そうかも知れん。しかし、ジュニアといい、檜垣といい、ファミリーには碌《ろく》なやつがいないよな。仕事をやり過ぎるとファミリーから変な眼でみられるし、まったく厭味な会社になっちゃったなあ」

「ファミリーのいやらしい面がないとは言わないが、それをハネ返すフレキシビリティと組織力がエコーにそなわっていると僕は信じたいね。少なくともファミリーにあらずんば人にあらず、なんてことはない。ボードのメンバーを見れば、ファミリー以外でも優れた人が多いことがわかるじゃないの」

「会長はジュニアを後継者にしたくて仕方がないんじゃないのかなあ」

「血は水より濃いと言うから、人情としてそういう気持ちがないとは思わないが、会長ほどの人がそれだけでジュニアを経営トップに押し上げるだろうか。会長のバランス感覚はたいしたものだと思うな」

広岡は、この問題で広宣社の小倉や、経営企画室次長の谷口と話したことを思い出していた。

それは、期待感以外のなにものでもないかもしれない。エコーの現実は小林ファミリーの同族企業であり、小林商店そのものなのだ。

「話を元に戻すが、檜垣が伝票を洗い直してることはどうしてわかったの」

「俺に対して、ご注進に及ぶ者が経理部の中に一人や二人はいるさ」

「片山《かたやま》常務の耳に入ってるだろうか」

「わからん。あの人は、ファミリーの顔色ばかり窺《うかが》ってるような人だから、どっちにしても頼りにはならんよ」

太田は、咥《くわ》えていた煙草を灰皿に置きコーヒーカップと持ち替えた。

片山栄次郎《えいじろう》は財務、経理担当常務である。

「きみが交際費を流用したという中味だが、フライング程度なのか、それとも取り返しのつかない暴走なのか、どうなんだ」

「俺はフライング程度と思いたいが、檜垣は暴走どころか、赦《ゆる》しがたい犯罪行為と思ってるだろうな」

「具体的な内容は話せないのか」

「そんなことはないよ」

太田は、コーヒーをがぶっと喫《の》んで、コーヒーカップをテーブルに戻した。

「ウラ金を捻出《ねんしゅつ》するためにちょっとした仕掛けを考えたんだ。銀座のクラブのママに頼んで、請求書を出させてたんだよ」

太田は、吸い差しの煙草を指に挟《はさ》んで、すぱすぱやりながら、話をつづけた。

「俺はこの数年の間に、会社のために二、三百億円は稼《かせ》ぎ出したが、情報は只《ただ》ではないからな。カネはいくらあっても足りない。高度な情報であればあるほどカネがかかるんだ」

「カラの請求書を切らせたとなると、交際費の流用ということにはならんのじゃないのか。個人的にウラ金を費消したこともあるわけだな」

太田は、顔をしかめ、厭な眼で広岡を見た。

「おまえ、まるで検事じゃないか」

「そんなふうに取られると困るが、できるだけ事実関係を把握《はあく》しておきたいと思ってる。必ず人事部は介入せざるを得なくなってくると思うが、そうなると人事本部長の特命事項で、僕が受け持つこともあり得るだろう。どっちにしても、片山常務が頼りにならないとすれば人事担当の三田常務と、総務担当の林常務にいろいろお願いしなければならんぞ。だから僕には、できるだけ事実をうちあけてほしいんだ」

広岡に強く見返されて、太田は眼を伏せた。

「つくったウラ金の規模はどのくらいなの」

「いちいち覚えてないが、三千万円ってところかな」

「ウラ金の使途を明かすわけにはいかないかねぇ」

「それは絶対にできない。相手に迷惑をかけられると思うか。俺が一身に負わなければいかんのだ」

「会社の誰にも相談してないのか」

「すべて俺の独断だ」

太田が珍しく短くなった煙草を捨てて、グラスの水を灰皿にかけた。

「檜垣は、俺のクビを取ろうとしてるんじゃないかな。そうじゃなければ興信所まで使わんだろう。岡っ引きみたいな真似《まね》をしやがって……」

新たな怒りに駆り立てられたのか、太田は首の付け根まで真っ赤に染めた。

「檜垣の独断で興信所を使うとは思えないな。総務部長が檜垣の相談に乗ってる可能性があるし、すでに片山常務も承知してるかもしれないが、どこまでお役に立てるかわからんけれど、きみのクビを馘《き》るなんてとんでもない。そんなことはさせないつもりだ」

太田が小首をかしげながら、ぼそっと言った。

「広岡に保証してもらってもなあ……」

「僕に力のないことはわかってるさ。しかし、三田常務や林常務を動かすことはできる。僕が部長代理への降格を免《まぬか》れたのは、三田常務のお陰だよ。ついでに女連れの欧州旅行についても釈明させてもらうが……」

広岡は、長沢純子の名前は出さずに、たんたんと事実を話した。

太田がバツの悪そうな顔をして、新しい煙草を咥えた。

「僕の話などどうでもいいが、もう少し厭な質問をさせてもらうよ。青山のマンションは、太田哲夫の名義になってるんだろう」

「うん。いまなら二億出しても買えないだろうな。お察しのとおり、マンションの購入資金に一部を当てたことは事実だが、大部分は株で儲けたカネを投入した。四年前に買ったときはわずか六千万円だったけどね」

「長沢さんに累《るい》が及ぶことはないのか」

「ないだろう。彼女にはなんの関係もないよ」

「しかし、興信所に写真を撮られてるんだぞ」

広岡はたたみかけた。

太田は渋面をあらぬほうへ向けている。

「マンションの購入資金については、きちっと説明できるといいな」

「あのマンションではちょっと心配なこともあるんだが……」

太田は言い淀《よど》んだ。

「どういうこと？」

「うん。どうせ檜垣につきとめられてると思うが……」

「それなら話したらどうかな」

太田は、ふんぎりがついたらしく、煙草の火を消した。

「純子の前に貸してたのが銀座のクラブのママなんだ。四年近くになるかな。それが会社にバレてるとちょっとまずいな」

「ちょっとどころじゃないだろう」

広岡が眉間《みけん》に深いしわを刻んで、つづけた。

「言い訳が難しくなるな。会社は共謀してたとみるだろう。女を囲ってたわけだからねぇ」

「過去に男女関係がなかったとは言わないが、とっくに切れてるよ」

「あたりまえだよ。いくら太田でも、そんな……」

広岡は途中で口をつぐんだ。純子の顔が眼に浮かんだ。名状し難いつらい気持ちだった。

「家賃はもらってなかった。その女には、言ってみれば会社も俺も、世話になってたわけだからな」

「妙な理屈だねぇ。ところで税金の問題は大丈夫なのか」

「それは大丈夫だ。帳簿に記載し、税金もサービス料も公給領収証も切ってるはずだ。脱税行為はない。きちっと恰好《かっこう》はつけてある」

「そのクラブにエコーの者が同席したことはないのか」

「ない。檜垣はそこに眼をつけたんだろう」

「伝票を切るとき、接待者の名前を記入しなければならないが……」

「全部でたらめだよ」

太田はふてくされたように言い放った。

「架空の接待者が、きみに好意を持っていれば、接待されたことにしてくれるはずだな。ウラ金をつくり出したことにしないで、飲み食いで押し通すことはできないのか」

「難しいな。檜垣のことだからカラ伝票であることのウラを取ってるんじゃないか」

「株で儲けてるきみが、なぜそんなにキャッシュが必要だったんだ」

「言うに言われぬ事情があるんだ。誰だってキャッシュには弱いよ」

「僕にはとても信じられんよ。きみほどの男が……。信じられない」

広岡はもう一度首を振りながら慨嘆した。

不意に〝懲戒解雇〟の四字が頭をよぎった。

広岡は思わずぞくっと身ぶるいした。

「ウラ金づくりの方法論も悪いし、マンションの存在も気になるねぇ。ウラ金の使途について、証言してくれる人がいないと、太田の立場は厳しくなるぞ。その人が傷つかないように秘密保持は期すると確約すれば、きみを庇《かば》ってくれる人がいるんじゃないのか。こういう言いかたはきみに対して無礼かも知れないが、嘘《うそ》でもいいから、きみのために証言してくれる人を見つけなければ……。つまり会社のために、ウラ金をつくったことを立証する必要があると思うんだ」

「それはできない相談だ。結局、俺がかぶるしかないよ」

「ウラ金づくりは会社のためではなく、すべてきみ自身のためと見做《みな》されてもいいのか」

「しょうがねぇじゃねぇか」

太田は顔をゆがめて、投げやりにつづけた。

「どうせおまえだってそう思ってるんだろう」

「ひらきなおる前にやることがたくさんあるはずだ。ピンチに立たされているきみを見捨てるような人ばかりとは限らんだろう。それが証券会社の人かどうか知らんが、きみのために証言してくれる人が複数でいるはずだ。ふてくされる前に、相談してみたらいいじゃないか。恥を晒《さら》すのはつらいだろうが、いまや気取ってられる場合じゃないぞ。きみは会社のためにリスクを冒したんだ。僕はきみの功績を言い立てるつもりだが、それだけでは説得力がない。なんとしても会社のために敢《あ》えてリスクを冒したことを立証しなければいかんのだ。ウラ金の使途を一〇〇パーセント明かす必要はないが、必要最低限の説明はつけなければならんし、つけられるんじゃないのか」

太田は、広岡の視線を外して、十秒ほどテーブルの一点を睨《にら》んでいたが、新しい煙草を咥えながら言った。

「考えてみるよ」

「時間は切迫してるぞ。すぐにアプローチすべきだな。待てよ、興信所の調査報告書はまだ出てないはずだな。きょう写真を撮られたくらいだから、最低二、三日はかかるだろう。だとしたら先手を打って、きみのほうから片山常務に告白するというのはどうだ」

「あれは話にならん。逆効果だよ」

太田は、煙草の煙と一緒に言葉を吐き出した。

「しかし、それでも逆効果ということはないと思うな。興信所の報告書なり、檜垣のレポートが出る前に、きみのほうから行動を起こすことの意味はあると思う。片山常務が頼りにならんということなら、林常務でもいいじゃないか。興信所を使ったということは、総務部がタッチしてる可能性が強いということだから、林常務に話す手もあるね」

「……」

「太田、いま思いついたんだが、これから林常務のお宅に行かないか。僕もつきあうよ。こういう問題は早いに越したことはないと思うな」

「日曜日のこんな時間に申し訳ないよ」

「そんな悠長《ゆうちょう》なことを言ってられる場合じゃないだろう。いま、三時か、保土ヶ谷だから遅くとも四時半には着くよ」

「いくらなんでもこんな恰好じゃ……」

太田は、白いタオル地の半袖シャツをつまんでみせた。

「この際、服装なんかどうでもいいと思うが、気になるんなら、ブレザーぐらいひっかけてこいよ」

「女房に、なんて話せばいいんだ」

「心配かけてもなんだから、僕の一身上の問題にしたらどう。欧州旅行を持ち出したらいいじゃないの。少し照れくさいが、奥さんにきみを借りるって断ってやるよ」

広岡は、テーブルの伝票をつかんで、勢いよく起ちあがった。

4

市川駅で快速に乗り換えて、横須賀《よこすか》線保土ヶ谷駅までの一時間ほどの間、広岡と太田は並んで坐れた。

太田は、グレーのスーツにネクタイまで着けている。ラフな広岡の服装とつりあいがとれていない。広岡はそれが気にならないでもなかったが、いまの太田の立場に思いを致して、ひとりうなずいた。

「青山のマンションのこと、奥さんは知ってるのか」

「いや」

「話しておいたほうがよくはないの」

「いまさら話せるか。女のことはどうするんだ」

「それは別問題だろう。後者のことは、たとえ現場を押えられてもシラを切るのが礼儀なんだろうな」

「あのマンションは、いずれ処分するつもりだから、女房に話す必要はないよ」

「長沢さんとの関係は続けるのか」

広岡は、胸苦しさを覚えた。余計な質問を後悔した。

「純子は良い女だ。手放すのは惜しいよ」

「出し抜かれた本多は怒ってるだろう」

「らしいな。本多が世話したアルバイトの女子大生、二人とも辞めちゃったが、どうも本多の差し金らしい」

「そう言えば、この間〝ながさわ〟に行ったとき、長沢さん一人でてんてこ舞いしてたな。アルバイトを引きあげさせるくらい本多は怒ってるってわけか」

「広岡ならまだ赦《ゆる》せるが、太田では絶対に赦せんって、大酒飲んでわめいたらしいよ。それっきりあの店にあらわれなくなっちゃったそうだ」

「………」

「広岡が純子を振ったことが不思議でならんのだ。あいつが、おまえに惚《ほ》れてたことは間違いないからな」

「さあ、どうかな。きみの気を引くために、僕をだしにしたんじゃないのか」

「いや、そんなことはない。俺が妬《や》けるくらい、純子はおまえに惚れてたよ」

「そうだとしたら、勿体《もったい》ないことをしたな。僕は太田や本多と違って、女に対して臆病《おくびょう》なんだよ」

広岡はわれながら白々《しらじら》しいと思わざるを得なかった。

それにしても、太田のずぶとさはどうだろう。一身上の重大問題を総務担当常務に告白しに行こうとしているときに、女の問題を平気で話せる神経は、理解に苦しむ。もっとも質問したのは、こっちだが……。

しかし、保土ヶ谷駅が近づくにつれて、太田は寡黙《かもく》になった。

広岡は、駅から電話をかけて林夫人に林の在宅を確認し、十分後に訪問することを伝えた。

玄関から顔をのぞかせた林は、広岡の背後に佇《たたず》んでいる太田を認めたとき、眉《まゆ》をひそめた。

広岡はハッと胸を衝《つ》かれた。

「太田君の一身上の問題で相談にあがりました。お休みのところ申し訳ありません」

「太田の一身上の問題に、なんで広岡が一緒なのかね」

「太田から相談を受けたのですが、わたしひとりでは対応できないと考えまして、常務に相談するようにすすめました」

広岡のうしろでうなだれている太田に、じろっと一瞥《いちべつ》をくれて、林が言った。

「あがってくれ」

リビングルームのソファに広岡と太田が並んで坐り、向かい側に林が苦り切った顔で腰をおろした。

「太田のことは、伊藤《いとう》から報告を受けている。今週中に、伊藤が太田を呼び出すことになっていた……」

伊藤勉《つとむ》は、取締役総務部長である。

「えらいことをしてくれたな」

「そのことで、太田に弁明の機会を与えていただきたいのです」

「弁明する余地などあるのか。いわば自首してきたんじゃないのかね。太田の立場ではひたすら恭順《きようじゆん》の意を表する以外に選択肢《し》はないだろう」

「しかし、太田が会社のためにウラ金を捻出《ねんしゆつ》したことは事実です。方法論が間違っていたとは思いますが、目的ははっきりしてます。太田が資産運用でどれほど会社に貢献したかを考えていただければ、おわかりいただけると思います」

「目的のためには手段を選ばない、というわけだな。だが、会社のために寄与したら、なにをやっても赦されるということにはならん。だいたい、会社のため、会社のためときみは言うが、太田がどれだけ自分のポッポに入れたのか、わかってるのか。動機は会社のためなんかじゃない。自分のためだ」

林が広岡に浴びせかけた。

「おまえ、莫迦に太田の肩を持つが、おまえもつるんでるのか。同じ穴のムジナじゃないのか」

広岡は、かっと頭の芯《しん》が熱くなった。

「ひどいことを……。いくら常務でも……」

広岡は不意に涙がこぼれそうになった。

太田が広岡に躰《からだ》を寄せて、かすれた声でささやいた。

「広岡、もういいよ。俺が悪いんだ。常務がおっしゃったように首を洗って待たなければいかんのだよ」

「きみはなにを言ってるんだ。こっちの気も知らないで」

「広岡は、なんでそんなに熱くなってるのかね。きみらしくもない。もう少し冷静になったらどうだ」

林はバツが悪そうに表情をゆがめた。

夫人が緑茶と練り羊羹《ようかん》を運んできたが、ただならぬ部屋の空気を察して、すぐに引き取った。

湯呑《ゆの》みに手を伸ばしながら、林が太田を見上げた。

「経理では、太田が会社の資産運用ででたらめな伝票を切ったとは受け取っておらん。すべて、個人的に着服したと見ている」

唇《くちびる》を噛《か》んでいる太田を横眼でとらえながら、広岡が声量を落として言った。

「経理は、太田を陥《おとし》れようとしているとしか思えません。太田は、相手のひとたちを必死に庇ってますが、ウラ金の使途について特定するように、口説いているところです。太田はそのつもりになってると思います」

「つじつま合せができるんなら問題はないが、そんな手品が使えるのか」

林の射るような視線を太田は力なく逸《そ》らした。

「わたしは、経理なり総務のやりかたに不信感を覚えます。太田はエース級の幹部社員です。仮にも部長ですよ。その太田をつかまえて素行調査を興信所に依頼するようなやりかたが赦されるんでしょうか。その前に本人に釈明を求めるなり、やるべきことはたくさんあるはずです。興信所を使うなんて赦せませんよ」

広岡は、自分では平静を取り戻したつもりだったが、感情が高ぶって、声がうわずっていた。

林が外した眼鏡を右手でぶらぶらさせながら言った。

「興信所ってなんのことだ。そんなことは聞いてないぞ」

「けさ、興信所の者とおぼしき男から、写真を撮られたことは事実です。ほんとうに常務はご存じないのですか」

「なんでそんなことを俺がきみに隠さなならんのだ。聞いてない」

林は色をなした。

「でしたら事実関係をお調べになってください」

「興信所を使っていることが事実だとしたらけしからん話だが、なにかの間違いではないのかね」

林が手洗いにでも行くのか眼鏡を掛け直して、リビングルームから出て行った。

「太田、いいな。ウラ金の使途を林常務に話すんだ」

「いま、すぐにか」

「そう。いますぐにだ」

「それは無理だ。最低、相手の了承を取りつける必要があるよ」

「きみがそのことを明かしたからといって、相手に聞こえるわけでもないだろう」

「そんなことはわからんさ。檜垣のことだから裏付けを取るために、直接聞いて回るぐらいのことはやりかねないよ」

「そんな非常識なことはさせないよ。なんなら林常務から釘《くぎ》を差してもらってもいいが、いくら檜垣でも、会社の恥を外へ吹聴《ふいちょう》して回るような莫迦な真似はしないだろう」

「あいつは、おまえが考えてるほど常識的な男じゃないからな。ちょっと普通じゃないところがある」

「ジュニアといい檜垣といい、ファミリーの二代目は、どうしてこうも出来が悪いのかねぇ」

「ジュニアはまともなほうだろう。いや、レベル以上だよ。檜垣は能力もないくせにジュニアに張り合おうとするから、始末が悪いんだ」

「とにかく、ウラ金の使途を話さなければ、このヤマは越せないぞ。檜垣のどうのこうのなんて二の次、三の次だよ」

「しかしなあ……」

太田は切なそうに顔をしかめて、ネクタイをゆるめた。

「しかしなんだ」

「自分のためにやった面も、やっぱりあるからねぇ」

広岡は、太めの楊枝《ようじ》で羊羹を二つに切って、一片を口へ放《ほう》り込んだ。固いものでも食べるように、ゆっくりと噛んでいるのは、賞味しているわけではなく、考えごとをしていたからだ。

「自分のためは、全体のどの程度を占めるんだい」

太田は一層切なそうに小声で返した。

「まあ、三分の一ってところかなあ」

「三千万円として一千万円か……。少ない額じゃないが、その程度なら弁済して弁済できないことはないだろう。そういうけじめは必要なんじゃないのか」

太田は、どっちつかずにうなずいた。

「くどいようだが、使途を不明にしたままでは絶対にまずいぞ。それから、マンションの購入資金は、会社に説明したほうがいいと思う」

「広岡……」

太田は呼びかけておいて、口をつぐんだ。

「なんだ」

「うん。どっちにしても、俺は会社に残れんような気がする」

「そんな弱気じゃいかんなあ。三田、林の両常務を味方につければなんとかなるような気がしてるんだが……」

林が退席して、そろそろ二十分近く経過する。広岡がそれを気にして時計に眼を落したとき、林が戻って来た。

林は、仏頂面《ぶっちょうづら》で煙草をふかしていたが、煙草の火を消しながら、二人にこもごも眼を遣《や》った。

太田がネクタイのゆるみを直して、居ずまいを正した。

「興信所を使ったことは事実だった。いま、伊藤に確認したが、吉田《よしだ》と相談して、そうしたそうだ。できることなら、そんなことはしたくなかったが、緊急事態だからやむを得なかったと言ってたな」

吉田一郎《いちろう》は、経理部長で、入社年次は広岡、太田より二年先輩である。

「どうして緊急事態なんでしょうか。そんなのは詭弁《きべん》ですよ。興信所を使う必然性があるとは考えられません。興信所なんて、おどろおどろしいことがまかり通るとしたら、エコーはもうおしまいですよ」

「考えられるかどうかは伊藤と吉田の判断だよ」

林は、ひたいにたてじわを刻んでつづけた。

「本人を前にしてなんだが、太田のやったことは犯罪行為だぞ」

「それは言い過ぎです」

林は、広岡にきつい眼をくれてから、太田を凝視した。

「ノートは取ってるのか。何年何月何日に、いくらカラ伝票を切ったか、そのウラ金をどこにプールして、どう使ったのか、そういうことはわかってるのか」

「メモは一切取っておりません」

「それじゃあ、会社のためにやったという証明はできんじゃないか」

「ウラ金の使途について多少はお話しできるかもしれません」

「経理におまえが切った伝票は過去五年にわたって保管されてるそうだ。伊藤は、会社のため、というのは詭弁だと言っている。盗人猛々《ぬすっとたけだけ》しいとも言っていた」

「太田の交際費の使いかたがおかしい、伝票の切りかたが変だと思った時点で、なぜ経理は太田本人に注意しなかったんでしょうか。過去五年分の伝票をチェックしたり、興信所をつけたり、初めから太田を狙《ねら》い打ちするやりかたは、わたしには納得できません。総務部長も、経理部長もどうかしてますよ」

林が険しい顔を広岡に向けた。

「おまえ、少し黙らんか。伊藤には伊藤のやりかたがあるんだろう」

広岡は、負けずに言い返した。

「興信所を使うとはけしからん、と最前、常務はおっしゃいました。失礼ながらそれが正常な感覚だと思います」

林がなにか言おうとしたとき、夫人がビールの用意をしてリビングルームにやって来た。

「なにもありませんが、どうぞ。お鮨《すし》の用意をしましたから、めしあがってください」

「すみません。こんなに長居するつもりはなかったんですが……」

広岡は、ソファから起《た》ちあがって、夫人に最敬礼した。

太田もあわてて、腰をあげた。

「広岡、そろそろおいとましないか」

「せっかくだから、お鮨をご馳走《ちそう》になろうよ」

「そうですわ。もう七時ですから、お腹《なか》がおすきになったでしょう」

「ええ。朝昼兼用で、サンドイッチを食べただけなんです」

広岡は、ソファに坐って返した。

広岡の場合は夫人に心やすさがあるが、太田は、初対面だから、そうはいかない。しかも、不祥事を起こして犯罪人とまで言われ、針の筵《むしろ》に坐らされているようなものだから、鮨どころではなかった。

「会社のためにやったという話が事実だとしても、太田の置かれている立場は非常に厳しいぞ。もっと早い機会に片山常務にでも話してれば、なんとでも対応できたんだろうが……。しかし、遅きに失した感はあるが、呼び出される前に広岡に相談したのは、罪一等減じるに価《あたい》するし、使途について説明がつくんなら伊藤によく話したらいいな」

太田のしおたれように同情したのか、林はそんなふうに言ったが、広岡はビールを飲みながら林宅を訪問してよかったのだろうか、と考えていた。

少なくとも、興信所の件ですぐさま伊藤に電話で確認することは計算外であった。興信所の件で、伊藤が林にどう説明するつもりだったのかわからないが、林のことだから、広岡と太田の来宅を伊藤に伝えたに違いない。だとすれば、伊藤の心証を悪くしたとも考えられる。

林は、人柄《ひとがら》も悪くないし、人の気持ちもわかる男だが、せっかちで軽いところがあった。三田だったら、どうだったろう。林に相談する前に三田に話すべきではなかったか、と広岡は後悔していた。

広岡と太田が林宅を辞したのは八時を過ぎたころだ。

横須賀線の電車の中で、広岡が言った。

「長沢さんが心配してると思う。なるべく早く電話を入れてやったらどう」

「うん」

「きみと話した結果を僕から電話すると約束したが、きみがするのが筋だよ」

「うん」

「興信所に、きみと長沢さんが写真を撮られたことがはっきりしたわけだ。檜垣の動きを察知していたきみにしては、注意が足りなかったな」

「うん」

「事実は違うと思うが、事実はどうあれ、会社は、きみがマンションに女を囲っていると取るだろう。できたら長沢さんはマンションからほかに移転したほうがいいんじゃないかな」

「うん」

「急いだほうがいいぞ」

「うん」

心ここにないのか、太田はなにを言っても生返事を繰り返すばかりだった。

広岡は帰宅するなり、二階の寝室から長沢純子に電話をかけた。

「広岡です。先ほどはどうも。太田から電話ありましたか」

「いいえ」

「保土ヶ谷に住んでいる林という常務を二人で訪問して、いま帰って来たところですが、必ず長沢さんに電話をかけるように言っておきましたから、そのうちかかると思いますけれど、あなたとは関係のない問題で、太田はピンチに立たされてます。基本的には会社のためにやったことなので、最悪の場面を迎えるような結果にはならないと思うし、僕も、応援しますが……」

「太田さんはどんなことをしたんでしょうか……」

「交際費の流用というか、ウラ金づくりをやり過ぎたというか、まあ、そんなところです」

「……」

「太田にも言っておきましたが、あなたも変なことに巻き込まれて大変でしょうけれど、とりあえずは青山のマンションを引き払ったほうがいいような気がします」

「わたしも、そのつもりです。この機会に母と娘と一緒に住むことを……」

純子の声がくぐもって、語尾が不鮮明になった。

広岡はなんとも切ない気持ちになった。

純子と一度だけで終っていなかったら、どうなっていたろう。

「いずれにしても遠からず太田に対するなんらかの処分が出ると思いますが……」

広岡は、次の言葉を喉《のど》もとで押し返した。

いまの太田を支えられるのはあなただけだとつづけようとしたのだが、ちぐはぐで誠実味のない言葉のように思えたのである。

「会社を辞めなければならないのでしょうか」

「それは、なんとか回避できるんじゃないかなあ」

難しい問題だが、そうとしか言いようがなかった。

ノックの音がして亜希子が入ってきたが、広岡は構わず電話をつづけた。

「二人の有力な常務を味方につけて頑張《がんば》るつもりです。太田もあなたに話したと思いますが、人事担当の三田常務と、総務、宣伝、広報を担当している林常務です」

亜希子を意識して、事務的な口調になっているな、と広岡は思った。

「それから、やっぱり興信所だったんでしょうか」

「そのとおりです。興信所を使うなんて赦《ゆる》しがたいことですが、ある部長が独断でやったようです」

「……」

「とにかく、あんまり心配しないほうがいいと思いますよ」

「心配で、ご飯も喉を通りません」

「お気持ちはわかりますが……」

亜希子が、ベッドに並びかけて、なんとなしに広岡の膝《ひざ》に手を置いた。

「どこまでお役に立てるかわかりませんが、僕もできるだけのことはします」

太田に対してよりも、より純子に対して人事を尽くす義理があると広岡は思いながら、亜希子を前にして、そう思うことが、なにかしら不思議な気もしてくる。

「くれぐれもよろしくお願いします。せっかくの日曜日を一日つぶすようなことをしてしまって申し訳ありませんでした」

「いやあ、太田とは永い関係ですから、そのくらいは当然です。なにかあったら、また連絡しますよ。何度も言いますが、基本的には、長沢さんとは無関係なんですから、あんまり心配しないように……。それじゃあ、これで失礼します」

「ありがとうございました」

長い電話が終った。

広岡は、ベッドにごろんところがって、大きな伸びをした。

「あああっ、疲れた」

「太田さん、どうなさったの」

「交際費の使い過ぎだよ。会社が興信所なんか使うものだから大ごとになっちゃって……。料亭の女将《おかみ》が心配してねえ……」

頭の芯《しん》がしびれるほど疲労困憊《こんぱい》の極に達しているはずなのに、広岡はけさ亜希子に話したことを覚えていた。

第七章　情状酌量《しゃくりょう》

1

九月十二日月曜日の朝、広岡は六時半に家を出た。通常より一時間早い。

自宅から井《い》の頭《かしら》線の浜田山駅まで徒歩十分足らずだが、下北沢《しもきたざわ》駅で小田急線に乗り換えて、狛江《こまえ》駅で下車、駅から七、八分の三田邸まで所要時間を五十分と計算し、余裕をみて出て来たのだが、初めての訪問だったので、辿《たど》り着いたとき玄関から三田が出て来るきわどいタイミングになった。

前夜、広岡は、三田に電話をかけた。

月曜日は時間が取れないと言われたので、強引とは思ったが、出勤途上の車の中で話したいと迫り、了承してもらったのである。

三田は、七時半に会社の専用車が迎えに来る。

広岡は、抱えていた背広を着て、ハンカチで首筋の汗を拭《ふ》いてから、小走りに三田に近づいた。

「おはようございます。昨夜は電話で失礼しました。ご無理をお聞き届けいただきまして、ありがとうございます」

「ご苦労さん。すぐわかったかね」

「はい」

「さあ、行こうか。うしろへ乗りたまえ。話がしにくいだろう」

「恐縮です」

広岡は、助手席のドアをあけようとしていたが、三田の許しが出たので運転席の後方シートに回った。

車が走り出した。

「朝早く無理して、わたしのところへ駆けつけて来るなんて、よっぽど難しい問題でもあるんだな」

「はい……」

広岡は心もち躰《からだ》を三田のほうへ寄せ、低い声で、太田の一件を話し始めた。

三田は、ときおりため息をついたり、咳払《せきばら》いをするが、言葉は発しなかった。

きのう林常務と会ったことも、林が伊藤取締役総務部長に興信所の件で確認したことも広岡はかいつまんで話した。もっとも、興信所の件では「ありうべからざることだ」と、しつこいほど自分の意見をつけ加えた。

「一本だけ喫《す》わせてもらおうか」

三田が背広のポケットから煙草《たばこ》を取り出した。

中年の運転手は心得顔でボタンを操作してクーラーを止め、前方と後方の三角窓に隙間《すきま》をつくった。

煙草の煙を吐き出しながら、三田が訊《き》いた。

「広岡はわたしになにを言いたいんだ」

「太田を助けていただけませんか。方法論は悪過ぎますが、動機は会社のために、会社を思ってやったことです。懲戒解雇などにならないように、常務にお骨折り願いたいのです」

「興信所を使ったことは気になるが、いくら太田が財テクで手柄《てがら》を立てたといっても、犯した罪を不問にすることはできんだろうな。ただでさえ、痛くない腹だってさぐられかねないポストなんだ。魔が差したで済む話ではない。李下《りか》に冠《かんむり》を正《ただ》してはおられんポストじゃないか。人事担当常務として忌憚《きたん》なく言わせてもらえば、懲戒解雇は免《まぬか》れないと思う」

広岡は、峻烈《しゅんれつ》な三田の言葉を黙って聞くしかなかった。

林や伊藤とすでに連絡を取っていて、太田処分に関し一定の合意に達していると も考えられる。

「片山君に器量があれば、もっとなんとかなったんだろうが」

三田がソファに背を凭《もた》せて、つぶやくようにつづけた。

「檜垣がファミリーの意を体《たい》して、太田に眼《め》をつけ、あばき出したとは思いたくないが、その可能性も否定できない。太田と檜垣の関係がよくなかったと言うが、個人的な怨嗟《えんさ》だけで、そこまでやるだろうか」

「檜垣君は、本件を副社長の耳に入れてるでしょうか」

「わからんが、ありうるだろう」

「そうなると、常務会で問題になるんでしょうか」

「こんなことが常務会の議題になるはずがない。しかし、会長にも報告しておく必要があるな。副社長が話しているにしろいないにしろ、片山君なり林君から報告しなければいかん」

眼のつりあがった険しい三田の横顔に接して広岡は言いよどんだが、ここはひるんでいられなかった。

「太田の功績は、群を抜いてます。その点は斟酌《しんしゃく》されて然《しか》るべきじゃないでしょうか」

「太田は、たしかに仕事はできる。しかし、部下の使いかたがなっちゃないのと違うか。なんでもかんでもひとりで抱えて、ひとりでやらなければ気がすまないそうじゃないか」

「そんなことはないと思いますが……」

「案外檜垣あたりに知恵をつけられてるのかもしれないが、いつだったか副社長がわたしにこんなことを言ったことがある。仕事ができるから、管理能力があるということにはならんだろう。一匹狼《いっぴきおおかみ》的な体質の太田を部長昇格させていいのか、と。会長からも社長からも異論はなかったのに、まさか、副社長から、×印をつけられるとは思わなかったので、あのときはちょっとびっくりしたよ。しかし、太田を部長に推したのは、片山君だからねぇ。片山君は太田のことをいちばんよく知ってるはずなんだし、会社に対する貢献度は、きみも強調してるように抜群だから……」

三田は、煙草を灰皿に捨ててから言葉をつないだ。

「こうなってくると、副社長のほうに見る眼があったということになるな。片山君は立場をなくして、ちょっと気の毒なことになった」

広岡は小首をかしげた。

太田は、きのう片山常務は頼りにならないようなことを言っていた。

三田も、片山に器量があれば——と言った限りにおいて矛盾はないが、小林副社長の反対を承知で、片山が太田の部長昇格を推したとすれば、太田にとって片山は頼りになる存在のはずだし、片山を頼らない手はないように思えてくる。

おそらく経理部は太田の一件をまだ片山に報告していないと考えられるが、いまからでも太田は片山に泣きつくべきではないのか。

太田が直属の部下だけに、片山の立場は微妙だが、この際、太田と心中するくらいの覚悟で片山には徹底的に太田を擁護してもらいたいものだ——。ここまで考えて、広岡はどきっとした。

もしや、太田と片山は一脈通じているのではないか、と思いをめぐらしたのだ。それこそ、二人は同じ穴のムジナなのかもしれない。太田の交際費がウラ金をつくるほどにとめどなく拡大していったのは、片山が黙認していたから可能だったはずである。

太田が片山を「小林ファミリーのほうばかり向いて頼りにならない」と、けなしたのは、いくらなんでもアクセントが過ぎる。太田のウラ金づくりに片山が関与していたと考えるほうが自然ではないか——。

しかし、考え過ぎかもしれない。広岡は頭が混乱してきた。

「常務は、片山常務から、太田のことでなにか聞いてますか」

「いや、なにも聞いてない。きみの話も寝耳に水だ」

「経理部長は片山常務に報告してないんでしょうか」

「興信所の結果を待っていたのかもしれないが、よくわからん。しかし、林君が聞いてたとなると、すっきりせんなあ」

三田は渋面を窓外へ向けた。

すっきりしないのは三田自身とも取れる。

総務担当常務の林が報告を受けているのに人事担当常務の三田が初耳では釈然としないのも無理はない。

「方法論はともかく、会社のためにやったことですし、また太田が会社に膨大な利益をもたらしたことも事実なんですから、懲戒解雇は免れない、という常務のおっしゃりかたは、納得できません」

「ま、杓子定規《しゃくしじょうぎ》にやればそうなるということで、もう少し、実態がわからないとなんとも言えんがね。こんなところで気を揉《も》んでも始まらんが、とにかく、広岡の意見は意見として承《うけたまわ》っておくし、きみが友達のために一生懸命になっていることも覚えておくよ」

「よろしくお願いします」

広岡は、前方シートにひたいがぶつかるほど低く頭を下げた。

2

九時ちょうどに第二財務部長席の電話が鳴った。太田は在席していた。

「総務部長の伊藤だが、本日も含めて今週のスケジュールをすべてキャンセルしたまえ。きょうは必ず席にいるように。じゃああとで」

電話は数秒で切れた。

十一時前、太田に片山から呼び出しがかかった。

太田がおっとり刀で常務の個室に駆けつけノックするなりドアが内側に引かれ、片山の顔が覗《のぞ》いた。

太田はドアを閉めて、黙って頭を垂れた。

片山がソファのほうへ顎《あご》をしゃくった。

「失礼します」

「うん」

片山は長身で端正な面立《おもだ》ちだが、その顔がひきつれたようにこわばっている。

「えらいことになったな。伊藤と吉田がいままでここで話していたが、午後からきみを査問するそうだ」

「……」

「興信所を使うとはふざけた話だが、きみもちょっとやり過ぎたね。興信所の報告書は、急がせてあす中に取り寄せるそうだが、けさ伊藤が電話でおおよその話を聞いたと言っていた。どうにも庇《かば》いようがないよねぇ。青山のマンションに女を囲っているのはまずかったぞ」

片山は、メタルフレームの眼鏡を外して、センターテーブルに置いた。

ハンカチでひたいに滲《にじ》んだ汗をぬぐいながら片山が話をつづけた。

「わたしは、マンションの話は聞いていなかったからショックだったよ。ウラ金のことは銀座のクラブのママとよろしくやってるという話だけじゃなかったのかね」

「すべてわたしの責任です。常務に累《るい》が及ぶようなことは絶対にありません」

「当たり前だよ。わたしにはなんの関係もない。そんな証拠もないしね」

突き放すように言われて、太田の表情が変化した。

「口が裂けても、片山のカの字も出しませんよ」

皮肉っぽい太田の口調に、片山は一瞬厭《いや》な顔をしたが、すぐにつくり笑いを浮かべ右手の小指を立てて言った。

「青山のコレ、いい女らしいねぇ。永いのか」

「いや。カラ伝票とはなんの関係もないんです」

「ふーん。わたしがヘタに庇い立てしてもなんだから、きょうは一切口出ししなかった」

ヘタに庇い立てするとなんだから、とはどういう意味なのか、はっきり言ってほしい。太田は癇《かん》にさわった。

ノックの音が聞こえ、片山付の女性秘書が緑茶を運んで来た。

センターテーブルに湯呑《ゆの》みを並べたあとで秘書が片山のほうをうかがった。

「お食事はどうなさいますか」

「そうだな。蕎麦《そば》でも取ってもらおうか。きみは、なにがいい」

太田はかぶりを振った。

「そう言わずにつきあえよ。じゃあ、天ぷら蕎麦でも頼む」

「かしこまりました」

退室しようとする秘書に目礼を返しながら片山が言った。

「午前中の会議と来客をキャンセルしたから、時間はたっぷりある。なんなら伊藤たちを待たせて、午後も二人で話してたっていいんだ」

「……」

片山は眼鏡をかけ直して、太田を鋭くとらえた。

「きのう、人事部の広岡と一緒に林常務の家に行ったのはどういうわけなんだい」

「広岡から勧められたんです……」

　太田の長い話を片山は、ソファに寝そべるような姿勢で聞いていた。

「広岡から、ウラ金の使途を明かせと迫られました。会社のためのウラ金づくりであることを裏付けるべきだという意見です。証券会社など金融機関の四、五人を特定するぐらいはいいんじゃないかと思ってるんですが、常務のご意見はいかがでしょうか」

　片山は、しばらく眼をつぶって返事をしなかったが、ゆっくりと上体を起こした。

「きみがかれらにキャッシュをつかませたことも事実だが、名前は出さんほうがいいな。伊藤も吉田も眼の色変えて検事みたいな気分になってるから、どこでどんなふうにねじ曲って、かれらに迷惑をかけるかわかったもんじゃないからねぇ。ここは、黙秘権の行使あるのみだろう」

「そうでしょうか。相手の名前を出しても、いっこうに構わんのじゃないですか。会社のためばかりではないにしろ、そのウエートのほうが遥《はる》かに大きいんですから。それに、いくらエキセントリックな連中でも、相手の立場をわきまえないほど莫迦《ばか》じゃないでしょう」

　広岡の顔を眼に浮かべながら、太田はねばった。そうでなければ、あまりにもみじめである。

片山は、また眼鏡を外した。思案するとき、眼鏡を外すことが多い。

「いや、違うな。万一ということもある。絶対に情報提供者に累が及ぶことがあってはならない。かれらを守るのはきみの責務だ」

絶対に累が及んではならないのは、あなた自身なのではないか。太田は肚《はら》の中でそう思った。

「わたしは、踏んだり蹴《け》ったりで、まるで浮かばれないことになりますねぇ」

「身から出た……」

片山はさすがに〝錆《さび》〟までは言わずに、厭な顔でつづけた。

「どんな結果になるにせよ、わたしがきみの骨を拾ってやるよ」

「先方の了解を取ればよろしいでしょう。とにかく一度アプローチしてみます」

「やめたほうがいいな。きみはじたばたしてはいかんのだ」

太田は、片山を睨《にら》みつけた。

「なんていう眼をするんだ。財テクのプロとして守秘義務は〝いろは〟じゃないのか」

片山は、太田を睨み返して、声高に言った。

「わかりましたよ」

太田のふてくされたような返事に、片山がまた声を励ました。

「ほんとうにわかってるのか」

「はい」

「今後のことはわたしにまかせなさい」

広岡に、片山常務はあてにならん、と言った覚えがあるが、そのとおりだ、と太田は思った。

「司直の手にゆだねることは考えられませんか」

太田の声がふるえている。

「絶対にない。それは俺が保証する。会社の体面というものがあるだろう」

「懲戒解雇はどうですか」

「どうかな。なんとも言えんが、その点はわたしも頑張《がんば》るつもりだ」

「……」

「きみに仕事をまかせたからこそ、いい結果が出てるんだ。伊藤や吉田に四の五の言われる覚えはないんだが、青山のマンションと女はまずかったなあ」

それを言われると弱い。太田は情けなさそうに顔をうつむけた。

午後一時過ぎに、太田は伊藤から社内電話で役員応接室へ呼びつけられた。

伊藤、吉田、檜垣の三人が緑茶を呑みながら、太田を待ち受けていた。

檜垣はスーツを着ていたが、伊藤と吉田はワイシャツ姿である。

三人とも暗い顔をしていた。顔をかしげて横眼で人をとらえるのが檜垣の癖で、この男の暗さはいまに始まったことではないが、伊藤は眼鏡の奥のくぼんだ眼を変にひからせているし、吉田に至っては笑うことがあるのかと思えるほど無表情だった。

太田が役員応接室に入ったとき、三人ともソファから腰を浮かせようともしなかった。

「そこへ坐《すわ》りなさい」

伊藤が手で示した個所は、肘掛《ひじか》けのない椅子《いす》だった。

太田は、むっとした顔でそれを無視して、空いているソファに腰をおろすと、伊藤は顔色を変えた。

「そこじゃない。こっちだ。おまえはそんなところに坐れる立場じゃない」

「検事のつもりですか。大きな声を出して、みっともないですよ」

太田が冷笑を浮かべて言い返すと、伊藤は静脈をひたいに浮き立たせて浴びせかけた。

「虚勢を張って減らず口をたたけるのも、いまのうちだ」

太田は、ソファから固い椅子に位置を替えた。

伊藤の目配せを受けて、檜垣が小型テープレコーダーのボタンを押した。

メモを見ながら、伊藤が質問した。

「銀座のクラブにずいぶん入れあげてるようだが、〝かつらぎ〟と〝美寿々《みすず》〟の経営者の名前を言いたまえ」

太田は返事をせず、腕と脚を組んで、床の一点を見つめていた。

「桂木美寿々《かつらぎみすず》っていうんじゃないのか」

わかっているんならわざわざ勿体《もったい》をつけて質問する必要はないだろうに、と太田は思ったが、もちろん口に出せることではなかった。

「どこに住んでるんだ」

「………」

「それも言いたくないだろうな」

「最近、三田のマンションに引っ越したようですよ」

檜垣が、伊藤のほうへ眼を遣《や》りながら、甲高《かんだか》い声を放った。

太田は、黙っていた。ちょこ才《ざい》な、と思うと口をきく気にもなれない。

伊藤がまたメモに眼を落した。

「答えたくないんなら、こっちで言おう。桂木美寿々はごく最近まで、青山パークガーデンなるマンションの七〇八号室に住んでいた。七〇八号室のオーナーは、ほかの誰でもないおまえだよ」

伊藤は、太田の胸に右手の人差し指を突きつけた。

「青山の高級マンションとはたいした資産家だな。おまけに、オーナーママのスポンサーでもあるわけだ。業界用語では、スポンサーのことをハゲと呼んでるらしいな」

伊藤はにやついた顔を吉田のほうへ向けたが、太田へ戻したときの表情は険しかった。

太田はなんとでも言ってくれ、と肚の中で毒づいていたが、しぶとく面をあげず、口をひらかなかった。

伊藤に代って、吉田が質問した。

「請求書ベースの話だが、いちばん最近では八月二十六日に〝美寿々〟へ行ったことになっている。接待客はどこの誰なの」

「………」

伊藤が、吉田を押しのけるように身を乗り出して、いら立った声で訊いた。

「それも記憶にないのか……。きのうのことなら覚えてるだろう。きのうの朝、おまえはどこにいたんだ」

それでも太田は口をつぐんでいた。喉《のど》の渇《かわ》きは限度を越えている。太田には渋茶一杯与えられていなかった。

太田が背広の裾《すそ》に近い内ポケットから煙草を取り出したとき、伊藤がぴしゃりと言い放った。

「煙草はやめてもらおう」

「煙草ぐらい喫《す》わしてもらってもいいでしょう」

伊藤は露骨に顔をしかめたが、太田が口に咥《くわ》えた煙草を取りあげるまではしなかった。

伊藤がセンターテーブルの湯吞みを手もとに引き寄せて、掌《て》でもてあそびながら訊いた。

「もう一度訊くが一昨日《おととい》の夜と昨日《きのう》の朝はどこにおったのかね。まさか昨日のことも覚えておらんということはないだろう。質問に答えなければすべてわれわれの調査を認めたことになるぞ」

「よく覚えてますが、興信所から報告があったんじゃないんですか。そういうやりかたがあなたがたの常套《じょうとう》手段とは思いませんでした」

「盗人猛々《ぬすっとたけだけ》しいぞ」

伊藤はこめかみにふたたび青筋を浮きあがらせた。

「おまえは林常務に興信所の件でねじ込んだらしいが、おかど違いも甚《はなは》だしい。興信所を使わせるような真似《まね》をしておきながら、そのことを非難する資格などおまえにはない。恥を知れ！　最近青山のマンションに囲ってる女に、代々木のスナックを経営させてるようだが、三田と青山以外にもそんな女がほかにもいるんだろうな。代々木のスナックには会社の連中も連れてってるらしいが、自分の女にやらせてる店に……おまえもいい度胸だな」

「ずいぶん杜撰《ずさん》な調査ですね」

太田は、煙草にライターで火をつけながら返した。

「広岡がうろちょろしてるらしいが、広岡はおまえと同一線上におるのかね。あいつもけっこうとっぽいからな」

吉田が話を引き取った。

「大手広告代理店の広宣社にどっぷり漬《つ》かってたようですね。女を連れてヨーロッパを大名旅行したそうじゃないですか」

伊藤が、吉田にうなずき返してから、太田に視線を移した。

「質問に答えたまえ。太田は広岡と仲がいいようだが、広岡は関与してるのか」

「まったく関係ありません。広岡がいまの話を聞いたら、名誉毀損《きそん》か誣告罪《ぶこくざい》であなたがたを訴えたでしょう。ついでに教えてあげますが、広岡は奥さんとヨーロッパへ旅行したことはありますが、女連れで欧米旅行なんていい加減なことは言わんほうがいいですよ」

伊藤が吐き捨てるような口調でやり返した。

「鼻糞《はなくそ》が目糞《めくそ》を庇《かば》ったところで始まらんよ」

「総務部長、広岡さんのことはともかく、もう少し事実関係の確認をしたらどうですか」

檜垣が言うと、伊藤はじろっと檜垣を横眼でとらえた。

「きょうはこのぐらいにしておこうか。興信所の報告書も届いてないことだし……」

吉田が太田のほうへ躰《からだ》ごと向き直った。

「きみは、〝かつらぎ〟〝美寿々〟〝ながさわ〟の三店についての特殊な関係を認めるかね」

「〝ながさわ〟は違います。〝かつらぎ〟と〝美寿々〟ではウラ金をつくりました」

「そう。そのウラ金はすべて個人的に費消したんだね」

「違います」

「しかし、その使途について言えんのじゃ、われわれはそう解釈せざるを得ないねえ」

「もう少し考えさせてください」

「きみの交際費の使いっぷりは、会長、社長並みに、もの凄《すご》いが、いくら会社に儲《もう》けさせてるといっても限度を越えている。こんなことをいままでチェックできなかった体制にも問題がある。経理部長として恥ずかしいよ」

吉田と太田のやりとりをしかめっ面《つら》で聞いていた伊藤が、時計を見ながら太田に言った。

「あしたも必ず席におるようにしたまえ。それから、退社も、わたしの指示に従うように。これは林常務と片山常務の了解事項でもある」

3

七時五分前に、第二財務部長席の電話が鳴った。

「太田です」

「伊藤だが帰っていいよ。帰るところはいろいろあるんだろうが、老婆《ろうば》心《しん》ながらあえて言わせてもらえば、まっすぐ自宅へ帰るほうが無難だな。じゃあ」

太田は、受話器を叩《たた》きつけるように戻した。

ふざけた野郎だ！　どこまで俺を莫迦にすればいいのか――。太田は歯ぎしりが出そうだった。

太田は、会社を出るなり〝ながさわ〟に向かった。酒でも飲まなければ、おさまらない気持ちだった。

〝ながさわ〟は、休業していた。

〝まことに勝手ながら、当分の間休業させて戴《いただ》きます　店主敬白〟

俺に断りなしに、ふざけてやがる、と太田はカッと頭に血をのぼらせながら貼《は》り紙《がみ》を引き裂いた。

そうか、いま頃《ごろ》マンションで俺の連絡を待っているに違いない。太田は気を取り直し、青山までタクシーを飛ばした。

ブザーを押しても応答はなかった。

太田は胸騒ぎを覚えながら、ズボンのポケットからキイホルダーを取り出した。

蛻《もぬけ》のからだった。もっとも、太田が買い与えたソファやサイドボードなどの家具類や電化製品は、そのまま残してあった。

太田は、クーラーを入れ、背広を脱ぎネクタイを外して、そのへんに放《ほう》り投げた。

ダイニングルームの食卓の上に、封書が置いてあった。上書きに「太田哲夫様」とあり、裏を返すと「長沢純子」と認《したた》められてあった。

封はしてなかった。

永い間、よくしていただいて有難うございました。太田さんには御迷惑ばかりおかけして本当に申し訳ございません。

これ以上、貴方《あなた》に御迷惑をおかけするのは忍びないので、ひとまず母のところへ身を寄せることに致します。

〝ながさわ〟は近日中に処分するつもりです。もうお会いすることもございませんでしょう。わがままをおゆるしくださいませ。

追伸　広岡様によろしくお伝えください。

便箋《びんせん》一枚の走り書きだった。

太田は、それを両手でもみしだくように丸め込んで、床にたたきつけた。

無性に腹立たしかった。

太田はごく短時間でチーズとピーナッツを肴《さかな》に、ビール一本とウイスキーのボトルを半分ほどあけた。

「ふざけやがって、ふざけやがって」

太田は何度つぶやいたかわからない。

ふと、広岡の顔が頭をよぎった。太田はダイニングルームからリビングルームへ移って、どすんとソファに坐り込んだ。

サイドテーブルのプッシュホンを膝《ひざ》の上に乗せて、ワイシャツのポケットからアドレスを出し、ハ行をひらいて広岡修平を引き出すと、電話番号の数字が滲《にじ》んで見えた。

太田は手の甲でこすった眼を懸命に凝《こ》らした。

広岡が太田から電話を受けたのは、その夜九時二十分過ぎだった。子供たちがテレビを見ていたので、広岡はリビングルームからベッドルームへ電話を切り替えた。

「いま帰ったのか。きみの家にさっき電話をかけたばかりだが、奥さん、いつもと変らない感じだったから、多少は安心したんだが……」

「あいつは極楽《ごくらく》とんぼで、亭主のことなんか心配するようなやつじゃないよ」

「あんなに素敵な奥さんに、なんてことを言うんだ。いま、どこにいるの」

「青山のマンションだよ。純子まで、俺を見限りやがった。おふくろのところへ引っ越したそうだ。走り書きに広岡によろしくと書いてあったが、おまえ、純子のおふくろの電話聞いてないか」

太田は、いくぶん怪しげな呂律《ろれつ》でつづけた。

「引っ越し先も電話も書いてないが、広岡にはなんか言ってたんじゃないのか」

受話器を握りしめている掌《て》が汗でべとついている。広岡は受話器を左手に持ち替えた。

「聞いていないな。莫迦に急だねぇ」

純子は、マンションを出て母親と娘と一緒に住みたいと言っていたが、それにしてもきのうのきょうである。思いきりのよさに舌を巻かざるを得ない。しかし、そのことを太田に明かす必要はない、と広岡は思った。

「人の気も知らないで、純子も勝手なやつだよ」

「そうかな。僕には長沢さんの気持ちがわかるような気がするな。自分の存在がいまの太田にとって迷惑を及ぼすに相違ないと考えたからこそ、出て行ったんだろう。興信所に写真を撮られたことをひどく気にしてたからなあ」

「それにしたって、黙って出て行く法はないだろう」

「………」

「もしもし、おい、聞いてるのか」

「そんな大きな声を出さなくても聞こえるよ」

「あいつ、〝ながさわ〟もたたんじまいやがった」

「ふーん」

広岡は思わずうなり声を発していた。

太田はなぜ〝ながさわ〟に行ってみないのだろう、と疑問に思っていたのだが、純子がそこまで徹底するとは、どう解釈したらいいのだろうか。

ふいに広岡は切ないような、やるせないような思いにとらわれた。

広岡は、気持ちを必死に切り替えた。

「長沢さんのことはともかくとして、きょうの会社の様子はどうだったの。心配してたんだが……」

「会社なんて、どうだっていいじゃねえか」

太田は投げやりに返してきた。

「そうはいかない。それこそ、人の気も知らないで、と言いたいな」

「そう絡《から》むなよ」

「絡んでるんじゃない。心配してるんだ。総務部長と話したんだろう」

「伊藤にも、吉田にも檜垣にも会ったよ。あいつら、なに様のつもりなんだ。検事かなんかのつもりでいやがる。ふざけやがって」

激昂《げっこう》した太田をなだめるように、広岡は声をひそめた。

「青山のマンションと長沢さんのことは、やっぱり気になるな。僕は知らなかったが、社員の女がらみのスキャンダルに会長がナーバスなのは、会長夫人がそのことをひどく気にするかららしいよ。僕自身、女連れで欧州旅行をしたと見做《みな》されて、あやうく降格されそうになったが、会長よりも会長夫人が女性問題だけは絶対にゆるさんそうだ。異常潔癖症なんだね。人事部の課長から聞いた話だが、その男はファミリーのはじっこのほうに繋《つな》がってるから、まあ信憑性《しんぴょうせい》は高いんじゃないかな」

「ああ、河野《こうの》だな」

「そんなところだ」

河野健夫《たけお》は、会長夫人の親戚《しんせき》筋に当たるが、広岡は酒の席で、河野からそんな話を聞いたことがあった。

「だから、よけい長沢さんのことは気になるんだ」

「しかし、写真誌じゃないが、ばっちり撮られちゃったんだから、もう逃げられんよ」

「なんとか理屈を考えようじゃないの。いま思いついたんだが、おとといの夜、マンションでマージャンをやってたことにしたらどうだ」

「マージャンは四人でするんだぞ」

太田の声が低くなった。

「あと一人は、長沢さんの友達でも、きみの部下でもいいじゃないか。部下に適当なのはいないのか。きみのために、ひと肌《はだ》脱ぐのは……」

「そんな気の利《き》いたのは一人もいないな。でくのぼうばっかりだ」

「社員で証言する者が僕一人では弱いけど、ま、いいだろう。まてよ、本多はどうかな」

「あいつには頼みにくいな。純子のことで俺を恨んでるし……」

「それはそれ、これはこれだ。本多はそんなに根に持つような男じゃないよ」

「でもアルバイトの女の子を二人、〝ながさわ〟から引きあげさせたんだぜ」

「いや、俺が頼んでやる。本多は気のいいやつだから、受けてくれるよ。ちょっと恥を晒《さら》すことになるが、そのくらいは我慢しなくちゃあな。長沢さんは実際問題として、三人共通の知人であることはたしかなんだから……」

広岡は、純子と一夜を過ごしたMホテルのベッドルームをはっきりと頭に浮かべていた。罪ほろぼしにこの程度のことはしてもよいはずだ――。

「しかし、それにしちゃあ、純子がバタバタし過ぎないか。夜逃げまでした上に〝ながさわ〟まで閉めちゃったんだぜ」

「夜逃げはないだろう。マンションを引き払ったのは賢明だと思うな」

「純子のほうはそれでいいとして〝かつらぎ〟と〝美寿々〟のママのことはどう説明すればいいのかなあ。会社は、このマンションに桂木美寿々が住んでたことを調べあげてるんだぜ」

「家賃はもらってなかったの？」

「実質的にはもらってたことになるんだろうな」

「それなら、女を囲ってたわけではないと強弁してもいいんじゃないの。だいいち、それは事実なんだろう?」

「うん。あの女とは、初めのうちちょっとあっただけだ。家主《やぬし》と店子《たなこ》の関係で押し切れるかもしれない」

話が途切れた。

広岡は受話器を持ち替えてから「もしもし……」と呼びかけた。

「純子と連絡取れないかなあ。〝ながさわ〟をたたんじゃうのは不自然だと思うんだ」

「僕に心当たりがないでもない」

「なんだって」

咎《とが》めるように、太田は声高に返してきた。

「そういきりたつな。道玄坂の〝おこう〟に訊けば、長沢さんのお母さんのところがわかるんじゃないかと思ったんだ」

「なるほど。〝おこう〟の電話を教えてくれ」

「駄目《だめ》だ。きみはじたばたせずに静かにしていろ。せめてほとぼりが冷めるまではね」

広岡は、純子のことは諦《あきら》めろ、と言いたかったが、そこまで言うのは僭越《せんえつ》であり、野暮というものだ。というより太田への嫉妬心《しっとしん》がわれながら見えすいていた。

「ここは僕にまかせてもらおう。とにかくマンションに女を囲っていることだけは否認しようじゃないの。本多と僕とで証言すれば、なんとか切り抜けられると思うよ。ところでウラ金の使途について、総務部長に話したのか」

「そんなこと迂闊《うかつ》に話せるか」

「どうして」

「片山常務に釘《くぎ》を差されたんだよ。骨を拾ってくれるそうだから、俺がすべてを背負《しょ》い込まなくちゃ、しょうがねえよ」

「それは違う。太田は考え違いをしてるぞ。片山常務もおかしいな」

「その点は考えさせてくれ。純子と連絡がついたら、すぐ電話をくれないか。これからタクシーを飛ばして家に帰るから。じゃあ、よろしく頼むな」

電話は一方的に切れた。

広岡は〝おこう〟に電話をかけた。

女将《おかみ》を呼び出して、純子に連絡したい、と伝えると、口止めされているのか、聞いていない、とつれない返事であった。

「大変重要な話があるんです。お手数ですが大至急、純子さんに連絡を取っていただけませんか。広岡が電話をお待ちしているとお伝えいただければありがたいのですが……。純子さんはわたしの家の電話番号をご存じと思いますが、念のために申し上げます……」

広岡は、電話番号を伝えて、「できれば今夜中に連絡を取りたいのですが、くれぐれもよろしくお願いします」と言って、電話の前で何度もお辞儀をした。

こんなことなら、純子が独立した後も〝おこう〟に一度くらい顔を出しておくんだった――。

本多の家に電話を入れると、案の定、まだ帰宅していなかった。遅い時間でもいいから、と本多夫人にことづけて、広岡はベッドにころがった。

階下から話し声が聞こえるが、純子の電話をひとりで待ちたい心境だった。

広岡は、その確率は高い、と踏んでいたが、二十分ほどで電話が鳴った。

「はい、広岡です」

「長沢ですが、いま〝おこう〟のママから電話を……」

「ありがとう。お待ちしてたんです。さっき太田と電話で長話をしたんですが、きょうは大変でしたね」

広岡は、土曜日の夜から日曜日の朝までマージャンをやってたことにしたいと話し、その理由も説明した。そして、あしたから〝ながさわ〟を続けてほしい、それは太田のためにもなると思う、とつけ加えた。

「太田さんは、広岡さんのようなかたをお友達に持って幸せですね。きのうの朝、思い切って広岡さんに電話をした甲斐《かい》がありました」

純子は、しめった声でつづけた。

「こんなにしていただいたんですから、太田さん、会社で大丈夫でしょうね。わたしのために会社を辞めるようなことになったら、わたしほんとうにどうしていいかわかりません」

「それは、一〇〇パーセントあり得ません。太田が万一、会社を辞めざるを得ないようなことになったとしても、それは、あなたとはなんの関係もないと思いますよ」

「………」

「マージャンのアイデアは、われながら悪くないと思います。秀逸と言ってもいいんじゃないかなあ」

広岡が明るい声で返したとき、いきなりドアがあいた。電話に夢中でノックの音を聞き洩《も》らしたらしい。

亜希子だった。

広岡がよそゆきの声でつづけた。

「これから本多とも連絡を取りますが、きっとうまくいくと思います。いずれにしましても、結果は連絡させていただきます。お電話ありがとうございました」

広岡は、話したいことが山ほどありそうな気がしたが、ドアの前に亜希子が頑張《がんば》っているので、仕方なく電話を切った。

連絡先を訊きはぐったが、純子が〝ながさわ〟の継続を約束したので、問題はなかった。

「お仕事ですか。もう一時間も経《た》ってますよ」

「うん。日曜からの続きなんだ」

「まりちゃんが、あなたと話したいんですって。テニスで、いつも負けてばかりいる人に初めて勝ったとかで、ご機嫌《きげん》なんです」

「わかった。ブランデー・ミルクでもつきあうか。いくらなんでも、あれは邪道だと思うが、たまにはいいだろう」

広岡は、電話を切り替えて、亜希子のあとから階下へ降りて行った。

時刻は、十時半を過ぎたところだ。

ブランデー・ミルクを飲みながら雑談しているところへ、電話がかかった。

亜希子が電話に出ようとするのを広岡が制した。

「本多だろう。僕が出ようか」

やはり本多だった。

「あなた、また秘密の電話ですか」

亜希子に皮肉られたが、ベッドルームへ切り替えないわけにはいかなかった。

「そんな言いかたをするもんじゃありませんよ。殿がたには、女にわからない難しい問題がたくさんあるんですよ」

まり子にたしなめられて、亜希子は肩をすくめた。

「失礼した。電話を切り替えたんだ。さっそくだが、太田のことで折り入って相談したいことがあるんだ……」

どんなに要領よく話しても五分や十分では意を尽くせない。

広岡は、かいつまんで太田の一件を話したつもりだが、それでも、十五分ほど経ってしまった。

「忌憚《きたん》なく言わせてもらえば、自業自得《じごう》ってやつだし、いい気味だっていう気もするし、できたらかかわりたくないが、広岡に頭を下げられちゃあ厭《いや》とは言えねえよなあ。俺はとんだ三枚目を演じさせられて、その上おまけまでついて、あの野郎うまいことやりやがって、とんでもねえ野郎だぜ」

酒気を帯びた本多の声は乱暴だったが、厭味な感じはなかった。

「女の問題はお互い気をつけなければ、いけないよねぇ。会長夫人の指令があったかどうかまではわからないが、ファミリーが眼を光らせてるらしいから、本多も注意したほうがいいぞ。きみは、銀座の女にもてるって話だからな」

「おどかすなよ」

「とにかくよろしく頼む。僕は、マージャンのことを三田常務と林常務に話すが、総務部長が必ずウラを取りにいくはずだから、口裏を合せてくれればいいんだ」

「〝かつらぎ〟とかいう店のことはどうするんだ」

「なにも知らなかった、でいいじゃないの。事実知らなかったんだから」

「なんだか間尺《ましやく》に合わない話だなあ」

「そんなことはないだろう。ひと助けだと思って、頼まれてくれよ」

「よし、わかった。太田なんてどうでもいいと思うけど、純ちゃんが可哀想《かわいそう》だよな」

本多の最後のひとことは、広岡の胸にずんと滲《し》みた。

広岡がリビングルームへ降りて行くと、まり子も子供たちも自室へ引き取ったあとで、亜希子がぼんやりテレビを見ていた。

亜希子がテレビを消しながら、ソファの広岡に並びかけた。

「太田さん、どうなんですか」

広岡は眉《まゆ》をひそめた。

「交際費を使い過ぎたとか、あなた言ってませんでした」

広岡は、亜希子にそんな話をしたことを思い出して、よけいなことを訊くな、と言わなくてよかったと思った。

「なんとかなるだろう。太田は会社のためにフライングしたようなものだからな」

「そのために、あなたは日曜日を犠牲にしたんですものねぇ。今夜の電話にしても、大変なエネルギーだわ」

「たいしたことをしてるわけじゃないよ。そんな恩着せがましいことを言えた義理ではない。友達として、当然のことをしてるまでだよ」

「太田さんは部長に昇格されたんでしょう」

「正直なところ、僕は人事に恬淡《てんたん》としていられるほど人間はできていないが、あんまりがつがつしないことにしたんだ。降格されなかっただけでも、めっけものと考えるべきだし、課長待遇で止まったままなのも同期入社組の中にけっこういるからねぇ」

「わたしとヨーロッパを旅行したことが考課にひびいてるんじゃないんですか」

「そんな気にするなよ」

広岡がうるさそうに返したとき、サイドボードの上で電話が鳴った。

広岡が起《た》ちあがろうとしたとき、電話機に近い亜希子が手を伸ばして受話器を取った。

太田に違いない。気まずい思いをするんじゃないか、と広岡は気遣《きづか》った。

「はい。広岡でございます……。こんばんは、いいえ、起きておりました……」

電話に向かうと亜希子は、不思議にきれいな声になる。

「はい、お陰さまで元気にしております……。申し遅れました。お偉くなられたそうで、お祝いも申し上げず失礼致しまして……」

広岡は、亜希子から受話器をひったくった。

「広岡です」

「おお、さっきはどうも……」

本多の声だった。

「なんだ、きみか」

「奥さん、相変らず容色衰えないんだろうな。声もうぐいすみたいにいい声してるぜ」

「そんなことより、どうしたんだ」

「あっそうそう。おい、まずいよ。俺は、おとといの土曜日は、渡辺《わたなべ》常務とゴルフで一緒だぜ」

渡辺康夫《やすお》は、国内営業担当で、本多の上司である。

「それがどうしたんだ。夜中までゴルフやってたわけじゃないだろう」

「まあ、そうだけど……」

「何時にコースを出たの」

「六時ごろだった」

「それなら問題ないじゃないの。きみ、酔っぱらってるな。しっかりしろよ」

「そうか、遅い時間にマージャンを始めたことにすればいいのか。ただ、渡辺常務にマージャンのことを話してなかったのはおかしくないか」

「ないね。プライベートなことにいちいちおうかがいを立てるやつがいるか」

「そうだな」

「じゃあ、よろしくたのむよ」

「うん」

頼りない返事だった。

本多との電話を切って、広岡はすぐに太田の家に電話をかけた。

一回の呼び出し音でつながった。

「太田です」

「広岡ですが……」

「いま、こっちからかけようかと思ってたんだ。純子つかまえられたか」

「うん。店の継続についてはＯＫだ。土曜日の件も本多を含めてＯＫだから、そのつもりでやってくれ。ウラ金の使途も僕の言うとおりにしたほうがいいと思うな」

「そうかなあ。もう少し考えさせてくれよ」

「いまやそんな悠長《ゆうちょう》なことを言ってられる場合じゃないぞ」

「うん」

太田は生返事をして、つづけた。

「純子の電話を教えてくれないか」

「聞いてない」

広岡はそっけなく返した。

太田と電話が終ったのは、午前零時に近かった。

亜希子が生あくびをしながら、まだ頑張っている。

広岡は、歯を磨《みが》きにかかった。

洗面所の鏡に写った顔と向かい合いながら、純子が絡《から》んでなかったらどうしてたろう、こんなに張り切ってやっていただろうか、と考えていた。

4

九月十三日火曜日。午前九時から午後六時まで、太田は、伊藤、吉田、檜垣の三人から絞りあげられた。

午前中は、過去の五年間に太田が切った交際費とハイヤーの伝票に基づいて、査問が進められた。

太田が、〝かつらぎ〟と〝美寿々〟でつくったウラ金は約三千三百万円に及んだ。

太田は、課長時代から会社の資産運用で凄腕《すごうで》を見せていたが、課長、部長代理、副部長、部長を通じて、一貫しているのは、部下と酒席を共にすることがきわめて少なかった点である。

この点が、伊藤たちの疑惑を増幅させ、疑い出したらきりがないほど、限りなく黒に近い灰色だと指摘されたゆえんである。

「財務担当常務の特命というか、秘密を要する仕事が多かったんだから、部下が入っていない宴席が多くなるのは当然じゃないですか。宴会とハイヤーの伝票が一致しないなんて、重箱のスミをほじくるようなことよりも、この五年間に、わたしがいくら会社に儲《もう》けさせたか洗い直してくださいよ」

太田は、ひらきなおってみせたが、ウラ金の使途については、黙秘権を行使するしかなかった。

昼食を挟《はさ》んで午後一時からは、興信所の調査報告に基づく査問である。

「〝ながさわ〟の経営者、長沢純子三十八歳は、調査報告によれば愛人とあるが、そういうことだな」

「冗談でしょう。単に、マンションの賃貸者に過ぎませんよ」

太田はうそぶくように伊藤に返したが、胸がざわついていた。

「そら通らんぜ。ここに動かぬ証拠がある」

伊藤は週刊誌大の大きなモノクロ写真をひらひらさせながら、つづけた。

「ハイヤーの前に立っている男と女は誰なんだ。これを合成写真とでも言うのか」

「わたしと〝ながさわ〟のママですよ。おととい日曜日の朝、盗み撮りしたんでしょう。それが、なんだっていうんですか」

「この期《ご》に及んでもシラを切るのか。女のマンションからの朝帰りの写真を突きつけられて、マンションの賃貸人はないだろう」

吉田はにやつきながら、伊藤のほうをうかがった。

檜垣が甲高《かんだか》い声で引き取った。

「マンションに同居して、二か月ほどになるみたいですね。太田さんと男女関係が生じたのはそれからと見ても、二か月も続いてればやっぱり愛人と言えるんじゃないですか」

「きみ、言葉を慎しめよ。同居とはなんだ。俺はあのマンションに泊まったのは、わずか一日だけだ。いや、前夜からマージャンをやっていて、徹夜になったから、泊まったということにはならんかもしれない。〝ながさわ〟は人事本部の広岡から紹介してもらったが、ママの長沢純子は広岡と本多と俺の共通の知人だよ。おととい日曜日の朝、俺は早く帰ったが、広岡と本多は昼近くまでマンションで仮眠を取ってから帰ったはずだ。そんなことも調べられないで、よく興信所が務まるな。下《げ》種《す》の勘《かん》繰《ぐ》りもいい加減にしてくれよ」

「泥棒《どろぼう》が検事に説教たれてれば世話はないですね」

檜垣は皮肉たっぷりに返しながら、伊藤の顔をうかがった。

伊藤の目配せを受けて、檜垣が黙って席を立った。

「広岡、本多とマージャンをやっていたのが事実として、そのときの飲み食いも〝かつらぎ〟か〝美寿々〟のツケにするっていう魂胆か。なんでもかんでも会社に請求書を回すという寸法だな」

太田は、伊藤を睨《にら》みつけた。

「〝かつらぎ〟〝美寿々〟と長沢純子は一切関係ありません。彼女は興信所なんかに追い回されて厭けが差し、きのうマンションを引き払いましたよ」

伊藤がふんと鼻で笑いながら返した。

「それも下種の勘繰りと言いたいようだな」

吉田が咳払《せきばら》いを一つして、表情をひきしめた。

「きみは青山の高級マンションのオーナーらしいが、時価二億円は下らん高級マンションをどうやって手に入れたんだ」

「なんだか税務署の査察を受けてるみたいですな」

太田は煙草に火をつけながらつづけた。

「買ったときは六千万円です。わたしも個人的に多少は株をいじってますから……」

「それこそ税務署対策が大変だったろう。不動産の所有権が移転したときに、いちばん税務署が眼を光らせるそうだからな。株の売買についても所得税法違反で告発されるようなことはないだろうね。〝かつらぎ〟等でせしめたウラ金をマンション購入資金に当ててるんだろう」

伊藤が、報告書をぱらぱらやりながら言った。

太田が、煙草の煙を口と鼻から吐き出した。

「マンションの購入に不正はありません。なんなら税務署で調べてください。いや、莫迦莫迦《ばかばか》しいが、資金の裏付けをすべて話してもいいですよ」

吉田が暗い眼で太田を見た。

「きみが株の売買で何千万円儲けたか知らないが、それにしてはよくもわずか三千万円ぐらいのカネをちょろまかす気になれたねぇ。あさましいというか、あざといというか、わたしにはどうにも理解できん莫迦げたことだ」

太田は十秒ほど煙草をすぱすぱやっていたが、煙草を灰皿に始末して言った。

「なんと言われようと、ウラ金の使途は、口が裂けても言えません。強《し》いて言えば、身銭《みぜに》を切れるほど度量がなかったんでしょうなあ」


檜垣が十二階の人事本部にあらわれたとき、広岡は席を外していた。

午後三時を回った頃だが、面会を求めていた三田に呼ばれていたのだ。

檜垣は、三階の国内営業本部の大部屋へ回った。

本多は在席していた。電話で話しているところへ檜垣が無遠慮にデスクの前に立ったのだ。

本多は、ちょっと厭な顔をして、椅子《いす》を回して檜垣に背中を向けた。

電話は三十秒足らずで終った。

「一、二分で済みますから」

檜垣は、デスクに両手を突いて顔をかしげながら、狎《な》れ狎《な》れしく躰《からだ》を寄せてきた。

本多は上体をのけぞらせた。

「なんだい」

「太田第二財務部長のことでちょっと」

「太田がどうしたの」

「土曜日、徹夜マージャンだったそうですね」

「うん。広岡も一緒だった」

「〝ながさわ〟のママと太田さんはねんごろなんでしょう」

「ねんごろって男女関係があるかないかってことか」

「ええ、まあ」

「だったら、ねんごろじゃないだろうな。いくら太田が図々《ずうずう》しくても、俺たちをマージャンに誘ったりせんだろう。だいいち、あの女は太田なんかには勿体《もったい》ないよ」

「………」

「ところで太田がどうしたんだ」

本多はそらとぼけた。

「ご存じないんですか」

「知らんねぇ」

「広岡さんはご存じのようですよ。日曜日に林常務のお宅に二人で話しに来たそうですから」

「ふうん。あとで広岡から取材するよ」

「お邪魔しました」

檜垣は、念のため人事本部へ回ったが、まだ広岡は戻っていなかった。

広岡は、ずっと三田と話し込んでいたのである。

「青山の高級マンションに女を囲っている、という話が事実に反するとなると、会長の心証はずいぶん違ってくるかもしれんが、きみは必要以上に太田を庇《かば》い過ぎてることとはないのか」

三田は広岡を凝視した。

広岡はつい伏眼になりがちだった。

「ないと思います」

「きのうの朝はそんなことは言ってなかったな。きょうになって、急に……。ちょっとおかしくないか」

「申し訳ありません。友達甲斐《がい》のないことをして太田に済まないと思ってます。林常務に同じ穴のムジナか、と言われたことを気にしていたのかもしれません。それで三田常務にも林常務にもマージャンのことを話せなかったのです」

「同じ穴のムジナ？」

「わたしが太田のウラ金づくりに関与していたんじゃないか、という意味だと思います」

「そら、林君もずいぶん失礼なことを言ったもんだな」

「家内と旅行した件で、前科一犯ですから……」

「そんなことより、林君は、きみが莫迦に太田を庇うから皮肉のつもりで言ったんだろう」

「太田には、結婚式で司会をやってもらってます。親友なんですよ」

三田が再び煙草を咥《くわ》えた。

「太田はそんなに庇い甲斐のある男か」

「基本的には会社のためにダーティビジネスをやらされた、ということなんじゃないでしょうか。仕事もできる男ですし……」

「広告代理店に乗せられて、海外旅行をしたなどという話とは次元が違うだろう」

三田はにやっと眼もとをゆるめた。

広岡は返事のしようがなかった。

三田が皮肉まじりに言った。

「土曜日に徹夜マージャンをやったり、日曜日に林君の家を訪ねたり、そして月曜日の朝は私の家にまであらわれる始末だ。ひとのためにそれだけ夢中になれるのは大変なことだよ。きみの気持ちはわかった。あんまり無理をして躰をこわさんようにしてくれ」

広岡は胸中を見すかされてるような気がした。

長沢純子の顔を眼に浮かべながら、広岡は三田のもとを辞した。

5

九月十四日水曜日、午前十一時二十分過ぎに、常務会が終った。会議が長びいて昼食を挟《はさ》むこともたまにはあるが、大抵は九時から始まって正午前に終了する。

事業部制を採用しているため、事業部単位で方針を決められる案件が少なくないことにもよるが、小林会長が超ワンマンなるが故《ゆえ》に意思決定がきわめてスピーディなのだ。

このことは、最近の常務会が儀式化していることの証左でもある。常務以上の役職役員が二十一名もいるのだから、発言の機会さえ与えられないことも往々にしてあるのも仕方がない。常務会前に関係役員間で根回しが終り、常務会に報告されて、異議なしという次第になるのも無理はない。それを以《もっ》て常務会が低調に流れていると言うには当たるまい。

組織が肥大化すればするほど、この傾向は強くなる。エコー・エレクトロニクス工業のような巨大企業の常務会で、かんかんがくがくの議論が行なわれることなど年に一度あるかなしかで、月一度の取締役会ともなると、儀式化が進んで、時間の無駄のような虚《むな》しさにとらわれる役員だっているに違いない。

太田事件などの問題が常務会で採りあげられることは、議長の小林会長が持ち出さない限り、あり得なかった。

常務会終了後、三田、林、片山の三常務が役員会議室に残った。

林がさりげなく三田と片山に声をかけたのだ。

三人は楕円形《だえんけい》のテーブルの窓側に近いほうにかたまって、ひたいを寄せ合った。

三田を挟んで、左右に片山と林が坐った。

林がしかめっ面《つら》で切り出した。

「昨夜遅く総務部長から報告を受けたんですが、懲戒解雇しかないので、人事部から稟議書《りんぎしょ》を関係者に回してもらいたいということなんです。三田常務、そういうことでよろしいですか」

「きみの意見はどうなの」

三田はちらっと片山に眼を流した。

片山がゆがんだ顔を両手で洗うようにこすってから、おもむろに言った。

「わたしは発言権なしです。監督不行き届きを責められる立場ですから」

「懲戒解雇でいいのかい」

三田に念を押されて、片山はもう一度顔をこすった。

「仕方がないと思います」

「担当常務として、少しは弁護してやったらどうなの」

「ええ、しかし……」

片山は、愚図愚図していたが、背筋を伸ばして表情をひきしめた。

「ウラ金の使途が明確にでききんのと、青山の高級マンションに女を囲っていた一件は、申し開きができません。わたしも、太田がそこまでやっていたとは夢にも思いませんでした。裏切られた思いです」

「莫迦につれないんだな。マンションに女を囲っていたというのは、事実関係がちょっと違うんじゃないのかね」

「……」

片山が怪訝《けげん》そうな顔を三田に向けると、林も首をひねった。

「この件で経理部長からなにか聞いてないのかね」

「ええ」

「きみは？」

三田は、左に向けていた顔を右へねじった。

「伊藤君はとくにコメントしてませんが……」

林がまた首をかしげた。

「それは、伊藤も吉田も怠慢だな。初めに懲戒解雇ありきで、ネグレクトしてしまったんだろうが、きみらに報告していないのはおかしいな。太田が青山にマンションを所有していることは事実だが、女を囲っているというのは事実に反する。先週の土曜日の夜、そのマンションで徹夜マージャンをやったそうだが、メンバーは飲み屋の女将《おかみ》と、太田、広岡、本多の三人で、広岡によれば、太田はその女将にマンションを賃貸しているそうだよ。広岡は断じて愛人などではないと強調していた。太田はきのう、そのことを伊藤たちに話してるはずだがねぇ」

「太田は、わたしに愛人説を否定しませんでしたが……」

片山が思案顔でつづけた。

「もうやけくそで、そんなことはどうでもいいと思ったんでしょうか」

「ま、そんなところだろう」

三田が背広のポケットから煙草を取り出しながら返した。

林は猪首《いくび》を左右に振った。

「愛人の問題はあとで総務部長に確認しますが、それが事実誤認だったとしても、三か月前まで住んでいた女との関係は説明がつかんでしょう。その女を利用してウラ金をつくっていただけで、立派に懲戒解雇ですよ。弁護の余地はないと思います。もっとも、〝かつらぎ〟と〝美寿々〟の経営者とは、男女関係はなかった、と太田は言い張ってるようです。つまりウラ金づくりだけの関係だと……。しかし、そうだとしても問題になりませんよ」

三田が煙草の煙を吐き出して、天井に眼を向けたままの姿勢で言った。

「そうかねえ。温情が過ぎると言われるかもしれないが、わたしは情状酌量《しやくりよう》の余地はあると思うね。ダーティビジネスとまで言うのはどうかと思うが、ひらたく言えば、やばいことをやって会社に儲《もう》けさせてたっていうことなんじゃないのか」

三田は、眼を天井から片山のほうへおろして、話をつづけた。

「ついでにつまみ食いをしたのはけしからんが、財テクで太田が稼《かせ》いだ金額は何十億だろう。本業以外の濡《ぬ》れ手で粟《あわ》みたいなことやってれば、カネに対する感覚が麻《ま》痺《ひ》してしまって、変な気持ちになるのも、神ならぬ人間としては仕方がないんじゃないのかね。きみは、太田をもっと庇ってもいいんじゃないのか」

三田にじろっと見られて、片山は首をすくめた。

「庇いたいのは山々ですが、わたしの立場は微妙でして。さっきも言いましたが、発言権はありませんから……」

「太田のダーティビジネスを黙認していた片山君としては、そういうことになるかもしれないが、太田がつくったウラ金を全部自分のポケットに入れてしまったわけじゃなかろう」

「そんなことはないと思います。証券、信託、もろもろの金融機関に情報網を張りめぐらしてますと、カネもかかります。情報提供者にとって、キャッシュの魅力はありますから、ウラ金をつくっていた太田君の気持ちもよくわかりますよ」

片山に、上席常務の林が嚙《か》みついた。

「方法論が悪過ぎるよ。まさか、きみの指示で太田が動いてたわけじゃあないだろう」

「当たり前でしょう。変な言いかたしないでください」

片山は色をなした。

林が三田のほうへ視線を移した。

「太田は、ウラ金の使途について、だんまりを決め込んでるそうです。それに反省の色がなさ過ぎます。重箱のスミをほじくったりせずに、会社にいくら儲けさせたか洗い直してくれ、なんてひらき直るに及んでは言語道断ですよ」

片山が時計に眼を落しながら言った。

「申し訳ありません。昼食の約束があるんです。ちょっと外せない大事な……」

「いいよ。きみは発言権なしなんだから」

三田がにこりともせずに返すと、片山はぺこりとお辞儀をした。

「そのとおりです。お二人におまかせしますが、懲戒解雇ですと、次の就職にさしつかえますので、できれば依願退職にしていただければ、ありがたいと思います」

片山が退席したあとで、三田が抑揚の乏しい声で言った。

「普通に考えたら、きみや伊藤が言うように懲戒解雇しかないんだろうな。実を言うと、女の問題もちょっと怪しいところがあるんだ」

「………」

「日曜日に、広岡と太田がきみの家を訪ねたとき、どんな様子だった。徹夜マージャンをやったような感じだったかね」

「よく覚えてませんが、広岡に興信所を使った点を責められたことだけは強く印象に残ってます。伊藤がそこまでやるとは、実はわたしも知らなかったんですが……」

「わたしの勘繰《かんぐ》りかも知れんが、徹夜マージャンというのは、変な言いかただけれど、アリバイ工作のような気がせんでもない。しかし、広岡の入れ知恵というか、広岡にしてやられたとしても、わたしはそれでいいと思ってるんだ。あいつの男気とでも言ったらいいのかな。正直なところあいつの熱意にほだされた。きみにはまだ話しておらんが、広岡はおととい月曜日の朝、出勤前にわたしの家にやって来た。広岡があれだけ頑張《がんば》ってるんだから、太田は庇い甲斐のある男と見てもいいんじゃないかね。会社への貢献度とかなんとかは別にしても、太田にAクラスの評価が付いていたことはたしかなんだしねぇ」

「しかし、依願退職の線で、総務部長と経理部長を説得するのは骨ですよ。常識的に見ても組織が保てない、と言われたら、どうしようもありません」

「きみ、アリバイの話は絶対にここだけの話にしてくれないと困るぞ。わたしの下《げ》種《す》の勘繰りで、徹夜マージャンは事実かも知れんしね」

「それはもちろんですが、ほんとうに依願退職の線でいくつもりですか。それはないと思いますけど……」

林は腕組みして、さかんに首をひねった。

「わたしにまかせてもらえんかねぇ。懲戒解雇にしても、会長、社長にも稟議書を回さないわけにはいかんのだから、最低限の説明は必要だろう。稟議書を回す前に、二人の反応を見てみたいんだ。社長は、どうせ会長次第で自分の意見は出さんだろう。会長がどう出るかな。厳しく出られたらそれまでだが、きみや伊藤の意見も正確にわたしから伝えて、会長の判断を仰ぐというかたちに持ってゆきたいが、そんなところでどうかね」

「けっこうです」

林は、不承不承うなずいた。

三田が時計を見ながら訊いた。

「あと五分ほどいいかい」

「いいですよ」

「きみ、広岡のこと、どう思ってるんだ」

どういうことですかと問いたげに、林は眼をしばたたかせた。

「きみは、厄介払《やっかいばら》いをしたと思ってるんだろう」

「そんなことはないですよ」

林は苦笑を洩《も》らした。

「わたしは、拾いものをしたと思ってるよ。なんとか人事畑で大成させたいな。負けん気は人並み以上にあるんだろうが、とにかく人の面倒みがいいね。太田のこともそうだが……」

三田は、宣伝事業本部の村山司朗の一件を話したあとで、言った。

「広岡は人事本部でも、下の連中の気持ちを確実につかんでいる。本部付で、窓際《まどぎわ》みたいなことになったが、それにめげず着実に挽回《ばんかい》しているんだから立派じゃないか」

林が眼を細めた。

「三田常務から、そんなに褒《ほ》めていただければ、わたしもうれしいですよ。わたしは広岡に近過ぎるので、ひいきの引き倒しになってもなんですが、三田常務に眼をかけてもらえれば、言うことはありません」

「近日中に、なんとか広岡を部長に昇格させたいねぇ。会長を説得できるかどうか、それこそ骨だが、トライしたいと思ってるよ。そのときは応援してもらいたいな」

三田は、ぽんと林の肩をたたいて腰をあげた。


その日、三田は午後四時過ぎに、小林会長の面会の時間がとれた。

三田の長い話を聞き終ったあとで、小林が訊いた。

「女絡《がら》みの問題はないのか。派手にやってるのと違うか」

「ちょっと心配したんですが、興信所の調査に事実誤認があり、シロであることがはっきりしました」

「どういうこと」

三田は、説明せざるを得なくなった。できれば、広岡の名前は出したくなかったが、ゆきがかり上仕方がない。

「その女は、広岡の女かね」

「会長、それは考え過ぎです。広岡は、女には不器用な男です」

「銀座の女はどうなんだ」

「これもビジネスだけで、男女関係はないようです」

「ふうん」

小林はおもしろくなさそうな顔をあらぬほうへ向けた。

「林常務、伊藤取締役総務部長、吉田経理部長の三人は、懲戒解雇を強硬に主張してますが、太田君の功績があまりにも大きいので、わたしは依願退職が妥当かと……」

「太田の話は、副社長からちらっと聞いてたが、まだまだ使える男だろう」

「………」

「ウチは技術屋軍団みたいな面があるから、太田のように財テクのノウハウを持ってる男は希少価値がある。少なくとも太田からノウハウを絞り取るまでは、置いといたらいいじゃないの」

「一切お咎《とが》めなしですか」

「ウラ金のうち本人が一千万円は自分のポケットに入れたと言ってるんだから、それは弁償させたらいいな。ほんとはもっとあるんだろうが……」

小林はこともなげにつづけた。

「減俸《げんぽう》、降格も当然だが、降格は社内の身分上だけにしておいたらいい。第二財務部長の肩書は、残してやらなければ、仕事がやりにくかろう。早いところ後釜《あとがま》を育てるように、皆んなで知恵を出せよ。それから片山についてはわたしが別途考える」

三田は、内心にやりとした。だいたい予想してたとおりだったのだ。

檜垣経理部副部長、小林副社長の連絡網で太田の一件をキャッチしたのが、いつの時点かわからないが、小林会長の肚《はら》はそのときから決まっていたのだろうか。いや、そんなことはあるまい。女の問題が決め手になったのだ。だとしたら、広岡の努力は報いられたことになる――。

しかし、これでよかったのかどうか、三田にもよくわからなかった。

6

「いくらなんでも俺《おれ》のところへ一度も挨拶《あいさつ》にこねえっていう法はないよな……」

本多が熟柿臭《じゆくしくさ》い息をふり撒《ま》きながら言った。これで三度目だ。

広岡は、聞こえないふりをして左隣りのホステスと話をしていた。

銀座七丁目のHビル四階の〝たんぐるうっど〟は混んでいる。十五、六坪のカラオケ・バーだが、ボックスから食《は》み出《だ》した三人連れの一組が入口に近いカウンターで待っているのが気になって、広岡は腰をあげるタイミングを考えていた。もっとも〝たんぐるうっど〟へ来てから、まだ二十分ほどしか経《た》っていない。

時計は十時を回ったところだが、順番があるとすれば、ほかに席を譲る客がいてもよさそうなものだ。

「いつもこんなに混んでるの」

「お陰さまで……。でも、きょうは特別です」

アキと名乗った若いホステスが広岡に躰《からだ》を密着させて小声で答えた。ふっくらした面《おも》だちで、胸に量感がある。躰全体がゴムまりのように弾力とまるみがあった。

スリムな眼鏡の中年男がカラオケで〝惜別の歌〟を情感たっぷりに唄《うた》っている。声高な会話は慎しまなければならない。

「きみ、名刺は……」

「ありません。このお店で名刺を持ってるのはママとチーフの桑野《くわの》さんだけなんです」

「アキって、どういう字」

「本名じゃないんです。なんとなくアキって呼ばれてるだけでカタカナでいいんじゃないかしら」

アキは、左の掌にアキと書いてから本多のグラスを手もとに引き寄せた。

これで三杯目だ。広岡は一杯の半分しか飲んでいなかった。

亜希子と同じ亜希なら、ちょっとおもしろいな、と考えぬでもなかったのだが、アキは本名じゃないと聞いて、広岡は少しがっかりした。

「要するにアルバイトっていうわけだね」

「ええ。ここは皆んなそうなんです」

言われてみれば、どの女《こ》もどこか素人《しろうと》っぽい。厚化粧のホステス然としたところがなさ過ぎる。

〝銀座の女〟の匂《にお》いを漂わせていないところが客に受けているのだろう、と広岡は勝手に解釈した。

広岡がワイシャツのポケットから取り出した名刺を見ながら訊いた。

「〝たんぐるうっど〟って、なにか意味があるんですか」

名刺には〝中森文子〟とある。さっき、本多から紹介されて、交わしたばかりだ。

「初めてのお客さまにいつも由来を訊かれるんですけど、アメリカの地名なんです。マサチューセッツの田舎町なんですって。ママの旅行先なんですが、よっぽどロマンチックなことでもあったんじゃないですか」

アキは語尾を持ちあげて、いたずらっぽく笑いかけた。

〝惜別の歌〟でひと区切りつき、店内は話し声で賑《にぎ》やかになった。

「こんどは本多ちゃんの番よ」

客席をひとわたりして戻ってきたママが、広岡と向かい合うかたちで本多の隣りに割り込んだ。

「そんな心境になれんよ」

「どうしたの。疲れてるのかなあ。元気出してえ」

ママは、あやすようにしゃがれ声を押し出して、本多の肩にしなだれかかった。

なかなかの美形である。

根が明るいのか、やたらはしゃぐ女だが、客をもてなそう、客に尽くそうという気持ちが出ている。広岡は、三十四、五と踏んだが女の齢《とし》はわからない。

「広岡さん、アキちゃんと一緒に唄ってくださる？　本多ちゃんは真打ちだから、そのあとでね」

「僕は、人の唄を聴くのは好きだけど、唄うほうはさっぱりなんです。糠味噌《ぬかみそ》が腐る口だから……」

「ご謙遜《けんそん》でしょ。そんなことを言う人に限って、皆んながしらけるほど上手なんだから」

「いくらけしかけられても、駄目《だめ》なものは駄目なんです。こんなところで恥を搔《か》く気はありません」

広岡は、アキにカラオケのインデックスを突きつけられたが、首を振って受け取ろうとしなかった。

実際、からっきし駄目なのだ。無理強《じ》いされたら、三べん回ってワンと言うしかない。

「きみ、唄いたいからって、無理に連れて来たくせになんだい。ぜひ聞かせてもらおう」

本多は仕方なさそうにインデックスをぱらぱらやり始めたが、別の客に先を越されてしまった。

本多は、インデックスをママの膝《ひざ》の上に放り投げて、乱暴に水割りを呷《あお》った。やけ酒を飲むような精神状態ではないはずなのに、今夜の酒の飲みかたはあらっぽかった。


五時間ほど前、本多は広岡に突然社内電話をかけてきた。

「今夜、キャンセルになっちゃったんだが、つきあってもらえないか」

「いいよ」

「じゃあ、六時半に銀座のTホテルのロビーで会おうか」

「七時にしてもらえるとありがたいな」

「わかった。じゃああとでな」

広岡は、なにがキャンセルになったか知らないが、たまにはまっすぐ帰宅すればいいものをと思いながら、受話器を置いた。

「九月下旬だっていうのに、どうしてこう蒸し暑いんだろう」

ホテルのレストランのテーブルで向かい合って、料理をオーダーしたあとで、本多がネクタイをゆるめ、ハンカチで首筋の汗を拭《ふ》きながら言った。

本多はワイシャツ姿だが、広岡は背広を着けている。太肉《ふとりじし》で多汗症の本多は、体感温度が違うらしい。広岡はさして暑いと思わなかった。

生ビールを飲みながら、本多が言った。

「太田のやつ、挨拶《あいさつ》に来たか」

「電話をかけてきたよ。あれが挨拶のつもりなんだろう」

「俺にはないぞ。きのう会社のエレベーターの前で会ったのに目礼一つしないいんだぜ」

なるほど、と広岡は思った。本多は、それが言いたくて、俺を呼び出したのか――。

「照れてるんじゃないのかな。挨拶のしようがないっていう感じもわからなくはないな」

「いや、あれは照れてるなんて顔じゃないよ。恬《てん》として恥じないというか、肩で風切って社内を闊歩《かっぽ》してるって感じだぜ。あいつの精神構造はどうなってるんだ」

本多は、ぐうっとジョッキを呷って、ウエーターに二杯目をオーダーした。

本多が怒り心頭に発しているのもうなずける。

広岡は、太田の処分を聞いたとき、頑張《がんば》った甲斐《かい》があったと思う反面、客観的に見れば寛大過ぎると思わずにはいられなかった。

しかも、特別のはからいで参事職から副参事職への降格も社内的に発表されることはなかった。

伊藤と吉田がどれほど頭に血をのぼらせたかは、察して余りある。だが、オーナー会長のツルのひと声を押し返せるはずがない。関係者は一様にフラストレーションを募らせたに相違なかった。

太田は、夜遅い時間に広岡の自宅に電話をかけてきた。

「首はつながったが、副参事職に落されたよ。これで役員になれる望みはなくなったな。いくらファミリーの一員じゃなくても、常務ぐらいにはなれると思ってたんだが……」

「マンションは処分するのかい」

「いや、一千万円ぐらい、なんとでもなるよ」

「それは凄《すご》い。ブルジョアの言うことは違うねえ」

「純子には逃げられたよ。まいったな。これがいっとう応《こた》えたよ」

「いい気なもんだな。長沢さんがどんなにきみのことを心配したか、わかってないんじゃないか」

「それならなんで俺と切れなければいかんのだ」

「きみは、もう少し、人の気持ちがわかるようにならんといけないんじゃないかね」

返事はなかった。

「じゃあ、おやすみ」

広岡のほうから電話を切った。むかむかしていた。〝お陰さまで〟とか〝お世話になった〟とか、ひとことあって然《しか》るべきなのに、そうした言葉はとうとう聞かれなかった。

一千万円もの大金を、「なんとでもなる」と言ってのけた太田に、危なっかしいものを感じる。広岡は、「庇《かば》い甲斐がある男か」と首をかしげた三田の顔を眼《め》に浮かべた。

本多が口のまわりについたビールの泡《あわ》を手の甲でぬぐった。

「太田のやつ、相当悪いことしてるんじゃないのか。会社の恥部を知ってるというか、弱みを握っているというか……。普通に考えりゃあ、クビを馘《き》られて当然なのに、のうのうと現職にとどまれるっていうんだから、そんなことでもなければ、とてもじゃないが理解できないよ。太田をクビにすることは虎《とら》を野に放つみたいなことになるんだろうな」

「財テクのやりかたによっては、ダーティビジネス的な面も出てくるんだろうが、いわば本業ではなく、アルバイトで、太田は凄腕《すごうで》を発揮してるんだろう。つまりそれだけ仕事ができるんだね。スペシャリストという言いかたが当たってるかどうかわからないが、会社にとって必要な男なんだよ」

「営業にしたって人事にしたって、せいぜい会社のカネで飲み食いするくらいが関の山だけど、第二財務なんて、なにをしてるかわけがわからんぜ。それでも太田みたいなやつが最後まで残っていくのかねぇ。まったく冗談じゃないぜ」

本多は、フォークに突き刺したスモークサーモンを口の中へ放《ほう》りこんだ。

広岡が口の中のテリーヌを始末して言った。

「太田は出世の見込みはないようなことを言ってたよ。特にオフレコでもないんだろうが、太田は副参事職に降格された。もちろん減俸《げんぽう》もそれに伴って行なわれる。処分の内容が甘いという見方もできるが、太田本人は厳しいと受けとめているかもしれない」

「ふうん。初耳だな。しかし第二財務部長の肩書は、そのままなんてずいぶん変則だな。だいいち、最大限寛大な処分で、依願退職だろう。懲戒解雇はあんまり可哀《かわい》想《そう》だから、おまえの振りつけたとおり、あいつのアリバイづくりに乗ってやったんだが」

本多は、降格と聞いていくらか溜飲《りゅういん》も下げたらしいが、それでも得心がいかないとみえる。

「その節はお世話になりました。太田になり代って、厚くお礼を申しあげます」

広岡が笑いながら、頭を下げた。

〝たんぐるうっど〟は潮が引いたように客が減り、カウンターで待たされていた三人連れと、広岡たちのふた組だけになった。

ホステスも向こうの客に一人ついているきりだ。客を見送りにごそっと出て行ったのだ。

本多がわめくように言った。

「太田の野郎、ほんとにゆるせんよ」

「太田の話はもうよせ。必ず挨拶させるから。いや、ばんとしたところで一席もたせるよ」

広岡は、さすがにうんざりした。

「おかしくって、誰が太田なんかと酒を飲めるかってんだ」

「……………」

「女の問題をバラしてやるか」

「そんなことを言うもんじゃない。男がすたるぞ」

「冗談だよ」

本多は、上体をこんにゃくみたいにくねくねさせながら、ゆっくり右手を振った。

「あいつ、まだ純子と切れてないいんだろう。ふざけやがって！」

「それは違うな。逃げられたとか、それがいちばん応えたとか言ってたよ」

「おかしいなあ。きのう久しぶりに若いのを連れて〝ながさわ〟に行ったんだが、それとなく太田のことを訊いたら、ご想像におまかせします、なんて言いやがった」

「それこそ照れてるんだろう」

長沢純子に嫌《きら》われていることを本多はまるでわかっていないらしい。

ぽつっとした感じで広岡が言った。

「二人は終ったよ」

「それじゃあ、俺にも脈があるかなあ」

本多が小さなバスケットのポプコーンをわしづかみにして、頬張《ほおば》った。熱いつくりたてのポプコーンを出してくれるが、それがあとをひいていつの間にか二杯目になっていた。

「本気か」

「それも冗談だ」

「人間、そんな機械的に気持ちを切り替えられるもんじゃないだろう」

「まあな」

ママとホステスの一団が戻って来て、ふた手に別れて、ふた組の客を取り囲んだ。

ママとアキは、こっちに来た。

「お待ちどおさま。さあ、ゆっくりやりましょう。本多ちゃん、まず〝知床《しれとこ》旅情〟をお願いするわ」

ママがけたたましい声と一緒に、本多の手を取ってマイクの前へ引っ張って行った。

本多は、アルコールを過ごして、しゃべりかたがぎこちなかったのに、カラオケになったら、途端に背筋を伸ばしてしゃんとした。〝知床旅情〟は本多の十八番《おはこ》らしい。

広岡は、以前聴かされたことがあるが、本多のそれは低音で声量もあり、レベル以上だった。

〝知床旅情〟を聴きながら、広岡は太田に対する本多のライバル意識も相当なものだと考えていた。

今度の一件で、力関係は逆転した、と思っているかもしれない。純子のことでも本多のおもしろくない気持ちはよくわかる。

広岡は、思い出し笑いでゆるんだ頰を下を向いてひきしめにかかった。

宣伝部から人事部への異動を知らされたとき、眠れぬ夜を過ごしながら太田や本多などライバルたちの顔を眼に浮かべたことを思い出していたのである。

広岡は、出世競争から脱落して、肩の力が抜けたせいか、いろんなことが見えてきたような気がしていた。

第八章　辞令の重さ

1

九月二十六日、月曜日の夜、広岡が七時半に帰宅すると、出し抜けに亜希子とまり子が玄関へ飛び出して来て、広岡をめんくらわせた。このところ、八時前に帰宅して晩めしを家で食べることが多い。営業部門、宣伝部を通じて、ついぞ考えられなかったことだ。接待ゴルフも招待ゴルフもまったくなくなったので、土、日はほとんど家にいる。まだ、坐る場所に戸惑うような落着かない気分が続いていた。よくぞここまで会社人間に飼い慣らされたものだと思う。

「あなた、きょうはすごーいご馳走《ちそう》があるのよ。ちょっと、みて……」

広岡は、亜希子に手をつかまれてキッチンへ連れて行かれた。まり子の手前、手を払いのけるわけにもいかないが、亜希子には、強引なところがある。

「ちょっとしたものでしょう」

背後からまり子が弾んだ声を送ってきたが、なるほどこれは凄《すご》い。

広岡は息を呑《の》んだ。

「ロブスターだな。四十センチはあるんじゃないか」

「あなた、なにを言ってるんですか。よく見てください。伊勢蝦《いせえび》ですよ」

亜希子が広岡の背中をぶった。

「伊勢蝦！　大きいなあ。こんなでかいのが日本で獲《と》れるの」

「奄美大島《あまみおおしま》の近海で獲れたんですってよ。一・五キロもあるのよ。まりちゃんのお誕生日のプレゼントですって。獲ったあとすぐボイルして冷凍した蝦をいただいたんだけど、いま自然解凍してるところなの。もうすぐ食べられます」

母親をつかまえて、まりちゃんはないだろうと思うが、本人が気に入っているのだから仕方がない。まり子は、初めは孫たちを手なずけたが、いつの間にか娘にまで〝まりちゃん〟と呼ばせるようになった。

「お母さんのバースデーは九月二十七日でしたよねぇ」

広岡はいぶかしげに首をひねった。

「そう、あしたよ。でも、火曜日はスポーツクラブが休館日なの。ですから、わざわざきょうクラブへ持って来てくださったのよ」

「それが、まりちゃんよりふた回りも齢下《としした》のかたなんですって」

「誤解しないでください。そのかたは福岡玲子《ふくおかれいこ》さんとおっしゃる奥さまですからね。ご夫婦ともテニスのお友達です」

「それにしても豪華なプレゼントですねぇ。よっぽど親しいんですね」

「ええ。あのクラブに入会したお陰でお友達がたくさんできました。こんどの土曜日にクラブのプライベート・ルームで皆さんにバースデー・パーティをやっていただけるんです」

「きみ、お母さんにプレゼント用意してあるのか」

亜希子が首を左右に振ると、まり子はにこっと笑った。

「いいんですよ。そんな取ってつけたようなことをしなくても。この五、六年あなたがたから誕生日にプレゼントをいただいた記憶はありません」

「まりちゃん、ずいぶんじゃない。誕生日がくると一つ齢を取るので、誕生日なんて忘れることにしてるから、なんにもしてくれなくていいって自分で言っておいて、なんですか」

「あら、そうだったかしら」

まり子はすまして返した。

「年齢詐称《さしょう》の人がよくバースデー・パーティなんて、やってもらえるわねぇ」

「おい」

広岡は、亜希子を睨《にら》んだ。

「この娘《こ》はすぐ言い募るから、厭《いや》なんですよ。言葉に毒があるし、いったい誰に似たんでしょうねぇ」

「母親に決まってるでしょう」

二人のやりとりには慣れているとは言っても、ときとしてハラハラさせられる。肚《はら》に溜《た》めずに言いたいことを言い合えるのは、けっこうなことだ、と思いながら広岡はキッチンを出た。

広岡がひと風呂《ふろ》浴びて、パジャマ姿でダイニングルームに顔を出すと、食事の仕度が整っていた。

「智子と治もいま帰って来ましたよ。嗅覚《きゅうかく》が働いたのかしら……」

「なにを言ってるんですか。ゆうべわたしが二人に、きょう伊勢蝦が届くって話したんですよ」

「まあ、わたしにはなんにも……」

「あなたはいつでも家にいるじゃないの」

「ビールをたのむ」

広岡は、強引に口を挟《はさ》んだ。

「ワインが冷えてますけど、ビールでよろしいの。今夜はバースデーの前夜祭ですから、ワインになさったら」

「前夜祭なんて大袈裟《おおげさ》なこと言わないでちょうだい。単に伊勢蝦を食べるだけのことじゃないの」

「やっぱりビールがいいな。ワインはあとでいただこうか」

「ムニエルにすることも考えたんですけど、このまま酢醤油《すじょうゆ》につけて食べるのがいちばん美味《おい》しいんですって。身はほぐしてありますけど、手はかけてません。たったいま、まりちゃんと二人でわあわあ言いながらばらばらにしたんですよ」

「豪勢というか、豪快っていうか、たいしたもんだねぇ。伊勢蝦っていえば、こんな小さなものしか知らなかったが……」

広岡はビールを飲みながら、食卓の上をしげしげと眺《なが》めまわした。

味噌《みそ》をたっぷりつけている頭の部分、身がぎっしり詰まっていそうな角《つの》と脚、それにほぐした身が三つの大皿に別々に盛ってあった。

子供たちも食卓に着いた。五人揃《そろ》うことは滅多にない。

「あとで、蝦の殻《から》でスープをつくります。さあ、いただきましょう。脚からいただくのがいいかしら」

智子と治は、酢醤油よりマヨネーズのほうがいいと言って、蝦にマヨネーズをつけて食べているが、広岡には子供たちの味覚が理解できない。

伊勢蝦の酢醤油は初めてだが、これほど美味とは思わなかった。

脚の関節から折ると身がすーっとついてくる。角は竹串《たけぐし》と小さなフォークを駆使して身をほじくり出すのだが、それがけっこうな量なのだから、うれしくなる。

ビールそっちのけで、しばし蝦に夢中になった。

しかし、いくら大伊勢蝦でも一匹で家族五人が満腹するわけはないから、豪勢なオードブルを愉《たの》しんだ具合いである。

子供たちはメインのローストビーフにも、亜希子がせっかくこしらえたソースを拒んでマヨネーズを塗りたくっている。

智子と治は、伊勢蝦にさして感激した様子もなく、さっさと食事を片づけて、リビングルームに移動した。ダイニングルームにも小型テレビが備えてあるが、リビングルームのは大型なので、迫力が違う。

大人たちは〝シャブリ〟の白を飲みながらの話になった。

「蝦で鯛《たい》を釣《つ》ろうなんて考えているわけでもないんだけど、修平さん、転職する気はありませんか」

まり子が唐突に話題を変えた。

「蝦をプレゼントしてくださった福岡さんにも、下心があるわけじゃないんですけれど、修平さんにとって、いい話なんじゃないかしら」

広岡が亜希子のほうへ首をねじった。亜希子もわけがわからないという顔で首を振っている。

「ちょっと説明させてもらいますと、福岡さんのご主人は、昔大手通信機器メーカーのエンジニアだったかたですが、十年ほど前に独立して事業を始め、コンピューター・ソフト関係の会社を経営されてるの。社員は二百人ぐらいで中小企業ですけど、年間数十億円も利益をあげてるそうですよ。無我夢中で走って来て、気がついたら、会社が株を上場できるほど大きくなってたんですって……」

「いわゆるベンチャービジネスですね。ソフトハウスとも言いますけど」

「ソフトハウスの域を脱皮してます。大企業の下請《したう》けとは違うみたいですよ。ビデオゲームなんかもつくってるんじゃなかったかしら」

亜希子はもっぱら聞き役に回っている。というより口を挟もうにも、ついていけなかった。

スポーツクラブに入会して二年になるが、まり子が仕入れてくる情報には舌を巻く。

「修平さん、エコーでボードに入れそうもないんなら、もう見限ったほうがいいんじゃないかしら」

「僕のほうが会社から見限られてるんですよ」

広岡は自嘲《じちよう》的に薄く笑った。

「福岡さん、ご主人のほうですけど、素晴らしいかたですよ。奥さまも、奄美大島の人で、ざっくばらんな飾らない人ですが、ご主人は福岡出身ですって。福岡出身の福岡さん……」

まり子は、なにがそんなにおかしいのかクックックッと笑いころげた。

「福岡さんのご主人もスポーツクラブのメンバーなんですか」

「もちろん、そうですよ。たまに、日曜日に見えますが、アメリカに出張してることが多いらしいの」

「……」

「会社が急に大きくなって、組織のほうがついてゆけないから、組織づくりというか内政をじっくりやってくれる人材が欲しいんですって。つい口をすべらせて修平さんの話をしたら、ぜひ一度会わせてくださいって、すごく乗り気なんですよ。人材派遣会社などに、いろいろ当たってはみてるらしいんですけど、たまたま運が悪いのか、会って話してみると、なんだかみんな雰囲気《ふんいき》が暗いんですって。中には口八丁手八丁みたいなのもいるけど、もうひとつ手ごたえがないらしいの」

「僕も手ごたえがない口ですよ。サラリーマン根性が染《し》みついてますから……。ボードに入れなくても、子会社の役員ぐらいにはなれるでしょうし、このまま本社に居坐《いすわ》っても、定年まで、まだ十年以上もあるんですから、あわてることはないんじゃないですか」

「まったく関心がないのかしら」

「そんなことはありませんよ」

「アメリカの子会社が成功して、経営が軌道に乗ったそうですが、イギリスにも会社をつくりたいそうですよ。あなたはカンバーセーションもできるし、うってつけだと思いますけどねぇ。もちろん経営陣……」

まり子は、「ボードに……」と言い直して話をつづけた。

「入ってもらって、パートナーとしてやってもらってもいいって話してたわ」

広岡は小首をかしげた。

「創業社長、オーナー経営者は、経営基盤を築きあげるまでに苦労してますから、とかくカマドの灰まで自分のものと思いがちなんです。卑近な例をあげれば、エコーの小林会長などはその典型で、息子にバトンを渡すまでは殺されても死ねない、と思ってるんじゃないですか」

「いくらなんでも殺されたら死ぬでしょう」

まり子は笑いながら返して、ワイングラスを口へ運んだ。

誘われるように、広岡もワインを口に含んだ。

「エコー・エレクトロニクスのオーナーはいざ知らず、福岡さんはそんな人じゃないと思いますよ。わたしの顔を立てて、福岡さんに一度会うだけでも会ってくださいな。きっとあの人の人格にしびれると思います」

「事業内容がどんなものかわかりませんが、そういうかたにお目にかかるのは、世間が広くなりますから、よろこんでお受けします」

自分ではおざなりに答えたつもりだが、まり子は眼を輝かせた。

「ありがとう。いま海外に出張中で、あと三週間ほど日本を留守にするそうですけど、帰国したら、さっそくお願いするわ」

亜希子が割り込んできた。

「わたしは反対よ。寄らば大樹の陰って言うじゃありませんか」

「亜希子はロマンがないから……。それに、まだ可能性の問題ですよ」

まり子は、軽蔑《けいべつ》を込めた眼で亜希子を見返した。

2

常務取締役人事本部長の三田が、人事部長の星野を自室に呼んだのは、九月二十七日の朝だ。

「例の件、あしたの常務会に諮《はか》ることにしたよ。会長も社長も副社長も、三専務も異議なしだった。問題は誰を部長にするかだが、きみの意見はどうかな」

「常務と同意見と思いますが、当然、大崎でしょう」

「そうかなあ。わたしは、違うな。言い出しっ屁《ぺ》の広岡にやらせたらどうだ」

「それはないでしょう」

星野は、いやいやでもするように、あからさまに首を振った。

人事本部に人材開発部を新設すべきだと提案したのは、広岡である。人事部が社員の研修、教育を含めた人材開発に力を入れていることはまぎれもない事実だが、採用、昇給、昇格、異動などの日常業務に追われて、腰を据《す》えた対応ができていなかった。人事本部の幹部会で、広岡がこの点を指摘したのである。

「別に広岡が言い出したわけでもないですよ。人材開発部の必要性は大崎もかねがね言ってたことです」

「きみが大崎をひいきしたい気持ちはわかる。事務能力は抜群だし、味方につけて損はない男だが、いまひとつぴんとこんのだ。三月に部長になれなかったことで、ずいぶんふくれっつらをしてたようだが、人事部の副部長がお手盛りで、真っ先に部長になることのマイナス面を考えないところも気にくわんし、人のことを変に気にするっていうのか、やきもち焼きなのもよくないな」

「しかし、けっこう部下の面倒をよくみてますよ。それに、広岡は一度味噌《みそ》を付けてますからねぇ」

「広岡は、人事本部付の窓際《まどぎわ》に追い込まれたが、それに甘んじてるような男ではなかった。きみ、広岡を評価できないか」

三田が煙草《たばこ》に火をつけて、星野を凝視した。

「たしかに、わたしも広岡を見直してる面はあります。わたしが言いたいのは大崎とのバランスです。大崎が腐りますよ」

「大崎には東京第一工場の事務部長をやらせて、一度現場の事務部門を取り仕切らせてみたらどうだ。現場の苦労がわかって、大崎のためになると思うな」

星野は考える顔になった。主力工場の事務部長は、本社の部長と同格だから、栄転である。

「大崎には人間的にもっと成長してもらいたいね。遠からず、きみは役員になるだろうが、きみが大崎を人事部長にしたいと考えてるんなら、一度現場に出したほうが本人の身のためだぞ」

星野はあっさり引き下がった。

「わかりました。けっこうです。いつ付でやりますか」

「十一月一日付でいいじゃないの。広岡の部長昇格を会長に認めさせるのは楽ではないが、ウルトラCがある」

三田は、にやりと頰《ほお》をゆるめた。

「ウルトラCってなんですか」

「それは、軽々には言えんよ」

「大崎と広岡に話していいですか」

「けっこうだ」

三田は自信たっぷりだった。

二日後の昼前に小林会長の時間が取れた。ただし、会長は約束があるので時間は十五分しか取れないと、三田は、秘書室長の荒川から念を押された。

わずか十五分で片づく用件とは思えないので、日時を改めようかと考えぬでもなかったが、出たとこ勝負でゆくしかない。

「宣伝事業本部は大当たりでしたね。秀彦君は立派な経営者ですよ。来年は役員になってもらってもよろしいんじゃないでしょうか」

三田は、自分でうしろめたいと思ったほど歯の浮くような世辞を言った。しかし、遅かれ早かれ小林秀彦がボード入りすることは間違いないのだから、それほど恥入る必要はないと三田は、わが胸に言い訳した。

「きみにそう言ってもらえればうれしいな。東大、一橋だからって一流の経営者になれるとは限らんよ。経営者にとっていちばん大事なのは運だよ。どんなに頭のいい人でも、運に見放されたらおしまいだ。経営は結果だからね」

小林明は、東大出身である。エリート意識が強いし、エリート好みでもある。東大、一橋以外は二流大学としか見ていないようなところがあるが、息子だけは例外なのだろう。

「おっしゃるとおりです。来年一月末の株主総会で取締役に選任されてはいかがでしょう」

「わたしもそう考えてたんだ。人事本部長から言い出してもらえれば、手間が省ける。社長と副社長に話しといてくれんかね」

「けっこうです」

三田は、やっぱり、と思った。先回りしただけのことで、会長は秀彦を役員にしたくてうずうずしているのだ。

「用件はそれだけかね」

小林が腕時計に眼を落した。

「もうひとつございます。人材開発部の部長を、副部長の広岡修平にやらせたいのですが……」

崩れっぱなしだった小林の表情がにわかに硬直した。

「あれは駄目《だめ》だ。きみはなにを考えてるんだ」

「欧州旅行のことを気になさってるんでしょうか」

「……」

「女連れの誤解は氷解したはずですが……」

「とにかく、あれはいかん。太田のように、カネを稼《かせ》いでるわけでもあるまいし、ジャーナリストに広宣社と癒着《ゆちゃく》してるようなことを言いふらされとるようじゃ、どうしようもないじゃないか」

「ジャーナリストが言いふらしてると言いますと？」

三田は首をかしげた。

「言いふらしてるかどうかはちょっとわからんが、少なくとも、わたしに注意してくれた者がいる」

「信じられません。スパイ小説を読まされてるような気がしてきました。一副部長にジャーナリストが関心を持つこと自体、不自然というか意図的な感じがしますが……。しかもわざわざ会長の耳に入れるなど、ためにするものだとは思いませんか」

「広岡は、子会社に出すことを考えたらいいな」

小林は冷たく言い放った。

「一度だけ、広岡にチャンスを与えていただけませんか」

「きみもしつこいねぇ。このわたしがここまで言ってるんだよ」

小林は険しい顔で、つづけた。

「きょうあす中にも広岡の適当なポストを探し出せ。人事本部の部長などとんでもない話だ」

小林が窓のほうに眼を投げながら言った。

「ついでと言っちゃあなんだが、きみもそろそろ後進に道を譲ることを考えたらどうだ」

「………」

三田は、眼を瞑《つむ》って胸のざわめきを抑えた。

小林の眼が、三田のほうへ戻ってきた。

「いまのは冗談だよ。片山には退《ひ》いてもらうがね。秀彦の枠《わく》はそれで確保できるとして、いっそのこと前島も役員にしたいと思ってるんだ。あれは、秀彦を完璧《かんぺき》に補佐してるからな。前島を宣伝事業本部長に昇格させたらいいだろう。秀彦は、ゆくゆくは財務、経理を担当させたいと思ってるんだ。さて、もう一人の枠をどうするかな」

「前島は部下の気持ちをつかんでるんでしょうか。前島よりも経営企画室次長の谷口が先でしょう」

「いや、谷口はもう一、二年待ってもらう。谷口を役員にしたかったら、それこそ、きみにも退いてもらわなならん」

三田は、ふりしぼったようなかすれ声を出した。

「わたしは小さな子会社にでも行かせてもらいますが、広岡は人事部門で大成させたい男です」

「広岡程度の男なら、エコーには掃いて捨てるほどおるよ」

「広岡ほどの男は、そうざらにはいないと思います。わたしは、この八か月ほどの間、注意深く広岡を見守ってきましたが、たいした男です。身を挺《てい》して……」

三田は、太田と村山のことで広岡が、いかに丁寧な対応をしたか一席ぶちたくなったが、小林は厭《いや》な顔をして手を振った。

「もういい。時間がないんだ。一度ケチのついたやつは駄目だ。子会社へ出せ」

「……」

「秀彦のことたのんだぞ。きみのことは冗談だ。気にしなくていい」

小林は、言いざまソファから起《た》ちあがった。

三田は、自室に戻ってしばらく放心していた。

背凭《せもた》れの高い回転椅子《いす》を回して、窓からぼんやり外を眺《なが》めているとき、三田はふと広岡の顔を眼に浮かべて、ハッとした。星野から人材開発部長の話が伝わっているとすれば、必要以上に広岡の気持ちを傷つけることになる。さりげなく子会社へ出向させることができなくなった。

三田は、憂鬱《ゆううつ》だった。

3

十月三日の午後二時過ぎに、広岡に三田から呼び出しがかかった。

広岡はこわばった顔で常務室のドアをノックした。表情とはうらはらに胸がわくわくしていた。

応答はなかったが、ドアが内側へ引かれた。

三田がソファをすすめながら言った。

「今夜、あいてるかね」

「はい」

「たまには一杯やらんか」

「ありがとうございます」

「ありがたがられても困るんだが……」

三田は、バツが悪そうな顔で煙草を啣《くわ》えた。

煙草の煙を吐息と一緒に吐き出してから、三田が話をつづけた。

「きみに合せる顔がない。人材開発部長は大崎に回った。糠《ぬか》よろこびみたいなことをさせてしまって申し訳ないと思っている。今夜は残念会だよ」

三田は喫煙したばかりなのに、煙草を消して、居ずまいを正した。

「このとおりだ。心からお詫《わ》び申しあげる」

三田は、膝《ひざ》に手をついて、低頭した。

「まだあるんだ。きみには、エコー不動産に出向してもらう。ポストは総務部長だ。なんとか取締役を、と思ったが、一年ちょっと待ってもらう。これでも、会長と渡り合ってこのポストを確保するのに苦労したんだ。一〇〇パーセント子会社だから決算期まで待たなくたって、なんとでもなるんだが……」

ショックがないと言えば嘘《うそ》になるが、広岡は、星野から部長昇格を匂《にお》わされたとき、半信半疑で、ちょっと話がうま過ぎるような気がしていた。

エコー不動産は、資本金こそ六十億円とグループの中でも上位に属するが、従業員はわずか百五十人で、エコー・エレクトロニクス工業の約一万七千人とは比ぶべくもなかった。本社は銀座にあり、エコー・グループの不動産を一手に管理している。

エコー不動産の総務部長なら、エコー本社の副部長と同格なので、左遷《させん》とは言い難いが、栄転ではあり得ない。しかし、出向とは言え、本社に戻れるチャンスは皆無と考えなければなるまい。

「星野にウルトラCがあるなどと、たわけたことを言ってしまったが、穴があったら入りたい心境だよ」

三田は、天井を仰いでから、大きな嘆息をもらした。

「いくらなんでも三十三歳の若造を役員にするのは気が引けるだろう、と会長の気持ちを忖度《そんたく》してねぇ。秀彦の役員をちらつかせれば乗ってくると踏んだんだが、そんなしおらしさは薬にしたくてもなかった。どうしてどうして、われわれとは考えかたの尺度が違う。あの人には、世間的な常識なんてものは通用せんのだねぇ。ま、会社がいくら大きくなっても、オーナー経営者ならなんでもできるってことかも知れんが……」

「常務のお心遣いだけで、胸が一杯です」

「そう皮肉を言うな」

三田が頰《ほお》をさすりながら返した。

広岡は激しく首を振った。

「いいえ、ほんとうにそう思ってます」

「辞令は、十月十一日付でわたしから渡すが、そのわたしも来年一月でリタイアするつもりだ」

「えっ……」

広岡は息を呑《の》んだ。

「会長から、後進に道を譲る気はないか、と言われたんだ」

「……」

「冗談だよ、と打ち消すようなことも言ったが、あれは冗談なんかではない。本音そのものだ。わたしのような直言居士《こじ》は煙たいというのか小うるさいというのか、どっちにしても早くどけたい存在だろう。あの人はずるい人だからなあ。わたしのほうから辞意を洩《も》らすのを待っているんだろうねぇ。子会社の社長のポストぐらいは用意してくれるだろう。わたしはまだ六十二歳だし、カスミを食って生きるわけにもいかんから、そういう安易な途《みち》を選ぶことになるんだろうが、本音を言えば辞表をたたきつけたいところだ。エコー・グループにとどまるのは潔《いさぎよ》しとせんのだが……」

「常務は、来年専務に昇格されるとばかり思ってました」

「そうは問屋が卸さん。わたしと片山がリタイアすれば、ポストが二つあくが、一つは秀彦として、もう一つは前島に決まりだ」

三田は、憂鬱そうな顔で煙草を咥えた。

「前島さんですか」

広岡はつぶやくように返して、顔をしかめた。

「そんな莫迦《ばか》なとわたしも思う。谷口あたりを引き上げたかったが、前島は、秀彦の腰巾着《こしぎんちゃく》に徹して点数を上げた。宣伝事業本部が結果オーライだったことも、会長をその気にさせたんだろう」

「人間性を疑いたくなるような前島さんが、取締役ですか」

広岡は突然嘔吐感《おうとかん》に襲われたような胸苦しさを覚えた。

女性秘書が来客を告げるメモを入れてきたのをしおに退室したが、広岡の胸のむかつきは自席に戻ってからもしばらく続いていた。

4

辞令を手渡したあとで、三田が言った。

「永い間ご苦労さん。きみは、ほんとうによくやってくれた。わたしとしては断腸の思いだよ。人事部門で伸《の》していける人材を失うのは辛《つら》いが、わたしにも手の打ちようがなかった。ファミリーの壁にハネ返されたと言ったらいいのか、会長が強大なのかよくわからんが、エコーもわけのわからん会社になってきたねぇ」

「人事部の仕事は、とてもわたしの柄《がら》に合わないと思ってましたが、さにあらずで、少しおもしろくなりかけてきたところでした。初めの一、二か月は厭で厭で、針の筵《むしろ》でしたけど……」

「針の筵はオーバーだろう。エコー不動産ではそんなことはないから安心してくれ。丸井《まるい》さんと進藤《しんどう》君によく話しておいた」

丸井弘《ひろし》は、三年前にエコー・エレクトロニクス工業の専務取締役から、エコー不動産の代表取締役社長に転じた。進藤誠三《せいぞう》は二年前にエコー・エレクトロニクス工業の取締役総務部長から、エコー不動産の常務取締役に出された。

「きょうは十一日ですから、四日前になりますか、七日の金曜日にエコー不動産に挨拶《あいさつ》に行って参りました」

「七日？」

「はい」

「何時頃《ごろ》だ」

「午後四時頃です」

「そう。わたしは丸井さんと進藤君と、七日の昼食が一緒だった。丸井さんに会ったんだろう」

「はい。進藤さんとお二人一緒に……。〝よう色男〟なんて、ひやかされました。悪事千里を走るで、女連れの欧州旅行が子会社にも聞こえてるのには驚きました」

広岡は笑いながら話しているが、そのときはやはりカッとしたものだ。

「ちゃんと説明したのか」

「いいえ。それをし始めたら、きりがないですよ。女連れを切り離しても、欧州旅行は不覚でした」

「丸井さんと進藤君に、わたしから話しておくよ」

三田は渋面を横に向けた。

「もうけっこうです。そういう眼鏡で見られても仕方がないんです。常務が丸井社長にわざわざ会っていただいただけでも、身に余ります」

「役員のことは大丈夫だよ。会長にしつこいほど念を押しておいたからな。わたしは、子会社に出るとしても、多少の影響力は温存できると思っている」

三田は言葉を切って、伏眼がちに首をかしげた。

「それはうぬぼれかも知れんねぇ。小林会長の気持ちが変ったら、おしまいかなあ」

三田は、気をとり直したように、面《おもて》をあげた。

「そんなことはない。きみなら大丈夫だ」

「ありがとうございます」

広岡は、三田と握手をして別れた。

十五階から十二階までのエレベーターの中で、広岡はなにげなしに筒状《つつ》に巻いてあった辞令をひろげた。

広岡修平

エコー不動産株式会社へ出向を命ず

昭和六十三年十月十一日

エコー・エレクトロニクス工業株式会社

代表取締役社長　　梅津進一

エレベーターの中は一人だったが、広岡は急いで辞令を巻き直した。

掌《て》の中の辞令に重みを感じた。

掌から胸に言い知れぬ圧迫感が伝わってきた。

エレベーターを降りたとき、不意に、まり子が持ち込んだ転職の話を思い出していた。

雲をつかむような話だが、本気で乗ってみようと、広岡は思った。

ここらで冒険するのも悪くはない。長沢純子のことにしても、いじいじし過ぎた。小市民的な生きかたにとらわれていた。

「寄らば大樹の陰……」

亜希子の声が聞こえる。

「そんなことはない。人間到《いた》るところ青山《せいざん》ありだ」

広岡は、胸の中で、亜希子に言い返した。

解説　「組織と人間」を見つめて――高杉良の世界――

加藤正文

高杉良の作品の魅力はよく練られた会話劇の妙にある。上司と部下、同僚同士、会長と社長、頭取と専務など設定はさまざまだが、地の文による場面の描写は抑えられ、ふんだんに展開される生々しいやりとりが臨場感を強める。読み進むと、今そこで交わされているように感じられ、一気に作品世界に引き込まれる。


「さっき林常務から内示がありました」

「そうだってねぇ」

前島（宣伝部長）は、応接室のほうを手で示しながら、にこやかに返してきた。

（略）

「人事本部だと聞いたけど、羨《うらや》ましいねぇ」

前島はぬけぬけと言った。

「本部付でラインにも入れてもらえないそうです。つまり左遷です。それでも羨ましいとおっしゃいますか」

「それは考え過ぎだよ。人事本部のような枢要《すうよう》な部門へ左遷で行かされるわけがないだろう。きみ勘違いしてるよ。わたしが代って行きたいくらいだ」

サラリーマンならだれしも経験する人事異動の際の一場面。本作は一九八八年の刊行だが、三〇年たっても古びた印象がしないのは、企業社会の本質である「組織と人間」の問題を、「辞令」というそのものずばりのモチーフで活写しているからにほかならない。

主人公の広岡修平（四六）は大手音響機器メーカー、エコー・エレクトロニクス工業の宣伝部副部長。突然の左遷の内示を受け、衝撃を受ける。正義感と情熱にあふれ、第一選抜で進んできた広岡に失策はなく、左遷される理由は思い当たらない。自ら調査に乗り出すとオーナーである小林一族の思惑に行き当たる。

二万人の社員を擁する大企業でありながら、世間からは「小林商店」と見なされている。会長の小林明の強力なリーダーシップとファミリーの存在。人事は公平であるべきだが、小林の妻信子、次男の秀彦（ジュニア）らのわがままと、その意向を忖度《そんたく》する幹部たちが公平性を歪めていく。広岡は異動先である人事部の副部長で同期の大崎堅固から衝撃の事実を聞かされる。

「ジュニアとは会ったの」

大崎に訊かれて、広岡はどきっとした。

「きみの後任がジュニアであることは承知してるんだろうな」

「……」

広岡の返事が一瞬遅れた。

大崎がたたみかけてきた。

「なんだ、そんなことも知らんのか。広岡の後任はジュニアだよ。きみに対する宣伝部長の不信感は相当なものだねぇ」

経済小説の醍醐味

「ファミリービジネス」と呼ばれるこうした同族企業は国内外にあまたある。その経営が意外に強靭《きょうじん》なのもまた事実で、近年、経営学者の間で見直しが進んでいる。「多くのファミリーは、企業価値を大きくするということよりも、企業の永続を求めることが多い。そのようなファミリーは、長期的な視野からよい経営を考えることが多い」。経営学者の加護野忠男（神戸大学名誉教授、甲南大学特別客員教授）は著書『経営はだれのものか』でこう指摘する。

一方で弊害が表れるケースも枚挙にいとまがない。加護野は「ファミリー内の意見対立の解消の難しさ」「ファミリーと従業員の断絶」などを課題に挙げる。問題が露呈した企業の内部で何が起きているのか。メディアの報道と学者の分析。そのはざまをすくい上げるのが作家の仕事だろう。ばらばらの現実のかけらを集め、想像力を交えて再構築する。そこに小説上のリアリティーが生まれる。これこそが経済小説の醍醐味といえる。

本作の主人公の広岡は持ち前の正義感で異動先の人事畑でも奮闘するが、最後には関連会社へ出向の辞令が出る……。妻の言う「寄らば大樹の陰」でエコーに踏みとどまるのか。ここで思い切って転職するのか。「人間到《いた》るところ青山ありだ」。そう思い至る広岡。アンフェアな人事でパズルのピースのように動かされ、あおりを食う名もなきミドル。現実にも多くのジュニアが同様に存在し、無数の広岡が同様に思い悩む……。

高杉によると本作は編集者がまずタイトルを示してきたという。「まったくのフィクションです。舞台を家電企業にしましたから、家電の会社についてはそれなりに取材もしたし、勉強はしましたけれども、主人公に関して具体的なモデルがあるように思われると困ります」。読み進むとさまざまな場面で「自分ならこう行動する」というふうに連想が絶えず浮かぶ。虚が実のツボを刺激するのだ。そこにこの作品の最大の魅力がある。高杉リアリティーのエッセンスが詰まっているといえる。

作品の系譜

経済小説の第一人者といえる高杉は石油化学新聞の記者時代の一九七五年に『虚構の城』でデビューし、以後、四〇年余で八〇もの作品を生み出してきた。

その作品群を大別すると三つになる。まずは「実名小説」の系譜だ。日本触媒をけん引した八谷《やたがい》泰造を軸に化学工業の勃興期を描いた『炎の経営者』、東洋水産創業者の森和夫が体当たり経営で大手食品会社に育てあげる『燃ゆるとき』、JTBで新商品を次々に開発した大東敏治が活躍する『組織に埋れず』、日本興業銀行（現みずほフィナンシャルグループ）頭取、会長などを歴任した「財界鞍馬天狗」こと中山素平《そへい》を主人公に戦後の金融史を活写した『小説日本興業銀行』『勁草《けいそう》の人中山素平』、外食チェーン「ワタミ」を率いる渡邉美樹を描いた『青年社長』、一九六四年の東京五輪実現に尽力したフレッド・和田勇の生涯を追った『祖国へ、熱き心を　東京にオリンピックを呼んだ男』などだ。取材対象と高杉自身が交流しているだけに作品には肉声とともに独特の熱気があふれる。

第二は「モデル小説」だ。特定の人物や企業を連想させる設定でその時代の出来事が絡む。高杉リアリティーの真骨頂といえる作品群がそろう。『腐蝕《ふしょく》生保』は大手生命保険の首脳がモデル。経済誌トップの実像に迫った『首魁《しゅかい》の宴』は傑作だ。ダーティーヒーローを描くとき筆致は一段とさえる。政権が変わろうとも影響力を持ち続ける政商の姿を描いた『虚像の政商』、メディアの闇をえぐった力作『乱気流　小説・巨大経済新聞』……。現実にあったあの出来事、あの人物が時代の風景とともに次々と浮かぶ。

第三は「同時代小説」といえる分野だ。バブル崩壊後の日本社会の変容と行き過ぎた市場原理主義に対する危機感がくっきりと表れる。シリーズ作品の『金融腐蝕列島』は総会屋への利益供与事件、不正融資、金融再編などが織り込まれ、金融の激動が生々しく描かれる。『小説巨大証券』『小説新巨大証券』は四大証券をモチーフにインサイダー取引、主幹事をめぐる激烈な争い、会社乗っ取りなどを取り上げ、バブル経済の病巣がえぐり出される。

作品群が示すように高杉が一貫して見つめてきたのは、時代の変化に伴って揺れ動く「組織と人間」である。戦後社会で苦闘する創業者、不透明な人事に翻弄されるミドル、後継者が適切に選べない創業社長、不良債権の重圧にのたうつメガバンクの首脳、迷走する新聞社トップと記者たち……。不条理な現実と向き合う個人の視座から経済社会の実像が浮き彫りになる。

日本社会の変質

「組織と人間」を追究した作家の先達《せんだつ》が没後一〇年になる城山三郎（一九二七〜二〇〇七年）である。経済小説の今に至る隆盛を切り開いたパイオニアといえる存在だ。生前、神戸新聞のインタビューでこう話している。

「マクロ経済には全く興味がありませんし、勉強もしていません。経済学の道から転向したのもそのためです。もっとミクロな話、つまり人間と人間の話に非常に関心と興味があるんです。人間、そして組織。人間をみるほど、面白いことはありませんよ」

若き日、海軍に身を投じたが、そこで幹部の腐敗を目の当たりにする。そして移動先で見た広島の原爆。「文学を志すきっかけになった」。組織に虐げられない個人の生き方とはどこにあるのか。デビュー作の『輸出』は国是だった輸出立国の日本のために働く商社マンの姿を描いた。家族を犠牲にしても組織の大義のために個を捨てる男たちの物語だった。

城山と交流のあった高杉は『小説日本銀行』と『毎日が日曜日』の二作を高く評価する。「城山作品に共通する卓抜とした視点、描写もさることながら、私が尊敬してやまない点は、豊富で綿密な取材に裏打ちされたリアリティーにある」。これはそのまま高杉の信条になっている。

城山より一二歳下の高杉は、バブル崩壊後の日本社会の変質に危機感を抱き、作品に反映させてきた。膨大な作品群の底流にあるのは市井に生きる人々への共感である。

「格差が拡大し、克服したはずの貧困が社会問題になっている。行き過ぎたグローバリズムと市場原理主義の結果だ」「このままでは本当の幸福や豊かさはやって来ない」「経済小説はリアリティーがすべてだが、その中には、時代を切り取り、権力に立ち向かうことも含まれるはずだ」

高杉は二〇一七年五月、初の自伝的作品として『めぐみ園の夏』を出した。戦後の混乱期、千葉県の児童養護施設に預けられた自身の経験を描いた。貧しく切なく辛い状況にあって、人々の思いやりとつながりに希望を見いだす物語となっている。

「めぐみ園がなかったら作家になっていなかったかもしれない」

戦後七二年。あのとき目指した、幸福と豊かさに満ち、何より個人が尊重される社会になっているのだろうか。アルチザン（職人）を自称してきた七八歳。先行きに不透明感が増しているからこそ時代を見据える円熟の筆に期待したい。

（文中敬称略）

（神戸新聞播磨報道センター長兼論説委員）

※参考・引用文献
高杉良『亡国から再生へ　経済成長か幸福追求か』二〇〇七年、光文社
高杉良、佐高信『日本企業の表と裏』一九九七年、角川書店
同『罪深き新自由主義』二〇〇九年、金曜日
加護野忠男『経営はだれのものか　協働する株主による企業統治再生』二〇一四年、日本経済新聞出版社
ほかに、神戸新聞記事、インターネットサイトの記事を参考にした。

本書の無断複写は著作権法上での例外を除き禁じられています。
また、私的使用以外のいかなる電子的複製行為も一切認められておりません。

文春文庫

辞《じ》 令《れい》

定価はカバーに
表示してあります

2017年11月10日　第１刷
2018年１月15日　第５刷

著　者　高《たか》杉《すぎ》良《りょう》

発行者　飯窪成幸
発行所　株式会社 文藝春秋

東京都千代田区紀尾井町 3-23　〒102-8008
TEL 03・3265・1211(代)
文藝春秋ホームページ　http://www.bunshun.co.jp

落丁、乱丁本は、お手数ですが小社製作部宛お送り下さい。送料小社負担でお取替致します。

印刷・凸版印刷　製本・加藤製本
Printed in Japan
ISBN978-4-16-790962-8